INK
文學叢書
202

遇合

外省／女性書寫誌

外台會◎策劃
鄭美里◎主編

目次

【推薦序】

【輯一】章回人生

【輯二】微物記憶

【輯三】時空迴紋

【輯四】交融疊影

【推薦序】
說故事給歲月聽

成令方

一拿起《遇合》這本書，翹著腳一口氣沒法停下，等看完腳都發麻了，內容的豐富又讓我來來回回地跳著重看。這些故事瀰漫的是我熟悉又陌生的氣味，把我的想像帶到兵荒馬亂的中國，那一代逃難到台灣的狼狽與困頓，也讓我從天真無知的孩子眼中，回憶起童年往事的溫馨與逗趣。

《遇合》收集的點點滴滴的回憶文字，共四十三篇，由來自參加台北縣市、台南市、高雄市社區大學外省婆婆媽媽寫作班的三十七位學員執筆。這些學員年長的有八十多歲，年幼的近四十歲。作者背景的多元足足反映了台灣與中國近百年的社會變動：有一九四九年隨國民政府來台的，有日治時代出生的台灣人，有父親是芋仔母親是蕃薯或客人一九四九年後出生的，有生長在中國歷經文革後來隨先生到台灣來的，有住在全台各地眷村的，也有住在城鎮中難民村或小巷的。她們字裡行間透露出的客觀事實和主觀詮釋，都可讓讀者從中讀到當時社會文化的豐富訊息，以同理心的方式來理解當時每一個男主角和女主角的處境。

我讀到很豐富的社會文化訊息，舉例來說：在〈逃難的新娘〉，我看到四〇年代在青島就有中產階級的母親交代女兒一定要用奶粉哺餵嬰兒，奶粉優於母乳的說法。在〈上學與小腳之間〉，我看到在河南中產階級的小女孩必須在上學和纏足之間做選擇，我看到這個女生讀上海的同濟大學的醫學院，以及來台灣繼續要在台大和國防完成醫學教育的困境。在〈杯中淚〉，我看到一個外省低階層的男人從拉三輪車到開小雜貨店的悲苦心情，苛刻待己慷慨待人的男子漢氣概的展現。

我特別喜歡的部分是作者藉由「微物」引出動人的社會關係，例如：藉由「皮夾克」帶出外省人受到客家友人在二二八事件時的保護（見〈三代情〉）；藉由「指環」描述日治時代溫柔顧家的祖父對孫女的照顧（見〈指環裡的祖孫情〉）；藉由「銅盆」仔細呈現在狹小的眷村空間所做的洗澡安排；藉由「毽子」和「牽君來」（見〈踢毽子〉）說明早期兒童的遊戲內容。這樣說故事的角度，最能展現物質環境與人們的互動關係，眞要謝謝老師的帶領。

還有兩篇與我生活經驗有關的文章，要特別提提。閱讀了〈酢漿草〉後，我才知道早年台北的「瑠公圳」（現在則是鋪蓋上柏油成爲交通頻繁的新生南北路）居然是清澈的水溝，小孩們可以抓蝦、摸魚、掏泥鰍，岸邊還開滿了酢漿草。但我清楚記得早年的「極樂殯儀館」，即現在的林森公園，後面住的多是「山東幫」，他們以濃厚的「山東腔」叫賣熱騰騰的山東大餅和饅頭，是我小時候最期待的吆喝聲。閱讀到〈劃過台北夜空的彗星——回憶《歐洲雜誌》〉，我才恍然大悟，原來民國五十六年前後，我在重慶南路書店翻到內容新穎的《歐洲雜誌》，居然有這樣複雜的出版過程，而這雜誌在台灣的發行推動者居然是一位女士，這在當時相當罕見。

我相信每一個讀者都可以從書中回憶的故事中，找到自己需要的養分。

（本文作者爲高雄醫學大學性別研究所副教授兼所長）

【推薦序】

歷史記憶的癒合與遇合

劉紀雯

「時代變得好快，學生也越來越不一樣了！」這是年將屆五十的我常有的感嘆。她／他們不知道反共義士；沒有不准講台語、爲蔣公別黑紗的體驗；是經由王力宏的〈龍的傳人〉才知道侯德健和李建復的！但是閱讀《遇合——外省女性書寫誌》，卻是一個與「歷史」對話的經驗：它一方面勾起我自己的許多回憶和體現我對母親經歷的想像，一方面也鑿深拓廣了我對民國近代史的了解。

本書的作者大約分爲兩代：有些是一九二〇～三〇年代左右出生的（如：陳嘉德、許靜璇、胡傳京等），經歷了逃難或日據時代、白色恐怖、探親等歷史事件。大部分作者則是出生於國民黨遷台後的一九五〇～六〇年代，除了敘述自己的童年回憶之外，則是敘述父母的逃難經驗。其中最引起我共鳴的，是第二代作者描述的一些孩童記憶：不管是對於當時零食的描述（如〈跳舞時光〉中的白雪公主泡泡糖、牛肉干細末），一點一點舔食的方式，還是在鄰里之間嬉戲奔跑（「野」），穿梭在「敵」、「我」之間的冒險經驗（如〈我的純眞年代〉〈酢漿草〉〈大門口和煤球場〉）。六〇年代生活物資並不豐裕，因此，一件衣服改了再改，穿很多年或者姊妹輪流穿，也是我和〈童洋裝〉〈一張家庭照〉作者所共有的經驗。

在這些作者筆下，幼小心靈對於階級省籍的區分、死亡和黑暗的感受是非常直接、具體的，往往用所親身體驗的空間來表達。而且，由於環境的窮困和動盪不安，「純眞」的童年也有詭異、危險和令人不解之處。因此，〈酢漿草〉中孩子眼中的「『皇宮』建築」就是馬家「有房間有廁所有廚房」的房舍；〈大門口和煤球場〉中十幾户人家群聚於一個日本馬廄裡，將冂型中庭稱爲「大門口」，周圍住的都是本省人，因此，孩子們要偷就偷本省人的香腸和煤球場的黏土。幾個孩提故事的生活空間都有柑仔店，也都有提到菜市場、理髮店等熟悉的地點。同時，在所熟悉的生活空間往往有一個黑暗可怕的邊緣。這些邊緣的黑暗有時是因爲不熟悉所造成的：如〈大門口和煤球廠〉的「黑壓壓」邊緣只是不打不相識的煤球廠主人和孩子；但也有一些黑暗是夜晚加上這個社會對於死亡、瘋癲的排拒恐懼所造成的。例如，〈阿婆仔ㄟ柑仔店〉裡令夜晚去柑仔店買雜貨的主角害怕的有搖動的樹影、據說有人跳河自殺的「黑色水面」，還有鬼屋和「痲瘋病院的黑暗地帶」。最有趣的是一些不協調元素並置所產生的黑色喜劇效果：〈酢漿草〉的生活空間中緊鄰大花園的就是一個殯儀館，而電影製片人陸運濤空難事件在此造成的轟動包括出殯時眾星雲集和運屍的冰塊棄置在河邊，恐怕被攤販搬去做剉冰。〈我的故鄉〉和〈驚恐的一夜〉一是寫二次大戰時的重慶山城，一是寫民國五十七年的澎湖眷區，但都有描寫市井百姓如何對意外或戰爭破壞後的殘骸（飛機失事或是炸彈碎片）作廢物利用，甚至有農民拔取尚奄奄一息的旅客的手錶。

上一代的「外省人」所經歷的時代變遷就更為曲折具戲劇性，他們多半都經歷了二次大戰以來軍旅生涯或逃難、遷台後的經濟發展（三輪車被淘汰、眷村被迫拆遷）、白色恐怖的影響，以及兩岸開放探親所引起的近鄉情怯。【輯一：章回人生】中每一個故事似乎都和我母親偶爾對我口述的經驗有重疊交錯之處，但每個故事的完整敘事又讓我可以閱讀出更多細節與整體意義。比如，我看到了很多處於新舊社會之間的衝突與尷尬、移民經歷造成的割捨、地位降級與無奈，甚至因此引起夫妻不睦、親人背離。例如，〈上學與小腳之間〉用詼諧以及正面的態度描述作者最先如何必須在綁小腳和就學中作選擇，但是讓她就範願意去上學的不是裹小腳的布條，而是為了在新年時能有新衣新帽。諷刺的是，由於戰亂，她之後的求學之路卻不能由自己選擇，首先初中改制為職業學校，迫她中輟學業；然後在大學念了三年後，又因逃難來台灣而失學，六次努力復學而不得。〈逃難的新娘〉和〈杯中淚〉都描寫逃難和移民所必須經歷的割捨和地位降級。逃難中的新娘以軍眷身份由青島遷到上海，又於匆忙中回青島再搭船到海南島，最後遷到基隆。這一路上她因為上海失守而失掉了母親給的嫁妝以及自己最心愛的銅床，因丈夫對自己的家眷堅守「沒有眷屬證不能上船」的原則而與母親失聯；最後在羅東又被銀樓騙走了自己所有的黃金。在這一連續的失落中，作者的工作也不穩定，先是作代課老師不斷換學校，然後在台北先賣菜然後當保母。〈杯中淚〉的四哥則更為辛苦，需要藉由喝酒以解鬱悶：他先是作三輪車伕，然後賣菜，最後守著一個小雜貨店。窮困中他利用廉價的菸酒解悶，用成藥止痛，最可悲的是最後受到胃癌和化療煎熬，生不如死的過程。

除了因遷移所造成的失落、生活困窘和身體病痛外，另一種常見的困難是這一代夫妻或因生活困頓，或受父系社會的意識形態禁錮，夫妻之間常有不和諧或背離的例子。例如，〈緣起烽火蔓延時〉描寫父親因爲外派黎巴嫩生活辛苦而性情丕變，退休後仍對母親頤指氣使，讓母親「時時待命、時時聽命」，不如意還會被父親「踹一腳」。〈我的故鄉——最難忘的一首歌〉和〈杯中淚〉則呈現因妻強夫弱而造成的夫妻不和：前者描寫繼母爲了脫離寄人籬下的生活而嫁給作者的父親，卻覺得身材短小的父親配不上她；後者故事中四哥有個精明能幹、心高氣傲的四嫂。最可悲的是〈非關探親〉中作者的外婆因爲被婆婆嫌棄出身低，而被迫與兒女分離，與丈夫分房，最後發瘋而被關在後屋。

這些上一代的曲折故事的另一層意義可以由這些生活歷練的勇者（或者他們的後代）如何藉由情節鋪陳、結尾和標題選取等敘事技巧來面對創傷、整理過去中閱讀出。比如，由〈逃難的新娘〉敘述的鋪陳和簡要之區分可以看出作者的回憶重點。相對於她對逃難中兩次受到較優渥待遇的搭船經驗和比上不足比下有餘的結婚經驗（有新房，但被迫進行集體結婚並穿紅旗袍而非婚紗）的詳細描寫，作者對於自己的重大失落的描寫往往是一筆帶過：在她知道丈夫可以卻沒有讓母親上船後，她只說「以後幾天，都生悶氣，見了他亂罵一通」；在她失去了所有金子之後，她也只說：「當時年輕太不懂事，受到很大的打擊」。由一些故事的結尾也可以看出作者由人生歷練學習到的豁達和想法。〈杯中淚〉的作者同情四哥一生困頓，難免對四嫂的獨立有所微詞，但在結尾處作者還是體貼地解釋兩人的不和其實和他們不同的個性相關，並表達了對四嫂的同情。〈烽火中的跨國之愛〉描寫作者的日裔母親伴隨丈夫的入監和逃難的過程，其中還包括經歷一次流產、一次孩子染病過世。這個故事的結局頗能刻畫出上一代移民以台灣爲家、卻不抹殺過去的心態：父母親都在台灣定居，母親沒有回日本，父親沒有回大陸，而母親仍然使用的是代表「繁華霓虹燈閃爍的上海」的旁氏面霜。〈我的人生〉呈現的也是一段辛苦人生：包括幼年時在必須照顧弟弟和母親，文革時的簡陋婚禮，以及守寡之後遭人非議和因爲公公愛戀而被小叔棄離等過程。爲了標記這一段過程階段性的發展，作者呈現了兩張黑白照片以及最後的彩色照片。有趣的是，有照片標記的都是她生活較順遂的階段，而其他的困苦階段則只保留在記憶中。故事結尾，她在大年夜打電話到大陸時聽到兩岸的鞭炮聲，「在（她）的耳中連成一片」，好似暗示過去的悲苦都已融入現在的彩色和積極服務的人生中。

〈非關探親〉的情節和標題安排最耐人尋味。故事的創傷核心是重複兩次的「把她送走！」，顯示作者的母親曉桐幼年被她舅祖母拒絕的經驗縈繞不去，以及曉桐從小離家在戰爭中陣亡的哥哥一生所保留的嬰兒肚兜的鮮明意象（「上面繡了好幾隻彩色的雀兒」）。但是整個敘事結構卻是以曉桐過世後女兒試圖解謎爲開頭，進行三層倒敘：第一層倒敘點出曉桐沒有什麼親好探，然後解釋母親發瘋和哥哥過世的原因；接著敘事回到曉桐探親，但必須逃離那個「極端背離記憶的地方」，最後氣喘不止，匆促返台；第三次倒敘才將曉桐母親「江小姐」的經歷娓娓道來，好似身爲女兒的作者最終替母親曉桐面對過去，並在敘事上給予傷痛過去一個圓滿結局——父母親結婚生子。如果作者利用層層往後推的敘事方式處理了隔代的創傷，那她的標題「非關探親」則更耐人尋味。爲何「非關」探親?是無「親」可探，還是仍然要(替母親)迴避探親所掀起的過去傷疤?

歷史記憶中難免有創傷，而中國/台灣近代史的漏洞百出、分歧詮釋和當代人的健忘也是一種創傷。《遇合》的作者沒有書寫國家歷史的企圖，反而在一個個具體故事中，讓我深刻了解二次大戰、國共內戰、白色恐怖、日據美援、眷村興衰、台視開播等等歷史演變。由這個角度看來，本書不啻是近代史漏洞傷口的局部癒合。

另一方面，書寫過去本身也可以造成多種「遇合」。姑且不論本書的文章產生於「蒲公英寫作班」所建構的寫作社群，在故事中我們看見許多父母子女、夫妻、甚至祖孫之間的相遇相合。這種相遇或許不能長久(誰能長久?)，但是其中所隱含的情感契合卻是深遠長久的。〈新年禮物〉中臨終的妻子已經頻頻失去意識，對人不理不睬，但是年長二十歲的丈夫仍然殷殷照顧，並爲妻子安排了一個最後的年夜飯，而這頓年夜飯大概是所有家人最珍貴的新年禮物吧!桂林來的阿姨(繼母)對父親細心照顧，其親情牽繫之強甚至可以將他由鬼門關帶回來。指環裡所維繫的祖孫情則更是橫跨四代:包括作者和她的祖父，和她的兩個女兒以及她的小孫女雙雙。

最重要的遇合，應該是這些故事和讀者之間的吧!對我來說，要了解自己年邁的母親也曾有理想夢想和浪漫情懷並不容易，要讓我的女兒想像她的外婆的壯志和堅辛則更是困難。本書的故事可以提供一個了解過去的具體媒介，但是它能不能引起讀者共鳴，則端看讀者是否願意傾聽、回應，並因此產生隔代的心靈遇合。

(本文作者爲輔仁大學英文系所副教授)

【輯一】章回人生

逃難的新娘

許靜璇

一張銅床

民國三十七年冬，青島市就謠言漫天，人心惶惶，時局紊亂。憲柏去我家向娘要我的證件相片，因爲他服務的單位要爲訂過婚有案的未婚妻先辦眷屬證，以便單位遷移時，未婚妻可以跟著走，待安定後，服務單位再辦集團結婚。我已訂婚快三年了，順理成章地就辦了。當時我正就讀於市女中，是住校生。放寒假回家，看到了眷屬證，才知道權宜之計下我已成了他的眷屬。

才回到家兩天，就知道了臘月二十七上船，二十八日開船，我的名字在第一批要送走的眷屬名單中。家中長輩們慌成一團，奶奶和張媽幫我整行囊，爸和娘在臥室內商量著什麼，他們一面說一面不停地還擦著眼淚。爸爸忽然生氣地站起，走出去。我趕快閃開。後來才知道，原來他是去想辦法留住我，向上面建議，希望我能跟著憲柏一起走。天黑了很久，爸才回來，交涉結果，只能把我調到第二批，也就是正月初四開船的那批，他們單位一定要把眷屬先送到安全的地方，讓他們打起仗來才無後顧之憂。那是我在家過的最後一個年。

上了船，此船載的大部分是官位比較大的太太們，孩子不少，幫忙搬行李的人也多。船航向何方都不知道，是祕密。爲了一張銅床，我耽誤了許多時間。最後父母和憲柏還是隨了我的意，把銅床帶走。船行一天多就停了。

在船上，吃睡都正常，我身體好，不暈船也不吐，興高采烈地船頭船尾逛著看風景，早把青島的人事物都忘了。風平浪靜地到了上海，單位上把這些太太們安排在四川北路的肇安小學內，大禮堂後半段已住了第一批來的太太們。和我同來的分配在前半段，最前面還有個大講台。我被安排在中段偏左邊。傳令兵幫我組合銅床時，就有一位軍官來，建議我把床借給團長太太睡。我心想，這官還眞會拍馬屁！男人有官階，女的可都是太太，沒什麼大小。這銅床是娘爲我訂做的，不借就是不借！床架好後，來了一位六十歲左右的太太勸我，逃難哪裡都可以睡，大家都鋪毯子睡地上，只有你還像個孩子，睡床會不好意思吧！但是我不聽，照樣我行我素。

第三天，兩個傳令兵幫我把兩個箱子送到霞飛路的花園坊姑姑的好友家存放。憲柏以前在南京受訓時，假日都是到花園坊朱家消磨時間，這些我家也都知道，所以奶奶和娘特別交代我要送到。平時兩位老人家就很重視憲柏，但是在我心中，大皮箱和銅床最重要，這兩樣都是我的嫁妝。從訂婚後，娘有空就逛街，日積月累爲我辦了好些嫁妝，連床都訂做好了，就等我市女中畢業後結婚。天不從母願，先逃難，命該如此。

一天早上，正要出門，憲柏忽然出現了，我欣喜若狂，像孩子一樣，一把把他抓到床邊坐下，問東問西問個不停，也不怕周圍的眼光。他是陪另一位軍官來送糧餉的。後來他陪我逛外灘公園、夫子廟，還坐船去了趙崇明島玩，吃了些從來沒有吃過的好東西，那幾天眞是快樂極了。

有一晚睡夢中，他忽然把我搖醒，說他現在要上船，問我要不要送他。望向窗外，天還未亮，也不知幾點，定了定神，就說：「當然要送。」隨便穿件外衣，也沒摺被子，也沒漱洗，就要拉著我走。他忽然就說外面冷，幫我披上大衣，邊走邊說快來不及了。我就這樣恍恍惚惚、匆匆忙忙地跟著他到了船邊，另一個軍官正等著他，還說不要緊張，還有十幾分鐘才開船，我表示也要上船看看，軍官也讓我上了船。

上了船，即將離別，莫名的難過湧入心頭，不知不覺我哭了，也要跟著他回青島。他勸我嫁妝都在此、沒船票……等，我說：「景星輪要回來時我再坐回來。」想我娘、奶奶……等，看到一根木柱子，馬上去抱著柱子坐下，兩腿盤住柱子誰拉我都拉不起，不下船就是不下船。此時，船開了。

回到青島，全家都好高興。第六還是第七天，報上登著上海失守了，被共軍占領。

以後我的日子可不好過，娘常罵我是敗家子，連她最心愛的龍鳳鐲子都丟了，那是外婆送她的嫁妝。第一次看到娘這麼生氣，其他家人都護著我，都說人平安最要緊，破財消災沒關係。爲了避免挨罵，我又回到學校上課，還是住校。

結婚記

平靜地生活了兩個多月，記得很清楚，那是民國三十七年六月二日凌晨一點多，忽然被舍監搖醒，先是一楞，又緊張不知犯了什麼錯。披了件大衣，就被舍監帶下樓，憲柏看見我，就向舍監和工友鞠躬道謝，拉著我就往校門口走，坐上校外停著的吉普車，我哭哭啼啼一直要求著再回校中去拿衣物，書包裡還有錢……。他不理我，只叫我別哭了，等一下就有衣服穿。

到了碼頭，又問他：「娘和妹妹、張媽是不是已在船上？」他回答我：「她們沒眷屬證，怎麼上船？」我又哭了，心想這是緊急撤退，怎麼能帶娘呢？差六天就是市女中的畢業典禮了！眼淚還未乾，就被帶到一個房間內，一進門就看到了娘的舊皮箱、家中的網籃，還有美國大麵粉袋裝的大饅頭。憲柏解釋，他知道了這幾天要撤退，詳細日期不知道，就告訴了我娘，昨天早上我娘把這些東西送到他單位上，另外還給他五塊一兩重的金塊，說逃難一定會用得上的。

「一上船就用了二兩，」他指著那張大一點的床說：「這張床是輪機長睡的，這兩張小床是你和我的，給了輪機長二兩黃金，吃、喝、睡都在內了。」他說他是值星官，要出去巡船了。我把房門關上，打開皮箱換上衣服，娘想得眞周到，內外衣、毛衣、旗袍、小棉襖、襪子……等，一個皮箱塞得滿滿的，金飾只有上海箱中的一半，最底層有封信，囑咐我用冷水的好處，不能讓憲柏知道小棉襖內有美鈔，將來有孩子不能給孩子吃母奶……等。娘還眞大膽，皮箱沒鎖，只用長繩捆著，網籃內有暖水瓶、奶粉、蓮藕粉、不鏽鋼茶杯、碗、毛巾、盥洗用具……等。

想起了憲柏，決定出去找找看，都已經是上午七點了。打開門，嚇了一跳，到處都是人！甲板上男男女女老老少少都擠坐著，行李擠著放，也有些人擠坐在行李上，到處是小孩的哭鬧聲，放眼看去，甲板上都是警察和眷屬。隨便問了一位警員，穿軍服的在哪裡？他說：「下層都是軍人，上一兩層也是軍人。」我就擠到下一層到處找，沒見到他，忽然船搖動了，開船了，看看手錶九點正，算算已經八小時沒見到他了，心中很急，就趕快回到自己住的房間，一位五十歲左右的人在吃飯，他自我介紹說是輪機長，很客氣地招呼我坐下吃飯，此時眞感覺餓了，他囑咐我不要出去，人多很雜亂。他教我怎麼用收音機，還說無聊時，他的書我隨時可以看。任何一個方向的窗戶都可以往外看，他床上的窗戶也可以，意思就是跪在他床上看。我照做了，他也不生氣，我問他此船要航向何方，他回答我：「這是祕密，不能說。」

輪機長剛出去，憲柏就帶了兩個兵來，對我說：「你家的饅頭給官兵們吃，輪機長一天吃四餐，我倆都可以跟著他吃。」兩個兵抬著大饅頭走了，他坐下吃飯，還未吃完就有人來收碗盤了。那人說：「今天上船、開船都一團亂，影響吃飯時間，明天起四餐都會正常。」

六月二日上午九時開船，六月五日晚上開始下雨，六月六日更是風雨交加，七日轉爲狂風暴雨，我才知道遇到了強烈颱風，中午輪機長回來，他說：「船很危險，下層貨艙都是人，沒有貨，壓不住船，人比貨輕太多了！」他給了我兩件救生衣，轉身就要出門，又回頭問我，有沒有人照時送飯來，我說有，我還問他，怎麼這兩天都沒回來吃睡？他說：「太忙了，我不敢離開崗位。」我跪在床上看甲板上的人太可憐了，任憑風吹雨打，孩子哭鬧不停，全身和全部行李都在風雨中，很想開門讓幾個帶孩子的進來，但又不敢，因爲第一天下雨時，輪機長就囑咐過我，遇任何事都不准讓任何人進來。我在幸福中，也爲那些被風吹雨打的人哭泣。七日晚上雨就越來越小了。

晚上九點多，輪機長笑瞇瞇地進屋來，我心裡正在愁著外面甲板上的可憐人，雖然風小了，可是還在淋雨呀，他怎麼還能笑得出來呢？

他點香膜拜，祈禱了很久，剛起來坐下，送消夜的服務生進來了，他問我：「這幾天大風大雨的，你有沒有按時吃飯？」我馬上點頭說：「有，風雨那麼大，他都辛苦地送來，我非常感激他，眞謝謝輪機長了。」服務生很客氣，順便把那兩件救生衣帶走了。

輪機長很高興地說：「快坐下吃消夜，你知道這艘船在颱風最大的時候都沒有翻，是爲什麼呢？」我回答說：「第一是船長和輪機長經驗豐富，盡了最大的努力把船穩住了，您有兩天兩夜都沒回來這裡；第二是全船的人都是有福氣的人。」他說：「你說的也對啦，最主要的是神明保佑，另一個主因，是船頭生了個兒子，船尾生了個女娃兒，假如相反，船頭生女兒、船尾生兒子，那麼我們都會葬身海底了。」我明白了也信了，他跑船已經有卅多年了，怪不得他回房間先燒香膜拜，很虔誠。兩人邊吃邊聊，他又說：「這延平輪是貨輪，這次任務，底艙一點重貨都沒有，聽說軍中還規定，每人（家眷）只能帶兩件行李。上上下下都是人，船太輕了，遇到颱風最危險了。」又問我：「你有沒有吐過，不暈船嗎？」我說：「託您的福，我睡得好、吃得飽，不暈船也沒吐過，倒是憲柏在這裡吐過一次，聽說他在艙中吐過好幾次了。」他笑著稱讚我身體太好了，「妳的個性很開朗又健談，不想家嗎?」我搖搖頭回答他：「什麼都是祕密，現在要去哪裡也不知道，大概打完仗，沒好久，就會回青島了。」他說：「這次的仗不一樣啊！很晚了，快睡吧！」醒了後，天已亮，他也已出去了，桌上碗盤也沒了，梳洗完畢，服務生就送早餐來了。算是很豐盛了，高興又滿足地享用吧！

中午，輪機長和我共進午餐時，又說了些話，大致上是說軍人都分配到各個艙中，人多，加上有些人暈船又吐，空氣壞加上吐的味道，那三、四天都很難受；軍中有伙伕，鍋碗瓢勺糧食都帶了，都沒餓著。

甲板上都是警界的人，風雨時很多人都找地方躲，能擠的地方都擠滿了，拖家帶眷有老又有小的，反而沒處躲，動作慢任憑風吹雨打、又冷又餓，行李也都濕透了，幸虧軍中的伙伕還會送些食物給他們，他聽說有好幾位受不了狂風暴雨的苦熬，跳入海中，還有一男一女兩人手牽手跳入海中。此時，我已哭得無法吃飯了。我一直後悔，風雨交加時，是從圓窗往外看過，朦朦朧朧的什麼都看不清楚，不然的話，我的飯菜也可以讓服務生分給甲板上的人吃。躺在床上，捫心細想，我娘想得眞周到，和憲柏最後離別時，還給了他五塊一兩一塊的黃金，我能在船上吃得好睡得暖，都是娘賜給我的。沒在艙內受罪聞臭味，也沒在甲板上被狂風暴雨蹂躪，眞是太幸福了，也要謝謝憲柏，他肯花二兩黃金訂下這兩張床。

風平浪靜的那幾天，早餐後就出去閒逛，甲板上到處曬行李衣物，我也幫一位老太太拿衣領、褲腰……等，讓海風吹乾，第二天，到下一層的艙中，想看看憲柏，一下樓梯就看到了薛太太和她娘家的媽媽妹妹，奇怪，難道她們有眷屬證嗎？（在一次酒會上見過她，那時我還是短髮學生頭，目前她已不認得我了。）我就請問她，那是不是她娘家人，長得太像了。她點頭說：「是呀！」我問：「有申請到眷屬證嗎？怎麼上得了船？」她隨口說：「曾排長是大港碼頭的隊長，又是這次撤退的值星官，我先生在船邊和他說了一下，媽和妹妹就上船了。」我心中五味雜陳，氣得要命，娘曾說過好幾次，表示要和我一起走，他都說：「沒眷屬證，不能一起走。」唉！原來能不能上船都握在他手中，說這麼大的謊話，眞氣死我了，絕對不能饒恕他。

以後幾天，都生悶氣，見了他亂罵一通，就這樣，船到了基隆港內，等下船，船旁邊每天都有坐著小船的小販，兜售些香蕉、糖果、麵包……等食品（青島市的水果中，香蕉最貴了，基隆則是太便宜）。大聲地告訴小販要什麼，他就把食物放在籃子裡，在紙上寫多少錢。那時每人身上都沒有紙幣，都是用銀元買，一元銀元等於三元台幣。接著買的人在船欄杆上綁上繩子，把繩子放下去，小販把繩子綁緊籃子，買的人再提上來，東西拿出、錢放在籃子裡，再把籃子放下去。服務生綁了好幾條繩子，供旅客們使用。我買了好幾次香蕉。

等呀等，又不准下船，等到第八天早上，船開動了，到那裡？還是不知道，問輪機長，他說他也不知道，我猜他一定知道，只是口風緊不說而已，不然，怎麼航行？

大概兩、三天吧，到了海南島的榆林港，很快就下船。下船前憲柏又送他一錠金塊，他就是不收，再三感激他，才下船。在火車站內鋪上毛毯，睡了一宿，吃了午餐就把行李交給憲柏，說要去找房子，他就是不讓我去，人生地不熟，怕我出事。他說已經拜託人去找房子了，眷屬又不止你一人。我運氣眞好，中餐後，傳令兵就幫我扛著行李，搬到了工礦公司的宿舍中，榻榻米房間，有木質走廊，衛、浴、廚俱全，做新房太好了。

隔天上午，就要出去準備結婚用品，憲柏就囉唆著說：「這裡不是永久住，住多久還不知道，只買結婚用得到的就行了，鍋碗瓢勺都不要買，吃公家的就行了。」他還沒說完，我已出去了。

問了好幾位在地人，都說沒照相館，也沒婚紗店，最後一位中年人告訴我要坐火車到紅砂才有。紅砂比榆林港熱鬧多了，買了些縐紋紙，想做花布置新房，也買了紅紙，想剪些雙喜字，找到了照相館，店裡只有一套婚紗禮服，老闆說：「只此一家，沒有別的婚紗店和照相館了。」只好說：「明天帶新郎來拍結婚照，再告訴你結婚日期。」傍黑天才回到榆林港，憲柏當晚就決定好了結婚日。

第二天去照了結婚照，回到營房，他就去報告營長結婚日期，邀請營長做證婚人。下午晚餐後，憲柏剛回來，就有一位傳令兵來說營長有事要和憲柏談，我也可以去。進了營長辦公室，傳令兵倒了茶就出去了，先是營長很客氣地讓我倆坐下，他說，結婚日都不改，只希望我們能答應讓另外兩對和我們一起結婚，就是三對集團結婚。憲柏就是不答應，說三對結婚最忌諱，三三不成，以後沒有一對有好下場。營長很生氣地說：「現在是逃難，是非常時期，還迷信那麼多。你們也不用花錢，全營官兵都加菜，吉普車當禮車，後門出去，在街上逛一圈，從前門進禮堂，各種布置都有弟兄們幫忙，就這麼決定了。」憲柏只有忍氣吞聲地答應了，眞是官大一級壓死人，何況他比憲柏大了好幾級呢。

結婚當天，我很滿意的新房布置，很開心地穿上婚紗禮服，憲柏也穿上租來的西裝，眞帥，他五官都很端正，尤其是鼻子，我最欣賞又羨慕。

不斷的有太太們、官兵們來看新娘子，他們七嘴八舌說著，我最有福氣，馮家那一對用別人家的廚房，在大爐灶上鋪上好幾塊木板當新床，廚房就是新房；解家那一對就在營房頭用兩張長飯桌當床，三面用軍毯圍起來就是新房了！我聽了也替他們難過，這時，營長太太來了，可能是看過那兩位新娘才來我這裡，看到我就說：「只有你這裡像個新娘房！」然後又幫我脫下婚紗禮服，她說：「穿旗袍就行了。」我據理力爭，最後哭哭啼啼地換上旗袍，她還說：「這紅色的旗袍花紋料子都是高級的，你穿上，眞漂亮。」這時吉普車來接我了，沒伴娘、沒花童、有捧花，擦乾眼淚，憲柏扶我上車後，他才坐在我身邊，眞的像營長說的，後門出，繞了一圈，前門進，我是坐第一輛，進禮堂後也安排我倆站中間，行禮如儀後，讀結婚證書，也是我倆的先讀、先用印，這也算是優待吧。

在榆林港住了一個多月，又坐船來到基隆，這船沒有延平

輪大，我和官兵眷屬都住在同一艙內，看了各人的百態，也聽到了各省的口音，更聞到了那嘔吐後的酸臭味，我儘量躲到甲板上，呼吸著帶點鹽味的空氣。好像是二三天吧，就又回到基隆，很快下了船，在基隆火車站睡了一天，吃過早餐後，就坐火車到了台北，住進了日新國小。九家住一間教室，用毯子隔間，弟兄們到學校的倉庫中釘釘打打的，修理壞掉的課桌椅，四張桌子是一張床，每家還有一張椅子，這就是台北的新家。公家每天都是冬瓜、豆腐、綠豆芽、空心菜、醬瓜、豆腐乳……等，實在吃怕了，所以我常常去南京西路圓環，換著花樣吃，一塊銀元只能吃三頓，帶來的袁大頭，都花在圓環的小吃店中了。

不久後，憲柏調金門，營長帶著眷屬搬到羅東鎮，我賣金飾維生，聽了金玉山銀樓鄭老闆的話，把二十一兩黃金存入銀樓，每月吃利息。六個月後，銀樓不見了！當時年輕太不懂事，受到很大的打擊。

民國四十三年搬到南部鄉下，只因爲租房子便宜，我做了十六年的小學代課教員，不斷地換學校，一家七口只靠一份小學代理教員的薪水，爲了生活有一段時間讓孩子撿拾蝸牛到市場換魚、換肉。因爲長子在台南不易找到工作，來到台北應徵，一次就OK了，民國六十三年搬到台北，台北租金貴，我開始賣菜，有一天騎三輪菜車跌入稻田裡，又改行在家當保母，早晚女兒們都會幫忙，一直到民國七十五年，我算是享清福了，以後也住台北住定了。

上學與小腳之間

陳嘉德

流經華中地區的黃河以南汝南縣官莊鎮是我的出生地，那是民國十三年農曆九月七日，母親生下排行最小的我。父母對么女疼愛有加，陳氏家譜嘉字之輩，取名德。

七歲，我被送進福音堂教會小學讀書。第一天上課，就看到老師用木板打學生，因為不會背書，手心、屁股打個不停，那女生又哭又叫，嚇得我們三個初來上學的玩伴縮成一團。放學回家後，商議再不要去上學了，家長們如何勸說，我們就是拗著不去。

「好吧！不讀書就要在家學針線，裹小腳！」

「新年，也沒有新衣服穿！」

「裹小腳？」

唉呀，那是用長條白粗布，層層包在腳上，留大腳趾向前，其餘四趾都要強彎在腳底下，緊緊包纏數層成為錐形，長年累月地包著。看到姊姊的三寸金蓮，不覺渾身發抖。

要我去上學的母親，苦勸威逼不成，過幾天，她真的拿來好幾尺長、約三寸寬的白布條，抓著我的腳，一層層地包裹起來，即使我痛得哭叫掙扎，她在滿頭大汗中邊纏邊說：「你要是怕痛，去上學，就不要包小腳了！」痛，還是動搖不了決心。等母親不注意，扭到外面，迅速把布條取下丟棄。

母親只是逼迫我，我拋掉布條，她也無可奈何。新年，沒有新衣新帽，這軟化了我的執拗，願意投降去上學了。

讀至小學五年級後，抗日戰爭的烽火燃燒到了家鄉，政府派員到戰區搶救兒童，我和家鄉的大小同學一併被帶到後方，進入四川樂山戰時兒童保育院，繼續學業。小學畢業後，成為難童的我們，等待分發到國立中學就讀，重讀一年六年級，之後前五名被分發到國立西康學生營初中部。

從四川樂山縣到西康省滎經縣約有四百多里之遙，院方只發給我們五人五天的伙食費及一張路線圖，要走路到西康。三位體健的男生，輪流挑著我們五人共一擔的簡單行李，沿著公路行，又走過商旅小路，渡過小溪大河，爬過高山，夜宿學校宿舍。小小年紀懷著能有學校可讀的期盼，忍受長途的勞累，行行重行行，走了五天，黃昏時，踏進了想望的學校。

好景不常，初中讀了一年後，學校被通令改制為職業學校，師生多半離校他去，我也因不合自己的理想，昂然另謀出路。舉目無親的我，只得又回到難童保育院的家。屈服在重慶臨時保育院的家裡，埋頭苦讀，以考取高中為標的！專心致志，努力不懈地勤讀，終於成功地實現了夢想。高中畢業後，為理想繼續求上進，得知考取大學部時也正是八年抗戰勝利的消息傳來，這雙重的喜訊，使我幾乎發狂，「我可以回家了！我可以帶著榮耀回家了！」這是一九四五年的暑假。

民國卅五年八月，乘學校復員船，途經武漢港，我請假回家探親，享受天倫之樂團圓後，即趕到上海市國立同濟大學醫學院繼續就讀。時運不濟，在上海學校才讀完三年後，內戰蔓延到上海市，兵荒馬亂、砲聲隆隆中，街道、黃浦江邊碼頭湧著逃難人群。惶惶終日，何去何從？想起童年難友服役於空軍，訴苦之並詢問可否設法逃難？終於，上海淪陷前一日，在上海機場外高射炮密集發射中，幸運地衝出了上海市的天空，飛向台灣新竹機場。從此，民國卅八年五月，我失了學，尚逾二年未修完的醫學院課程中輟了！

失學

民國廿六年七月七日，對日抗戰開打；八年後，民國卅四年八月侵略者日本終於投降。抗戰勝利的號角響起時，在歡慶中，我也得到考取國立同濟大學醫學院的佳音。

抗戰勝利後隨著政府的復員令，同濟大學於民國卅五年遷回上海市。讀了一年級的我，於復員途中請假回家探親。學校開學時，我即刻回上海繼續學業。

安靜地在上海讀了三年後，內戰的戰火蔓延到上海市，學校停課，各自設法逃亡。我在入空軍行伍的幼年難友幫助下來到台灣，從此輟學。

我捧著同濟大學醫學院院長梁博士寫給台大校長傅斯年的介紹信，希望能進台大醫學院繼續學業。面見傅校長，他告訴我：「現在來台失學學生太多，教育部規定，必經入學考試後，才能插班轉學。」又親切給我講，靜等著暑假考期。

我居新竹市北區，住台北市的同學寫錯了地址，誤將通知我考試日期的信件寄到竹北鎮，直到九月我焦急到了台北，始知誤了考期，又面見傅校長，他很惋惜地說：「我沒有看到你的名字，很感奇怪。既然已失去機會，明年再插班也不遲。」

次年，我得知報名期已是最後一天，趕到台北，匆匆報了名，也未及詳看招生簡章。報好名，即去告知傅校長，他很高興地讓祕書載我去台大女生宿舍，好好準備讀書兩週後的轉學班考試。

考過國文後，第二節的外語測驗，我起立問：「我是考德文試卷的啊？」監考老師說：「報名時簡章上註明德文才有德文試卷。」我只有棄考，去稟告校長。校長也無可奈何，是我的疏忽，已無法彌補，只有安慰我：「你讀醫學院年紀還小，等明年再讀也可以。」我只有悵然離開了台大。

民國四十年七月，我仔細地報了名。初試，五十六位大陸來台醫學院失學學生的插班考試，錄取八名，我和來自同濟大學醫學院的四名同學，都被錄取。複試，八名初試考取生，只錄取兩名。

我失望的悲鳴能向誰哭訴呢？最照顧我的傅校長突於考試前一月驟然逝世！這是命運嗎？我已輟學三年了！民國四十一年七月，我熱切地想復學的心，仍舊不減當年。今年起，台大不招插班生了。教育部令大陸來台醫學院失學學生報考國防醫學院借讀。這年，我因失學失望，懷孕已七個月，得此消息，仍然熱血沸騰，跑去台北國防醫學院報名。報完名，坐在室內觀望，盡是穿軍服的男生來來去去，而我撫撫大腹便便的肚子，羞澀之心淹沒了求學之志。退回報名表，又再度失學了！

又三年後的春季，民國四十四年三月九日，忽接到教育部來函，令三月九日即去國防醫學院報考插班生。老天呀！我雖然求學意志再堅定如鐵，也不敢於此時去報名啊！因為三月十五日是第二個孩子的預產期！只有第五度的失學了！

雖然求學機會失去了五次，但復學的意志仍堅。即使已是兩個孩子的熟齡媽媽，仍熱切地期望要完成醫學院的學業，實現濟世救人的理想。

民國四十五年教育部辦理轉學考試的消息傳來，我興奮地奔去台北報考，決心捨去一切障礙，任何事也不能阻擋我繼續求學的心願。唉！這次，竟因記載我兩次未去報考，失去資格。這樣殘酷的打擊，使我永遠陷在失學的痛苦深淵中。我能向誰傾訴？第六度徹底失學了。失學之痛，痛徹心扉，數十年回憶起，仍然絞痛如昔。

沒有學校可讀，新竹空軍眷舍就成了結婚後的家。在這裡建立的家，十年中孕育了五個寶貝女兒。一生未完成的心願——學醫的理想，想轉移給女兒，盼望能完成。從嬰兒開始，給予啓發教育，成長中生活的點點滴滴，夫婿和我都備極關懷，身體的健康、品格的端正、課業的輔導，都無微不至地細心照顧。所幸女兒也不負苦心教養，都謹遵所囑，用功讀書，力爭上游，達成各自的目標，我的夢想也實現，是皇天不負苦心人。

光陰如箭催人老，日月如梭趲少年。如今，孫兒女有人大學畢業又攻讀碩士班，最小的也入讀小學，這是年邁的我最得意的慰藉。有志不在年高，雖年逾八旬，我勇敢的參加了蒲公英生活史寫作班，與兒孫輩同班學習也不羞愧，坦蕩地說：「我是一年級生，和你們六、七、八年級生同班，我要尊敬你們是我一年級生的學長哩！我要向你們多多請教啊！」

過新年

「砰！砰砰……」午夜十二時正，慶祝新年到來的爆竹聲，零星地從四面八方響起來。靜寂的夜半突起的鞭炮聲，震開了我封存數十年的回憶庫，夢幻似地回到了海峽對岸，相隔千山萬水的遠方華北家鄉——河南。那七十多年前童年的歲月像淙淙流水，再度鮮活起來。耳際又響起過新年時的歌謠：

臘月二十三祭灶官，二十四掃房子，二十五磨豆腐，二十六割羊肉，二十七殺年雞，二十八貼花花。

恍惚中又沉醉在童年過新年的潤味裡……

臘月二十三，過小年，要祭灶神「上天言好事」，等到除夕再請回「下界保平安」。這天開始，家中大動「干戈」，清潔大掃除，整理得煥然一新。

「蒸饅頭」從二十四日起，開始動手做與上火蒸：開口笑大饅頭（直徑六、七吋），棗花子——醱麵做成各式花朵，中心植入紅棗，排在剖開的數條高粱稈上，蒸熟後，供奉立在祖先牌位前；小饅頭，各種包子，要做百個以上。除夕晚上還要包扁食及元寶，即水餃和餃子的變形。年菜豐盛，其中還必得搭配一福菜（十樣生菜），代表全家福。

「拜年禮」酒足飯飽後，全家都要向祖先磕頭。小輩們向長輩拜年，是朝著祖先牌位跪拜。邊磕頭邊喊長輩名字：「我給你拜年囉！」再加說一句吉祥話。年初一大清早，穿戴齊全新衣帽的孩童們向街坊鄰居拜年，也要對其祖先牌位跪拜，一面磕頭一面喊著長輩名諱拜年。站起來後，領糖果、壓歲錢裝滿口袋，歡天喜地。這是快樂天眞的童稚新年。

「轟隆、轟隆……」民國廿六年七月七日抗日戰爭的炮聲響起，隨著戰區迅速擴大至家鄉，尚在讀小學的我泣別了父母，跟隨逃亡的隊伍到後方——四川。在苦難中成長的我，知道惟有努力讀書才有前途。隨著歲月的流轉，已考進高中就讀，在班上我是唯一沒有家的流亡學生，寒暑假無家可歸。班上在地的四川籍同學都很友愛，紛紛爭邀我去他們家度漫長的假期，以親切溫暖的情誼灌溉著我思親孤寂的心。

永難忘懷高一那年寒假，我跟著離校一百餘里的鄉間同學回家。因爲多是山路，「滑竿」

是唯一的交通工具。只有兩根竹竿，中間繫上一段橫竹排，人乘坐竹排上，前後端由兩力夫放在兩肩扛抬著。多麼辛苦的勞力啊！我不敢乘坐，但是同學解說這是很安全的，不須要害怕，走山路，只有這唯一的交通工具。蜿蜒崎嶇的山路上，只能供一人通行。顫抖著坐臥上去後，身體要隨著滑竿變換姿勢。上山時滑竿前高後低，整個人腳上頭下；下坡時頭上腳下，作站立狀；平路才可恢復原方位。一路上就這麼被抬著穿山越嶺，深谷峻嶺的風景只會讓我膽戰心驚。等到終點，我像個出浴的人，汗水濕透了衣衫。

同學四合院的家座落在很多稻田的山谷平地上，房間很多。

「大姊姊回來了！」一群孩童歡喜地跑來。我的同學是老大，來迎接的都是她的弟妹。大腹便便的同學媽媽介紹給我她這十二個孩子的名字。她發現我也姓陳，隨即讓我認她爲姑姑，她很親切地擁抱著我這個新姪女。敦厚的爸爸和藹地說：「我是姑父噢！」這種溫馨甜蜜的歡迎氣氛，讓我感動得流淚，像是回到了我溫暖的家。

全家團圓年夜飯的菜餚種類，和大圓桌旁的人數相等，豐盛又美味。過年時宰一頭預先從自己養的群豬中特別挑選出的大肥豬，做成醃臘肉、香腸。早一個月就懸掛在大廚房的一長排土灶上面房梁上煙熏著。用柴火煮飯，煙多，熏出來的肉才香。讓我現在想起還會流口水的「鴨兒粑」，是糯米粉做的皮包肉餡，外用芭蕉葉包裹蒸熟；還有那又美又甜又香的年糕！

新年還是必須要給親人拜年，新姑父有十個兄弟一個妹妹，各分居在個別的山谷。同學帶著我和可以走路的弟妹們，浩浩蕩蕩地翻山越嶺向叔伯們拜年。我走了四個山谷就習慣了山路行，這才開始欣賞沿途的風景，飽嘗眼福。雖然累卻是相當有趣，走著、唱著、玩著，快活樂陶然，重拾童年的天眞。

寒假一個月的山間歲月裡，四叔曾獵獲一隻老虎。回到學校後，我便向同學們驕傲地誇說：「我吃過老虎肉哩。」滋味如何，已經被時間消化吸收，早記不得了。但是，曾經品嘗過「老虎肉」的回憶，卻永誌難忘。

山裡的過年，是離鄉背井在外的我，最窩心的一個快活新年。

回憶領著我漫步於軍眷村，在台灣結婚的我如今已擁有五個寶貝女兒，她們自幼均住在眷村。村裡來自不同省籍的眷屬日久和樂相處，情感、語言和禮俗彼此交融學習，新年時的忙碌都趨於一致性。醃臘肉、灌香腸、做年糕時互相幫忙，更增加新年歡樂的氣氛。眷村的孩童和大人們，像是一個大家庭，共同享受著溫馨的快樂新年。

記得於每年除夕，團圓年夜飯後，我就忙著將全家大小新衣整好，以備大年初一起床就可換穿得漂漂亮亮。家中各處也要整理得一塵不染，整潔光鮮，幾乎通夜忙碌。孩子又還小，家事全由我一人操勞，我每年都是在守夜中工作到天明，克盡一個主婦與母親的職務，讓溫暖幸福的光芒籠罩著這年輕時所建立的家。

時代的巨輪前進，每日忙碌工作，只藉此新年假日好好養息。但平時的衣食住都像天天在過年，只有「行」是新年最好的節目，「旅遊過年」像春風一樣吹醒了大地，讓一年四季辛苦工作的大人們、上學爲功課煎熬的學子們，在長長的新年假期放心去旅遊。下面幾句打油詩，說明了當今的旅遊新年：

先生們遊山玩水，逍逍遙遙。
主婦們去下家務，輕輕鬆鬆。
孩童們四處遊玩，快快活活。
旅遊業的壓歲錢，麥克麥克。

緣起烽火蔓延時

盧遠珍

養丫頭

母親出生在一個重男輕女的年代，大約在她六、七歲的時候，外公就曾有淹死親孫女的記錄，外公說：「哪有媳婦四十五歲還懷娃娃的？何況又生了賠錢貨！」只因是個「賠錢貨」，就把這無辜的小女嬰放在大木盆子裡，面朝下，轉手之間小 baby 就沒氣了。

開蔴行的朱家沒有顯赫的家世，精明能幹的外婆卻靠著養丫頭攢私房錢。所謂「養丫頭」，就是收養命苦被棄養的女娃，撫養她們到十二三歲，開始爲她們物色當家的，賺一些謝媒金，而收下的謝媒金就用來添購貼補女兒的嫁妝。話雖如此，丫頭與家人的關係在和睦友愛的生活中早就沒有主僕之分，外婆前後養了四個丫頭，分離時總在依依不捨中充滿著牽繫與祝福。外婆第一個收養的丫頭叫大孃，才十三歲大就許配給「水客」做木材生意的老闆，日後朱家在逃難跑路時，還多虧了這位大孃的接應。媽對大孃有著極深的回憶，尤其是婚後她回外婆家，就像姑奶奶回娘家般的禮遇，有著走親戚的熱鬧。

狂轟濫炸下，求生求學大不易

聽媽說，她讀初小是在「螞蚱廟」裡上的課。當我們聽到「螞蚱廟」這個陌生名詞時眞有些疑惑，鄉下最怕秋收時候蝗蟲成群過境，黑壓壓的一片漫天遮蔽，農作物一掃而空，損失慘重，原來蝗蟲是昆蟲之王，若蝗蟲大軍壓境，眞是天降災難！而母親最最美好的回憶就是初小二年級的時候，在螞蚱廟裡上台表演，穿著新的小白衣演出「燕雙飛」，可惜跟她同台表演的謝芸蘭同學一年後死於腿腫，原因是營養不良。

「螞蚱廟」讀初小，「城隍廟」裡讀高小，至於該讀初中的時候，安徽省懷遠縣已被日軍占領，只好就讀日本人辦的縣立中學，所以要上日語課。誰想得到兩年日語的根基，卻在十六年後撤退到台灣時派上用場了呢！

淪陷的老家轟炸機槍砲聲不斷，有一次趕集日，鬼子趁機丟炸彈，炸死了好多人，媽一家人躲到鄉下馬房，這才知道馬是站著睡覺的！爲了躲避日本兵的燒殺擄掠，最後他們逃到省城蚌埠的二姑家，這裡有教會醫院、洋學堂、孤兒院，進「淮西女中」成了媽最大的夢想。可是在內亂外患動盪不安的政局下，逃難躲日本人都來不及了，哪能按部就班地上學，局勢不穩人人自危，大環境下要面對游擊隊、收編的自衛隊、新四軍及中央軍，生活都成問題。

戰亂粉碎了多少家庭，而興學校、辦孤兒院的重責大任，由三個外國的教會姊妹承擔起來，她們積極發揮救難救急的精神，收留傷患、收養孤兒任勞任怨，這種母儀天下的胸懷，對母親的開悟與影響深遠無比。在二姑家兩年多的寄住，媽錯過了進洋學堂的機會，一直到勝利後繼續中斷的學業，進省城就讀省立農業學校，在清晨的雪徑留下上學的足跡印記，勤學用功的名聲傳頌鄉里。

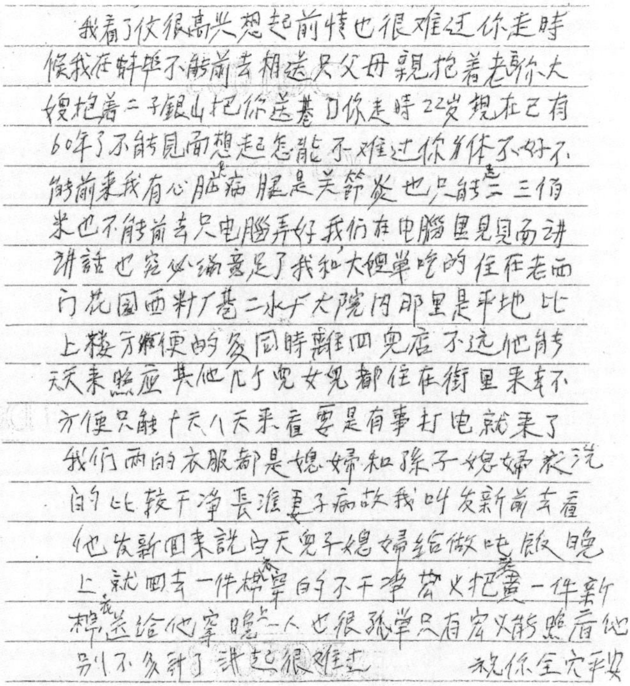
我看了信很高兴想起前情也很难过你走時候我在蚌埠不能前去相送只父母親抱着老駱大嫂抱着二子銀山把你送巷门你走時22岁現在已有60年了不能見面想起怎能不难过你身体不好不能前来我有心脑病腿是关節炎也只能走二三佰米也不能前去只电脑弄好我们在电脑里見見面讲讲話也就心满意足了我和大嫂单独的住在老西门花園西判厂巷二水厂大院内那里是平地比上楼方便的多同時離四兒店不远他能天天来照应其他几个兒女兒都住在街里来去不方便只能十天八天来看要是有事打电就来了

我们兩的衣服都是媳妇和孫子媳妇来洗的比較干净長淮患子病故我叫发新前去看他发新回来說白天兒子媳妇給做吃飯晚上就回去一件棉衣穿的不干净若义把表一件新棉衣送給他穿晚上一人也很孤单只有若义能照看他别不多討了讲起很难过

祝你全家平安

二十二歲送走母親後，六十年未見面的舅舅的來信。

漂鳥相遇

我的母親在「螞蚱廟」讀初小，「城隍廟」讀高小，在淪陷區上中學；而我的父親則是在「孔廟」裡讀縣中，在大後方讀國立九中。十八歲那年，離鄉背井由安徽到南京，一路上餐風露宿，穿爛了一雙草鞋，趕路趕到腳底心長繭，終於趕上軍校十七期招生，投筆從戎，從此離家幾萬里，只能在夢中和父母會面。「父母在，不遠遊」的顧慮，終於在抗戰勝利後得以返家探望父母才解開。父親家中做的是南北貨，算是殷實商家，由於他的長孫身分，又是適婚年齡，在二老的期盼下，相中「勤學用功」的母親，二十七歲的父親與二十二歲的母親在烽火蔓延下完成終身大事。

槍在人在

成爲軍人的妻子，東奔西跑顛沛流離，母親結婚後第一站跟著爸爸來到南京。國共內戰期間，曾搭過三大鐵路，火車一行只換車頭不換車身，重慶—武漢—廣州一路辛苦不在話下。

民國三十八年夏天國府遷台，爸媽由廣州沙河搭上國防部的登陸艦來到台灣。艦上可容納一兩千人，船艙分上下兩層，老弱婦孺上下攀爬繩索，戰戰兢兢，再加上搖搖晃晃的船身，行船走險備極辛苦。爸爸爲了抱緊襁褓中的哥哥，攀爬繩梯才爬一會兒工夫，倏地驚覺槍不見了。身爲軍人，「槍在人在」，幸好即時找到，要知道槍掉了可是要軍法伺候、要命的事呀。

經過七八天的航行終於在高雄港上岸，下船之後人生地不熟的，言語也不通，媽媽試著用簡單的日語交談，倒眞派上用場，不想爲此還被爸爸凶了一頓，嚇得媽媽噤若寒蟬。想必爸還停留在八年抗戰的陰影裡，仇日情結還未放下吧！

最有趣的是大夥在岸邊看到賣香蕉的，媽一口氣連吃三根，沒想到喝母奶的哥哥卻因而拉肚子。據說香蕉性涼，吃多拉多。

大禮堂的小窩

國防部安排十六戶人家寄居在台北市永樂國小的大禮堂，禮堂上高出來的講台區域隔成兩戶人家，而平坦的區塊則隔成十四家。雖然小窩空間擁擠，但女人們倒也沒閒著，巧婦仍須爲「無米之炊」，媽從如何生爐子到煮地瓜籤、由陌路到相合，直到搬離學校與追米族的阿桑仍是知交。

早產在醫院門口

民國三十九年五月，母親到馬偕醫院產檢，也許在懷孕期間營養不足，才到醫院門口，我就迫不及待地呱呱落地，爲此看診的醫生不以爲然地說：「就不能忍一忍嗎？萬一細菌感染怎麼辦？」另外還加了一句：「早產一個多月，太弱了，恐怕養不活，先別報戶口……」從月子到周歲，小病不斷，光一個百日咳就夠瞧了，喝米湯一直到周歲那天才敢去報戶口，因此年齡那一欄，整整小了一歲。從懷孕到坐月子，母親的營養品就是一個小小的雞蛋糕。

父親的外交軍旅生涯

父親的外號叫「冠軍」，每次語文測試成績出眾，平日勤讀英文、韓文、俄文，兩度外派韓國，民國四十六年擔任副武官任內，我和哥哥就讀漢城華僑子弟小學，輕鬆愉快，二年後回台插班五年級，看到圖解算術厚重得像本大字典，從此數理課業部分永遠停留在補考等級。

父親在美國陸軍步校受訓時，曾力邀美眾議員艾伯特來訪，當時艾氏回答說：「我會在必要時參訪台灣。」果不其然，在民國六十年十月二十五日台灣退出聯合國，外交洩氣、人心不安的關鍵時刻，這位友邦人士依約前來造訪，父親對這件事既欣慰又感動。

民國六十一年外派黎巴嫩兩年，回國時帶一床大棉被及一些隨身衣物。也許是水土不合、生活過度緊張，這次回來，看得出五十歲的父親性格大變，皮膚也不對了，臉上手上長出了許多白斑，事後才知道，在黎巴嫩住所信箱曾被放置炸彈，在異域孤軍奮鬥，身家性命無保障。媽體諒地說，一個男人不能在外久住，太孤獨，際遇影響了性格。眞的，就他只帶棉被當行李，是有點怪。爸倒是理直氣壯地解釋：「被套是我一針一針親手縫的！」一向遠庖廚的大男人居然還會用針線？也難爲他了！

民國六十四年自請退伍，三十三年的軍旅生涯畫下句點。退伍後爸爸常去舊貨攤找些老八股的收錄音機，抬回家翻修，由於收音機體積大不好搬，更何況上四樓的舊公寓，只要門鈴一響，媽就緊張忙碌起來，生怕接遲了會被氣急敗壞的父親踹一腳。可憐老媽時時待命、時時聽命，在爸有生之年沒有耽誤過一餐，看完報紙馬上要摺好，而且頭版標題朝上，每份整整齊齊方正得像豆腐板。

其實「退伍」和「入伍」一樣都是歷史，「走路」須要提起腳來，但也須要放下腳，爲什麼父親就沒有母親的耐力、韌性及包容呢？

民國四十六年秋，弟弟滿月，赴韓國前在中和安樂路家門前留影，現在已是省圖書館一角。右邊站著的小女孩就是我。

你是可以生病的

四十歲那年，我因子宮內膜增生開刀，終於躺下休息，我記得媽說：「你是可以生病的。」她接我回娘家細心費神地照顧，可是從我有記憶以來，她是不可以生病的，就連她暈眩病發作到躺在地上，半天不能移動的情況下，第二天仍然爲我們準備好上學的便當。歲月不饒人，在媽八十一歲的那年，某一天清晨她想起床，可是腰疼到不能起身，她心裡非常害怕，萬一哪天不能動了誰來照顧她？

心中的承諾

以前上班的時候沒時間回娘家聊天，現在輪到我也退休了，爲了完成心中的承諾，決定提筆寫出父母生長遇合的旅程，天天找機會不停地問、不停地挖，甚至還把媽接到家裡來住了三天，像做專訪節目，認眞地寫三生三世的家譜，這才知道祖父的名字及父母雙方的家人。

早該知道上一代家族生命歷程，只可惜有一些細節塵封太久了，總有些漏網之魚。現在我們下一代生命的小蓓萌芽挺生，對這些過往的縱橫記錄漸行漸遠，但透過這眞實的探索，發現母親從未有自我、自尊，這一輩子父親職務的果實很尊貴、父親職務的花朵很亮麗，而母親的角色卻是葉子，總是謙遜地奉獻她的濃蔭。

1

2

3

4

1 看似花團錦簇的小徑背後藏著多少顛沛流離的縮影！
2 作者全家福照片。
3 母親、我及女兒三代近照。
4 中年的媽媽。

我的人生

王少芬

金色童年只有這一天

一九五一年初夏的一天，陽光明媚，媽媽喊我起床並說：「今天是三哥結婚的日子，你要為新娘子拉紗。」媽媽給我穿了一件白色圓領套頭的紗裙，還有一雙繡著一朵粉色小花的黑緞子圓口偏帶鞋，頭上為我別上紅色的雙喜字絨花，這是媽媽第一次耐心地為我梳洗打扮，我第一次看到家中來了許多客人，院裡、胡同裡三三兩兩，有站著有坐著，這麼喜笑顏開地說著聊著。

下午我們跟著三哥到南馬路迎新娘，穿一身黑色西裝的三哥和平時完全不一樣，他手上還戴著白色手套，拿著一把鮮花。一輛小花汽車開過來，停在我們面前，三哥開了車門，我第一次看到穿這麼漂亮紗裙的女孩子。她從車上走出來，接過鮮花雙手捧著，在伴郎和伴娘的陪同下走在前面，我幫新娘在後面拉起拖在地上的紗裙，後面有洋鼓洋號吹著，走在紅毯上，我又是第一次看到紅毯一卷一卷地收起又鋪開。胡同兩邊擠滿了男女老少，我想在剛解放的第二年，他們也是第一次看到這洋婚禮吧！

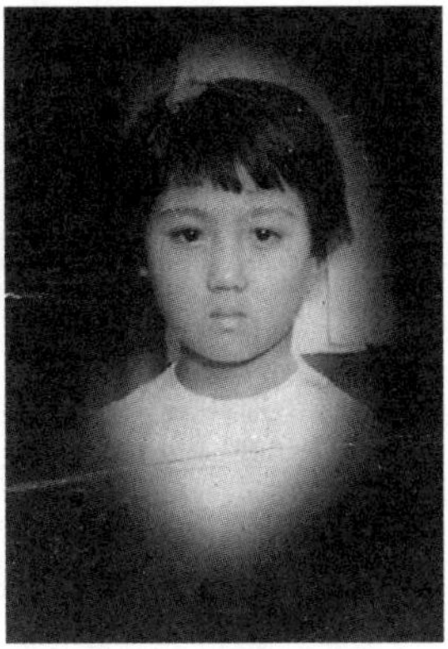

我們簇擁著新娘走進家門，典禮繼續著，有位照相的師傅請大家站好，要拍合影照，我更是第一次知道三角架上的方盒子是照相機，轟地一聲，一道亮光，嚇得我呆在那裡。

結婚的大照片掛在三哥的新房裡，我常去看大照片裡的我，一天三哥拿一塊黑色的玻璃，對著亮光會看到我的模樣，三哥告訴我是相片的底板。一不小心被我掉到地上摔碎了，我也嚇哭了，三哥撿碎片時發現我的小腦袋很完整，靈機一動幫我送到照相師傅那裡，洗出了一張大頭照，想來眞有意思。這也是我唯一一張兒時照片，那年我八歲，第一次擁有自己的照片。

消失的童年與夢想

一九五三年，媽媽以四十六歲的高齡生下了弟弟。爸爸老來得子，實現了多年盼子的心願。媽媽產後的身體很虛弱，所以我十歲就開始幫媽媽做家事，要抱弟弟、洗尿布、打掃房間，凡我能做的都儘量去做。我常常抱著弟弟坐在院中的小板凳，看小朋友跳房子、跳猴皮筋，弟弟哭鬧，我就要抱著他在胡同裡走來走去，一天我被自己的腳絆倒，手裡的弟弟隨之丟了出去，我的胳膊、手、膝蓋都擦破了，弟弟的頭上也碰了一個大包，還好媽媽沒有罵我，只說：「要小心點！」我的童年就在弟弟出生後結束了。

一九六一年一月十六日（我十七歲高二、妹妹十三歲小五、弟弟八歲小一），因爲準備期中考試回家比較晚，推開院門靜悄悄的，拉開屋門黑呼呼的，我打開燈見媽媽趴在炕沿邊上，任我怎麼喊都不答應，我趕忙找來堂哥將她送到醫院，經過檢查是腦出血，無法醫治，於是我們就把她拉回家，準備後事。爲了要沖走晦氣，我們在媽媽的壽衣裡放了幾根青蔥，然後將她就擺在炕上。果然顯現靈效，在昏迷了十五天後，她又奇蹟般地醒過來了。

當時正值中國大陸的三年災荒時期，政府實行計畫經濟，吃、穿、用，完全用票證購買，並且限量供應，有糧票、油票、肉票、雞蛋票，連芝麻醬都要芝麻票，還有布票、棉花票、菸票，總之物資極端缺乏，家中有病人那日子眞是雪上加霜。爸爸每月四十二元，爲媽媽治病要用去一部分，所以要更省吃儉用。因爲在發育期間營養不足，造成我的兩腿水腫。爸爸和姊姊要上班掙錢，弟妹還小，家中一切大小事都由我打理。其中最重的活，就是要從胡同口的公共水站往家裡挑水。胡同全長二十多米，每天我都要挑兩次水，一次約六十斤重，因爲沒有下水道可排水，因此還要去胡同口總地溝池倒水。眞是挑進多少，倒出多少！

我那時無法保證到學校上課，晚上在油燈下一邊寫作業補功課，一邊在爐上煎中藥給媽媽喝，睡前還要用艾草卷幫媽媽熏穴位，忙得我眞是天昏地暗。隔年九月我高中畢業，家裡情況不能容我繼續升學。想上大學的夢破滅了，我有些失落，繼而一想，也好，不用再溫書了，難得能輕鬆一下。

文革中的婚禮

一九六八年正是文化大革命時期，舉國上下轟轟烈烈地展開破四舊、立四新運動，紅衛兵小將的口號是「不愛紅裝愛武裝」。馬路上看不到一件花衣裳。我的終身大事就在這種氣氛下完成：結婚那日，我穿著深灰上衣、藍色褲子、一雙黑皮鞋，只有手裡的《毛語錄》是紅色的，在姊姊妹妹、好朋友的陪同下，一路走二十多分鐘到婆家，在門口迎接我的也是一片灰，我們互相揮著手裡的《毛語錄》，齊呼「祝毛主席萬壽無疆！」後，就進了新房，迎接我的是滿屋子大小不一、白色的毛主席石膏像。大姊四處望，也沒看到新郎倌。原來他正在廚房炒菜準備宴客，忙得滿頭大汗呢！

人們散去了，我坐在新房裡，望著白色石膏像發呆，腦袋裡似乎看到穿白色婚紗的堂嫂，穿圓領套頭白紗裙的我，看到一捧鮮花，還有看到打開又捲起的紅毯，忽然間才醒悟過來，十七年前最難忘的那天才是我的婚禮，是與堂哥堂嫂一起舉行的婚禮。

寡婦難爲

一九七一年九月十日，我二十八歲。年僅三十歲的丈夫在短短的十五分鐘就被死神帶去另一個世界。這晴天霹靂讓我呼天喊地、恨老天不公平……過度的悲傷驚動了肚子裡的胎兒，有流產的跡象，必須住院保胎。完全失去理智的我，堅決不保胎，孩子生下來就沒有爸爸會更慘，就讓她隨爸爸去罷！與這胎兒生離死別的時候正是農曆八月十五月圓之時。我一直喜歡女孩，所以認定這個胎兒一定是個女兒。從此每當皓月當空時，我總想對女兒說：「如果，如果……」

然而再也沒有如果……妳被我扼殺在娘胎裡，只能將妳深深地埋在我心裡。

丈夫過世後，「寡婦」二字一直刺激著我的耳膜。我必須面對來自家庭、社會和自我的挑戰。婆婆說：「你才二十八歲，一定會再嫁，妳什麼時候走都可以，就是不能把孫子帶走！」媽媽說：「你就認命吧！女人一輩子最大的忌諱，就是做寡婦。」她對我講了個祕密：三十年前，一位算命先生指著牆上我那張童年唯一的小照片說：「這是妳的小孩嗎？模樣不錯，但細端詳起來是個哭相，長大命運不會太好……」

是那張照片帶給我厄運嗎？我也不清楚。從此之後，我很認命，認爲自己是個剋夫的女人，逆來順受，斷絕了所有往來，連妹妹的婚禮都沒有參加，過著沒有樂園只有墓園的生活。

俗話說：「寡婦門前是非多。」你再怎樣躲也逃不開人們挑剔的眼光。甚至在幫我介紹男人被我拒絕後，會冷言冷語：「一個小寡婦，有什麼了不起……」工作中也會有幾位談得來的男師傅，即便是純友情的交往，也會被看成有曖昧關係。這些事端常讓我噙著淚水，覺得做寡婦很難。後來作夢也沒有想到公公也對我有非分之想，讓我很惱怒。婆婆過世後，有一天晚上，公公給了我一張紙，上面寫著「我要幫你重新收拾房間，換一張新床……」當時我並不在意，隨手將紙條放在桌上，後來不見了。從此每天早上，他都在院裡站著，我起來要去上班，

他就將手裡煮好的雞蛋，塞在我褲口袋裡，也不講話。我心想送到我手裡就好啦，怎麼這麼怪怪的。更恐怖的是，一天早上，他竟然將我摟在懷裡，用臉緊貼我的臉頰，說：「千萬不要改嫁，要留在這裡。」我不知所措，推車走出院門。我想這樣不行，下班我就對小叔們講了出來，第二天公公失蹤了，小叔們也都不講話。到夜裡十二點多他才回來，從此他們對我都冷眼相對，再也找不到老嫂如母的感情了。我很生氣也很失望，在沒有任何的結果下，我帶著兒子回了娘家。到現在我才明白，當年小叔們怕他們的爸爸丟臉面，就放棄我、選擇了他們的父親。他們也許是對的，總不能讓他們的爸爸無家可歸吧！

這張黑白小照，是我滿三十歲生日留下的，也是我二十年寡居生活中唯一的獨照，讓人看起來就有悶悶的感覺，一副很茫然的樣子，身穿的衣服就是結婚那天的灰上衣。總之，二十年風裡來雨裡去，每天都活在與命運抗爭的日子裡，但多少也能留下一些快樂的記憶。我到鋼廠上班後，往返要騎腳踏車四十多里地，颳風下雨都還可以應付，只有寒冬，飄下大雨時很難騎，現在想來我都不相信自己還曾在雪地上騎腳踏車走，然而確實騎了十幾個年頭。沒有被汽車壓過的路面還好騎，但壓得像鏡子面一樣光滑時，每騎幾下就會被摔下來，一路到廠不知要滑倒多少次。只要前面一位倒地，後面一串十幾位一起趴下，大家扶起車，嘻嘻哈哈笑個不停，基本上都是鋼廠的工人，現在想起來滿有意思，眞有些留戀，苦中作樂，能得到一時的解脫。

人生變彩色

這張彩色照片是我滿六十歲，在桃源仙谷，梅大姊幫我拍下的，笑得很燦爛，是我五十年從來沒有過的笑臉，和三十歲的那張黑白小照一比較，不知道哪張是我，哪張又不是我？

一九九三年夏，我整五十歲，有了第二次婚姻。

我現在的先生命運也很坎坷。他在民國三十八年隨流亡學校登陸澎湖，不久接受美國訓練，在經國先生的命令下，被空投至大陸甘肅一帶搞情報，在一次共產黨圍剿中被打下馬做了俘虜。六六年文化大革命開始，就被揪出來每天批鬥遊街，戴高帽掛大牌，每天聽到的是「打倒歷史反革命，某某某」、「打倒美蔣特務，某某某」。他年輕的妻子無法忍受被當成牛鬼蛇神，於六八年

與他離婚，帶走了他的兒子。這個政治運動害得他妻離子散。在兩岸互通後，他又在經國先生的招回政策中，於九一年二次返台。我們於姊姊與姊夫的撮合下於九三年結婚。他送給我的最好的禮物，就是可以隨他來台灣，這是我作夢也想不到的事。

我眞的來台灣了！同學們都好羨慕我。我來台灣的第一年，梅大姊陪著我，是我的第一個貴人。她是三十八年從北平隨家人來台的。她給了我許多愛，待我如親妹妹。那時因我先生要照顧一位老榮民，不能陪我，都是梅大姊帶著我，從台灣的北海岸遊到最南部的鵝鑾鼻燈塔，拍下幾百張我獨自一人的風景照。我每次回天津，行李都塞滿十幾本相冊，讓我的同學們跟著我的照片旅遊台灣，他們看到了野柳的女王頭、淡水的落日……，他們看到了台灣的山、台灣的水，看到了「外婆的澎湖灣」。我再也不是那第一次走進大觀園的劉姥姥，再也不會隨便喊出「同志」二字了。我已開始融入了整個台灣社會。

三年前，我加入醫院的志工隊，幫助照顧失智老人，陪他們散步、聊天。從他們的眼神，可以感覺他們的喜悅與感謝。在志工隊伍裡，不分本省和外省，大家都相處和諧，是快樂的志工人。我也有了自己的信仰，相信這一切都是耶穌基督的愛，給了我新生命。

有天我和梅大姊站在合歡山上仰望星空時，我對她說：「把我的心摘下來，掛到這綴滿星星的天幕上，如同眾星捧月一樣，捧住我的心，永遠不會跌落下來。」我還在梅大姊的鼓勵下參與永和社大的蒲公英寫作班，結識了更多的朋友，在她們的支持和幫助下，我，寫出了我的人生。

我雖想念我的家鄉，但不會再覺得孤獨。去年先生回大陸過年，我一人留在這邊。大年夜我拿起電話，左耳響起我門前的鞭炮聲，右耳是從聽筒裡傳來的家鄉鞭炮聲，他們在我耳中聯成一片，激動的淚水流滿面。我愛這裡的一切，這裡有東方人的熱情與純樸，也有西方的文明與自由，更有我彩色的人生。

曲折的人生造就了今日的精采。

非關探親

郭小南

1

父親比母親早幾年過世。辦完母親喪事後，五個兄弟姊妹把該分的遺產分了分，大家沒什麼心思再去研究父母還遺留了些什麼物品。臨分手各自返家之際，二哥交給她一個牛皮紙袋，說是母親在去世前幾個星期完成的手稿，寫的是關於母親的母親。

她把那個牛皮紙袋帶回家，卻怎麼也沒有勇氣打開來看。曾經幾次觸摸，手還是縮了回去，生怕打開了袋子，便打開了外婆的生死之謎，會在母親淌血的心上再補上一刀。五名子女誰也沒見過外婆，母親對她也幾乎隻字未提，但不知怎的，似乎每個人都知道外婆是母親心中永遠的痛。

九個月後，她鼓起勇氣把袋子打開。母親曉桐開頭便說她知道這麼幾十年在台灣經常與孩子述說家鄉的種種，唯獨不願觸及有關她母親的事，實不忍觸及也，因此之故，她說她必須在離世之前，將心中積壓的鬱悶說出來，也爲孩子們稍解謎團。

她可以想像母親在去世前幾個星期如何在淚水中完成那手稿的。

2

比起溫文、從不大聲說話的丈夫，曉桐雖然未必比較樂觀，但勇敢得多，做起事來劍及履及。

無論稱之爲遷台、撤退、移居或流亡，丈夫在台灣住了近四十年，卻依然滿腦子的大陸。他不聽、不說、不懂台語，他不嘗、不試、不吃台灣食物，他思、他想、他談家鄉，可他就是不敢返鄉探親，他也從來沒告訴子女爲什麼他不，但大家心知肚明，是他無法承受詩人賀知章筆下形容「鄉音無改鬢毛衰」的重。而政府開放探親後不久，曉桐便在小兒子台生的陪伴下，啓程赴成都「回老家看看」。

其實，曉桐沒什麼親好探。她在一九四九年帶著三個孩子隨夫婿服務的空軍，從成都經海南島飛到台南時，便已知道她其實沒什麼親人了。她那長得清秀、手巧的母親在嫁入陸家生了一兒一女之後沒幾年便瘋了，之後便被關在後屋，兒女都不准前往探視，最後默默死在屋內。一個長得清秀、手巧的（必是聰明的）、年紀輕輕的媳婦怎麼會瘋了呢，這便是曉桐最深的傷痛，也是她的難言之隱，更是爲何她從未跟子女說明，卻在臨終孱弱時奮力寫下幾十頁手稿的原因了。

曉桐的父親在她移居台灣之前便過世了。他是個飽讀詩書、卻自絕於世的舊社會的人，他的祖父是清朝時從浙江嘉興到成都府走馬上任爲第一把交椅的師爺；他承襲了祖父、父親的職業，也作師爺，只是民國以後，他工作的地方已不再叫成都府了。

他管教兒女甚嚴，不分男女，自幼便請先生到家裡盯著他們熟背古文、古詩，不從便體罰。父的威嚴不在話下，但可能有更多的因素使他與一對子女維持著如鴻溝般的距離，因素之一便是孩子的母親——他的妻子——瘋了、關在後屋。

曉桐唯一的、長得跟母親同樣清秀的哥哥在抗日戰爭的第一年便逃家從軍了。他逃離的是家裡窒息的空氣，是無以名狀的憤怒。一九三九年夏天，有人捎來消息，說陸家小少爺在華北戰死了，捎信的人還帶回了一個小包袱，裡面有一件他生前穿的外衣，外衣裡裹著一個緞面嬰兒肚兜，上面繡了好幾隻彩色的雀兒，是母親在他襁褓時縫製給他穿的。

3

一九八九年冬，曉桐七十一歲，第一次踏上歸途。她唯一能探的親是她的表妹，她要隨行的台生稱呼她「孃孃」（niang niang）。她準備了金飾和不少美金，到了成都換成了外匯劵，替孃孃及孃孃的兒子、媳婦買電視、冰箱、摩托車。

曉桐不好開口問表妹那只箱口包著銅皮、箱鼻也是銅的老骨董木箱是否還在。一九四九年十月，她要從成都雙流機場撤退到台灣的前一天，將木箱託付給不能走的表妹，箱子裡面放的全是她父親遺留下來的字畫、古籍和珍貴的文房四寶。

孃孃自始至終沒提起那只木箱。

抵成都的次日，曉桐便和台生出城去上墳。出了西門經過青羊宮快到望仙橋時，她開始啜泣，放眼望去，景物全非；再抵送仙橋時，她已不能自已，趴在石橋欄杆上痛哭失聲，她記憶裡的陸家祖墳已不見蹤影，當時守墓園的長工老郭一家人也已無人聽聞，記憶中墓園附近的菜畦都變成了民房。

曉桐不由自主地悲鳴——

去者日以疏，來者日以親；
出郭門直視，但見丘與墳；
古墓犁爲田，松柏摧爲薪；
白楊多悲風，蕭蕭愁殺人；
思還故里閭，欲歸道無因……

當日午後，曉桐直奔位在炮桐樹街的幼時故居。炮桐樹街倒是找到了，只是時空流轉、人事全非。她家的大宅院裡，住了不下十戶人家，院子裡的老松、銀杏、梧桐和桂花、含笑、梔子花和各種梅花，尤其是他父親最鍾愛的臘梅，在最嚴寒的冬天會開出花瓣白中透綠、香氣襲人的臘梅……，一樣也沒了。

「是非成敗轉頭空，青山依舊在，祇是……」這會兒，她又哭了，眼淚像河水決堤。

曉桐跌跌撞撞地逃離了那個極端背離記憶的地方，走入兩旁都有圍牆的住宅巷弄，她依稀又回到了她十歲的時候，那時她母親已瘋了，她終日驚驚惶惶、形單影隻，因爲哥哥是祖母的乖孫，成天吃住都在祖母的屋裡，甚少與她玩耍。每當她惹祖母生氣的時候，祖母便把下人叫來，「把她送走！」於是她便被押著，途經炮桐樹街，到幾條街以外的叔叔家去住。在路上她總是紅著眼，想她的媽媽，到了叔叔家以後，蜷在小床上哭著睡著。

4

由於孃孃熱情、堅持的邀約，曉桐和台生只好下榻於孃孃家。時值寒冬，室內燒煤炭取暖；入夜，曉桐氣喘發作，折騰了一夜，快到天亮才闔了眼。第二天，至一小診所看病，有著一口黃板牙、穿著黑霧霧白袍的醫生問了病情把了脈之後，開了像一麵粉袋那麼大的一包草藥，「回去一天吃三副，用十碗水熬成兩碗服用」。

曉桐不敢再住在表妹家了，他們母子倆搬進了錦江飯店。房間裡開著暖氣，她依然氣喘不止，兩人決定第二天便返台。到中正機場下了飛機之後，曉桐是坐在輪椅上被台生推出來的。

5

曉桐的母親姓江，剛從鄉下被陸家買回來給陸師爺——即曉桐的父親——做偏房時才十七歲。其實當時陸師爺尚未娶親，但是當時他喚作「媽」的舅母規定江小姐只能作偏房，說她的出身低。

陸師爺爲家中長子，自幼責任感重，他答應年輕守寡的舅母要照顧她一輩子，視她爲親娘，對她百依百順。江小姐嫁到陸家後，由於長得乖巧，女紅更是要得，陸師爺一天比一天喜歡她。

舅母看在眼裡，一天比一天嫉妒，於是由妒生恨，開始不給這個小媳婦好日子過。她撤掉配給江小姐的老媽子和丫鬟，要江小姐自己做家事，像下人一樣地伺候舅母，並規定江小姐要像孫輩們一樣尊稱她爲「祖祖」。

江小姐頭一胎便生了一個壯丁。但未及斷奶，便被祖祖抱走，成了她的孩子。江小姐從此只能在天井或院子裡遠觀自己的骨肉。江小姐日日以淚洗面，想抱她的孩子，但就連她自己的良人也不出面主持一下公道。孩子會說話了以後，也不曾叫她一聲媽，甚至不認識她。

隔了兩年，江小姐生了一個女兒，就是曉桐。不數日，祖祖便命陸師爺與江小姐分房，命陸師爺到祖祖屋裡用膳、起居。祖祖沒把孫女抱走，因爲她不喜歡女的。等曉桐會說話走路了，祖祖便嚇她，說她媽媽是野人、是妖魔。更長，她也變得不喜歡她媽媽了，因爲媽媽時常哭，時常嘆氣。

6

曉桐念小學四年級的時候，有一天放學回家，看到下人們匆匆往她母親屋子方向去，看到一名長工在祖祖的指揮下，將又哭又笑的母親用繩子綁著，把她拖到後院，扔進一間空屋。曉桐嚇得發抖，但趕緊擦掉眼淚，怕祖祖看到要罵她。但祖祖還是看到了，警告她：「哪個敢來看她，就試試看！」分明也是警告她父親，陸師爺。

曉桐從此更孤單了。只有在念書的時候見著哥哥，很少與父親碰面，又不敢去看她母親。有時在夜晚，聽到從後屋裡隱約發出悽厲的悲號，有時不像人聲，她嚇得直打哆嗦，夜夜流著淚睡去。

一日，曉桐放學回家，想找哥哥玩耍，便逕自走到祖祖屋裡，看到父親與祖祖兩人抱在一起躺床上，她拔腿就跑，但還是被眼尖的祖祖瞧見了。從此，她過著像她母親一樣悲苦的生活，在家裡是動輒得咎，祖祖一不高興，便叫：「把她送走！」

曉桐十六歲離家去念成都女師，住校，心情開朗多了。一日放假回家，她鼓起勇氣，到後院想去看看她母親，她偷溜到後屋時，發現屋子是空的，甚驚，跑去找父親，他垂著眼，說：

「你媽前幾天走了。」她登時像遭了雷擊，衝出家，在雨中狂奔，直到傾頹於地。之後，她三年沒有踏進那個祖祖掌權、父親沉默、沒了母親的家。

7

曉桐十七歲時的暑假，成都女師校舍外借給省政府舉辦一個全四川省大專男生短期軍事集訓，集訓的男生便暫住在女師的學生宿舍裡。秋季開學時，曉桐返回宿舍，當天下午，她將她的褥子及被單拿出來要準備鋪床時，看到她的木頭床板上，寫了兩行毛筆字：

雖不識佳人，幸得同床眠；
他日若相逢，盼能續前緣。

岳祥

曉桐飛紅了臉，好像發生了不可告人之事。同寢室的看了，也覺得既有趣又害臊。大家喧鬧了一陣後，一位長兩歲的學姊說，這事不能讓校方知道，於是曉桐便拿了刷子，用肥皀和水將那兩行字及留言人的名字洗去。聰明的曉桐當然已將留言及男生的名字烙在心上了。

曉桐十九歲女師畢業後，到了陴縣一間小學教書。一日，收到昔日同窗的來信，邀她月底到都江堰郊遊，並且認識幾位航空學校的畢業生。那天她穿了白上衣及藍碎花的布裙。到了目的地，見到了幾位跟她們同樣靦覥的航校生。其中一位看似眼熟，覺得有一點像自己的哥哥，他說他叫「岳祥」，岳飛的岳，文天祥的祥。曉桐差點昏倒。

幾年後，岳祥娶了曉桐，曉桐成了空軍眷屬。他們在大陸及台灣共生了五個孩子。

烽火中的跨國之愛

劉瑞芳

一九四三年，母親坐船至瀋陽，身為日本少女的她，對那滿是五顏六色的衣衫及豐富糧食的中國眞是驚羨！她這一代，日本國正在戰爭，小學生就要縫製戰士征衣。屬虎的她們縫得最多，因爲相信屬虎較兇猛。且衣服只准穿藍、灰、黑等無色的，食物也短缺，爲體恤出外戰士，政府一直宣導。

只讀日本書報的她，不免心想：「難怪要占領中國，因爲它實在太好了！地大物博，物產豐碩，哪是自己國家所能比的？」做著會計，記著流水帳，能穿紅、綠、紫的衣服，才是她眞正關心且快樂的。到了瀋陽後，每樣東西都讓她驚喜，她就像鄉巴佬進大觀園。

這樣愉悅的日子沒多久，收音機傳出天皇的無條件投降與道歉……。看到每個曾「趾高氣昂」的日本軍官居然頻頻鞠躬、哈腰道歉如喪家犬，她想：爲何這些男人不切腹自殺？那才是日本武士的精神呀！

國民黨軍隊已到，準備接收，她被推出去表演日本舞，以娛這些戰勝軍方。傻愣單純的她，去了，且用心地表演，她想：這樣就不會爲難我們全部的人了吧？

確實沒爲難全部人，然而，軍長卻看上這十八、九歲，年輕白皙又漂亮單純的日本女孩，要她答應留下，才肯放行。

但是軍長好老，三十好幾、近四十，一副軍人的霸氣，且語言不通，不是她喜歡的型，但大家性命都在她身上，如此重任，怎擔負得起？哭泣著，依依不捨，目送同胞離去……。

有一少校，長得黝黑、俊俏且年輕英挺，他是負責「政工藝文隊」的隊長，原來，他是在四川重慶國民黨臨時政府徵兵下才當兵的，當時國民黨於四川徵兵，如每戶不派出一人當兵，要徵收龐大地租。少校是大學畢業，有氣質及風度，兩人似乎是「一見鍾情」，儘管語言也是不通，但怎麼眼神竟會傳情？且用漢字書寫著自己心意。

她比手畫腳又以書寫告知軍長，她愛的是那年輕小伙子，結果軍長居然放她走！這眞是生死一線間，因爲如不告知被發現，極可能被槍斃。連夜，小伙子帶著她跑了，投靠另一軍隊（軍種），當然一切都從零開始，他成了軍階最低的小兵。

當時中國動盪不安，每個軍閥都想掌權，貪汙舞弊層出不窮，兵荒馬亂中，人民飢寒交迫，生命有如芻狗，共產主義思想更得民心而異軍突起。國民黨節節敗退，一路往南撤。與日本打仗已疲累不堪，且此刻是打自己人中國人呀！大家都不想再打了！

按規定，「校」級以上才可坐車，且火車都被炸毀，小兵就只能用走的。父親從瀋陽走到上海，豈止千里遠，而「萬里長城」眞是用爬的，由關外爬石頭入關內。

貨幣政策也變，又是「袁大頭」，又是「金圓券」，老百姓苦不堪言。每次，國民黨說撤就撤，要人將所有行李丟棄，再發個手榴彈，不知要炸誰？米，也是算「顆」的給。因爲太餓，有一次，只有一身國民黨軍服的父親出去找食物，久久未歸，天色已暗，母親擔憂可能被共產黨抓去了吧？

果然，父親被抓入監獄，母親用生澀帶日本音的中文問：「是否丈夫在此？」看守所女子查看名冊，粗魯地回說：「沒有！」識字的母親說：「這是我丈夫的名字呀！」那女子沒好氣地大罵：「就是妳這『軍國主義』日本妻子，他才一定要去西伯利亞勞改的！」

母親失望頹然蹲坐在石階上，賴死也不走，一連三日，內部人員趕她離去，她說：「我丈夫在此，無家可歸，要不，你們也讓我進去關吧！」他們只好讓她進去關女子監獄。

此結婚照是父母四十歲才照的，以彌補戰火下無法完成婚禮的遺憾。

每日，挑水、洗衣、煮飯給他們吃，不太懂中文的她，默默勞動著。有一四川女性看著她，久了，也上前攀談，問她：「妳在這，沒朋友親人嗎？」她搖搖頭，繼續作活。或許出於同情，也或許基於同鄉，身爲高階黨員的那女子下令放了父親，別人不同意，但她說：「上級規定，有家眷，一律可走。這女人就是他太太，爲何不准？快放人！」簽發「路條」後，他們終於才可離開。

父親一身髒亂，驚慌出來，見到母親時說：「妳沒走啊!?」拿起路條，飛快趕路。

四年中，母親懷孕兩次，一次逃難過江，冰冷的江水，將有孕的孩子流產掉，一次孩子生下，但物質缺乏，加上四處是死人的病毒，孩子染病也沒活下。

到上海，這群流亡的人住在像殯儀館般的、可能是學校的臨時居所，旁邊就是死去的人，不管是病死或餓死，只用塊布披上便罷，然後再燒掉。然而，這極盡奢華繁榮，又有各國租界地的上海，讓母親嘆爲觀止。百樂門的歌舞、電車經往的百貨公司，與各色人種不同的穿戴、各式各樣時髦髮型和服飾、建築物……在在讓她相信，中國，實在是個偉大國家！

登船到台灣，只爲了它離日本近，如有一日，父親不要她了，她也好回家鄉。

而父親一直無法歸鄉，也沒遺棄她。她也不願與日本家鄉聯絡，只是一直用著「旁士」來潤膚，且說：「這是世界上最好的牌子！」那繁華霓虹燈閃爍的上海「旁士」，竟是她年輕時唯一的奢侈品。

杯中淚

張慧民

「又喝了，吱啊、咋的，喝喝好死……」

四嫂那高分貝的咒罵聲穿牆而來，四哥是照喝他的酒，對那些咒罵，他都當成女人在「嚼蛆」不欲理會。

那光景，四哥喝的也不是什麼好酒，這爿雜貨店維持的是一家生計，小店裡能賣的酒也只有公賣局配售的，紹興、黃酒、啤酒算是高級的，等而下之的就是太白酒、紅露酒和紅標米酒了，另外一種較特別的就是小瓶裝的「燒酒」，在當時它是類比「金門」高粱，公賣局也稱它爲「高粱酒」，事實它難與「金門高粱」匹敵，飲它入喉那股子辛辣燒喉還眞是夠嗆，飲君子們稱它「燒酒」，它和內地的二鍋頭「小刀酒」有那麼點類似。

四哥是我家族中的姪兒輩，但因爲年齡相近，我向以「四哥」稱呼他。民國卅九年五月，那麼多難民一下子湧進，四哥剛到這人生地不熟、語言又大相逕庭的地方，沒能揹一分一毫的地來，又沒讀過幾天的書，大字識不得一籮筐，用什麼養家活口？將身上所剩的一些餘錢先置個可以養家器材——「三輪車」，用那勞力去營生總可以吧！

所謂：「有智吃智，無智吃力」，許多逃亡來的難民就成了當時的「三輪車伕」，是有身分地位人的代步工具，當年因爲大眾工具稀少，三輪車伕們只要勤快努力，多半能攢些錢，若是幸運，有夠力的人推荐，找到個公家機關，拉個什麼主管的包車，保障就更不用說了。

這些車伕們自成一個租借排班系統，互相協助扶持，有家有眷的排正常班，無家口的就只有排那剩下的班，除非你自有能力購置車輛不受此限。排班時的空檔當然是賭啊、酒啊、菸啊的，他們心中的那些苦楚，也只能靠這些東西發洩。

在百廢待舉的戰後，經濟因「軍民齊心」逐漸復甦，汽車逐漸被引進，三輪車變成落後的象徵，爲了「國際形象」，約民國五十年左右，被政府收購淘汰。車伕中年輕、頭腦靈活、身手矯健的皆接受「轉業」，參加政府設置的駕駛訓練班，學習開車技術，向政府「借貸」購車，開始人生另一生涯，鎮日開著計程車滿街亂竄地兜攬生意。

四哥被淘汰了，那點微薄的「收購金」能做什麼？夫妻倆盤算一下，只能做些「本薄利多」的活，可天下哪有白吃的午餐啊？看看街口上，一個個地架起擔子做起營生來，兩人一商議，第二天也找了個挨著圍牆邊上的空地，架起他人生的第二個營生——賣菜，花錢請人打造個三輪拖車，拉著這營生的器具，每日裡到「中央市場」（大約位在今天台北市西寧北路、靠水門那一大片地方）批購菜蔬回來販售。幾年下來，身體的負荷難以承載，那晝夜顚倒的奔波，到了年節更是徹夜不能闔眼，隨時得補貨。如此煎熬，鐵打的身子也被磨損了，四哥原就瘦弱的身子骨更見形銷骨立，和人高馬大的四嫂實難相比。但是沒個男人替你奔走購貨也難經營，乘著攤位難求、價錢不差，兩人一合計就把它給頂讓出去。

日子要過，沒了營生又沒恆產，坐吃山空，這麼閒坐不是個事啊！舊有的小屋年久了，幾戶人家商議後，請人在原地基上重新起造，小樓剛蓋了起來像點樣子了，有了內外、上下之分，樓上分租了床位給單身人，兒子和幾個男人住著，樓下房間夫妻共住，剩餘的空間吃喝拉撒綽綽有餘，裡門前的空間棄置不用可惜了，找了木工做了四扇門板圍了起來做成店面，開了間雜貨鋪，這第三個生計就多半由四哥一人守著，因爲四嫂被人請了去，日裡去夜裡回地當起人家的管家。

聰明的人不會被時代淘汰，四嫂幾年生意做下來，閩南語是能聽能說，加上她遇到廟埕酬神演出歌仔戲時，場場不缺，晚上丟下飯碗拎個板凳早早就去，占好位子就左鄰右舍拉聒著等開鑼。一次我好奇地跟著她去，看看這「野台戲」迷人魅力究竟在哪?結果竟也著了迷，忘了「馬上回家」的承諾，深夜戲散返家，被父親關在門外。

四哥被困在小店內，一分五厘的買賣都得起身笑臉相迎，這爬起坐倒伺候人讓他迭有怨言，而他的嘟囔當然招致四嫂的罵了，日子過得並不舒坦。

沒見過四哥對自己有什麼講究，一年到頭，夏天白布香港衫西式長褲，冬天黑色或卡其色中山裝，再冷就加一件染黑了的軍大衣，記憶中就那麼幾件數得出來的衣物，從未見他爲自己添置過任何行頭。但他對妻兒卻不吝嗇，四嫂的時髦是街坊有目共睹的，兒子養隻潔白的狐狸狗，四哥帶到獸醫院打數百元的預防針從未計較，在那個年代裡整條街只有他家的狗是圈養的，其牠都是散兵游勇的野狗。

雖說家中開店賣著菸酒，他抽的卻是「新樂園」，連包好一點的雙喜菸都捨不得抽，更甭說長壽菸了，可朋友、親戚到家裡或逢上年節，他都是開著長壽菸請客人抽，客人看他自己抽新樂園有時不好意思，他還直說他抽慣了，新樂園才夠味。客人走時，若是菸剩得不多或是不再有來客時，他會捲一捲菸包，塞在客人口袋要人帶走，口中還直說開了封不能放，潮了就抽不動了可惜了它，卻不會把它留下來自己享受一番，有時弄得客人都不好意思直說謝，他會推著客人出門，免得家裡那口子聽了又要淘神，一包菸能賺多少利？抽了還帶著走。

有一年他唯一的子嗣得了病送到「兒童醫院」住院，醫生說了些情況很危急生命堪虞的話，兒子得的是什麼「黃疸病」，左右鄰居圍到家裡來關心，四哥講不出個頭緒，我們醫藥知識不足又都不甚了解，只見他端著杯子就著桌上的花生米，噱哭得更是說不出個理來。我這才知道四哥平日裡的配酒菜，多半只是店內賣的花生米，沒什麼旁的佐酒菜，他對自己竟是如此苛刻。

民國五十年代中期，社會逐步上了軌道後，國際交流讓都市需要更新、環境品質也要提升，這群難民占用的公地，在都市計畫中變更成公園預定地，他們辛苦起造聊避風雨的房舍，在民國五十五年五月時難逃拆遷的命運。奔逃數萬里，「九死一生」保住命後，嗷嗷待哺花費正殷時，再一次面對不可知的未來，有家有口的忙著尋找另一個安身立命的所在，單身的橫豎是孤家寡人，在知道奔走無望後，不知明天在哪的當口，哪管「酒是穿腸藥」，只當它是靈丹妙藥，一醉解千愁！多少壯漢青壯之年沉醉杯中物，一蹶不振，昏天黑地過著醉生夢死的生活。蓬散後的鄉鄰，數年中就聽聞許多已客死異鄉，埋進荒丘成了遊魂。

四哥一家搬到政府配發的國宅，相互間的來往少了些，沒了以前的綿密，路途遙遠舟車勞頓，大家依然要忙生活塡飽肚子。有些開計程車老鄰居若是開到家附近總會藉機探視，聊些家常，口耳傳述得知鄉親間的狀況。直到電話普及，城鄉間的交通更便捷，聯絡也就多了起來。雖然住得遠，每年新年初一早上，四哥總是第一個到家中跟父親拜年的，甚而跪下叩頭執禮，父親則回以年代不同，在外不要再拘這個禮數。

住在國宅裡的四哥沒了店的營生，一家生計如何維持？其實說來我也不是很清楚，大人的事我們是有耳無口。但四嫂是一個精明幹練的女人，多年的盤算、跟會，相信她打理的是應付裕如，可四哥的日子肯定不會太好過，但兒子已經長大成人，大學畢業服完兵役就業了，這是四哥人生中最愜意、讓他最自豪的。記得四哥最常對兒子說，要他努力念書將來當醫生，所有行當裡只有醫生是不求人的，賺錢最多又受人尊敬。可見四哥雖不多話，他的觀察細微，看到這個社會裡最高貴的職業，而兒子是他一生的瑰寶、也是他的希望。

搬離長春路後，除了婚喪喜慶場合難得見上一面，偶或到各家走動也是來去匆匆，不似以往朝夕相處，但每家的動向彼此倒也都清楚，四哥鬧胃病的事我們也熟知，鬱悶的心難展歡顏，加上菸酒的刺激，這胃承受的壓力可想而知！爲了省錢省事，通常是吃些成藥止住疼痛就不在意，能到家門口小診所看看已經是很奢侈了，根本不會想到大醫院去做一些什麼儀器診斷。

有天同事慌張地奔到書庫，要工作中的我接聽電話，那端四哥的兒子急迫地告訴我他的父親不行了。交代同事代爲請假，一路向大馬路狂奔，揮動雙手招呼計程車趕往醫院。捧住四哥骨瘦如柴的手，讓醫生好爲他戳入針劑注射，那扁瘪的手臂連血管都已無法尋覓，醫生交代護士小姐拿「頭皮針」注射。看著四哥那微弱的氣息，難以相信他曾是神勇的、整治打家劫舍土匪的保安隊員，那些被人津津樂道的輝煌歷史都成了煙雲。

常年的喝酒讓胃壁受損，吃「豆腐捲」時沒能細嚼慢嚥，被凌厲的鍋巴脆皮割傷薄弱的胃造成穿孔，緊急送醫開刀縫合，醫生卻宣布四哥的胃早已罹癌。一連串的化療讓他的頭髮落光。看著病榻上一撮撮落髮，初次面對癌症患者的我總會傻傻地詢問醫生，「這化療對正常細胞也有傷害嗎？」答案當然是。

備受煎熬的療程中，四哥曾對我說：「小姑啊！眞是生不如死啊……」的話語，他哀嚎著從床上滾落地，讓人更見心酸。到血庫爲四哥籌措血漿的情景，至今如在眼前，一晃眼，他離開已卅多年了。

有一說：「人在大去時，特會想吃一些平日喜好的食物」，爲了四哥想吃五花肉，四嫂擺動她那解放的小腳去到醫院附近的小飯店購買，在醫院衣不解帶的照顧，終是敵不過死神召喚。四哥在人生青壯的五十九歲離開人世，留下他愛的家人。四嫂轉述四哥彌留時對她說的話：「我現在是眞的孤家寡人了……」讓那朝也說夜也數的四嫂嚎啕大哭、搥胸頓足。四嫂的兄弟在旁說：「平日裡少數落些，何至於今日……」道盡了人生的悲苦，由不得自己的哀憐。

四嫂其實不是壞人，只是心高氣傲讓她難以適應當下的生活，她是一個聰明絕頂的女子，凡事一看就會、一學就懂，相對於四哥隨遇而安、低頭妥協認命的個性，怎能西線無戰事？

她常對我說：「女人最怕心高、命不強……」從在家鄉有田有產的日子，一下子變得一無所有，嫁給四哥理家過日子也都無憂無慮，忽地平地一聲雷地奔逃到千萬里之外，忍受著人下人的不堪歲月，低聲下氣伺候人讓她受盡委屈，加上四哥在這的生活沒了家鄉的威風，就成了她的消氣丸，有事沒事地數落著，四哥是一再忍讓，說急了的時候也會藉酒壯膽的揮拳，我們總替四哥捏把冷汗，卻也沒見四哥落到下風，但四嫂就因那張刀子嘴和一扣不讓的性子，讓人覺得強勢、也替四哥委屈。

艱難苦恨繁霜鬢，萬里悲秋常作客，四哥悶著頭喝酒的日子，可惜他不會哼唱《四郎探母》裡那一折，「想起了當年事好不慘然，我好比籠中鳥有翅難展，我好比虎離山受了孤單，我好比南來雁失群飛散……想當年雙龍會一場血戰，只殺得血成河屍骨堆山，只殺得東逃西散……要相逢除非是夢裡團圓……」來排遣自娛，或可能一解他心中鬱壘吧？

四哥沒等到兒子成婚，當然也就沒享受到兒孫繞膝的樂趣，孫兒們也僅能從他的遺像裡去捕捉他的身影。在那照相並不普及的年代裡，加上四哥過得儉約，斷無可能遊山玩水，能留下的片段身影眞是有限。四嫂雖以八十六歲高齡離開人世，但又能說多少故事給她的兒孫去緬懷？已經故去三十多年老伴的陳年往事，對她也未必不是一種傷痛，加上她自身晚年遭受膽結石的病痛，手術後成了「無膽」之人，不能吃油膩葷辛，高大身軀因骨質疏鬆退化，彎曲佝僂著不能挺直，糖尿病、高血壓等又需藥物控制，幾進幾出醫院的折騰，縱是兒孝孫賢，沒了四哥的日子又未盡如心，對一生如此心高的她未嘗不是一種磨心的生活吧！

「盤飧市遠無兼味，樽酒家貧只舊醅」的日子，漸已消失或被遺忘了，今日的煩囂世道恐難再有「肯與鄰翁相對飲，隔籬呼取盡餘杯」的質樸人心。不堪人事的日漸蕭條、故人逝去，歡笑情如舊？蕭疏鬢已斑，欲祭疑君在？唯有天涯哭此時的悲鳴。

（上圖）民國八十七年，四嫂張胥桂蘭女士攝於故宮至善園。
（下圖）民國八十四年，四嫂八十壽誕和兒孫攝於筵前，左起為孫女志燕、兒子如楨、次孫志威、長孫漢威。

愛比受更快樂

胡傳京

我成長於一個愛的家庭，領受過父母對我的愛與兄長弟妹的關懷，有過很快樂的童年，也才知道如何去愛別人。年長後更因爲信奉天主的大愛，使我擁有愛人如己的力量，度過人生幾次的磨難。過往的經歷儘管不堪回首，但許多畫面仍是歷歷在目，其間的酸苦與無奈實難以用筆墨形容。我今天能在這兒平靜地追憶過往，或許也是天主賜給我的力量吧！

民國三十四年左右，我的先生倪興畢業於南京政治大學經濟系，因成績優異被政府分發至台灣某工廠服務。二二八事變結束後不久，有不少共黨人士滲入台灣做地下工作，其中幾個剛好潛伏在他任職的單位，事發後這幾名共諜都被逮捕並被槍斃。因爲跟他們有同學及同事的關係，在當時沒有任何證據下，他莫名其妙被帶到情治單位接受三天的疲勞偵訊，還遭到電刑。最後實在問不出所以然，才得以獲釋。

這段莫名的白色恐怖經歷，使得他精神大受刺激，此後就一直有幻聽與妄想症的困擾，在他耳邊不時會聽到有人說話，也常擔心有人會傷害他的母親。記得那時候他與他母親至我家提親時，舉止彬彬有禮，外表看來很有書卷氣，完全看不出他一直承受精神疾病之苦，我們全家也都不知他有過這段不幸的遭遇。

他的父親曾在前清出任過川東地區的道台（如同現在的省主席），後來因爲有地主的身分，在民國三十八年即被中共殺害。這個家世與學歷背景，讓家父對他的條件很滿意。但我當時心頭並不十分情願，因爲他的年紀整整比我大上十三歲（後來才知道是大十六歲）。我從小就怕父親，也很難違逆他的決定，我就當這是天主的安排，民國四十六年二月我們在台北華山教堂正式完成婚配。當時因爲父親在總統府擔任參軍，所以有不少將官參加我的婚禮，幾乎每個人都羨慕他能娶到如此年輕美麗的妻子，我也在那天從少女成爲少婦。

（上圖）攝於民國四十六年。
（下圖）全家福，攝於民國五十五年。

婚後我們住公家宿舍，他的家境並不好，沒有任何房產存款，還有婆婆要奉養，生計不寬裕的情況下，使我必須學習擔起一部分家計的責任。婚後我陸續生了四男一女，我完全自己哺乳，所以孩子們都很健康，也與我很親，先生也非常寵愛這些孩子。

我也是在婚後才發現倪興經常發病，當時的生活眞可謂是苦不堪言。而他的發病緣由我也是陸續從他同學的口中才弄清楚，這些訊息一再讓我感到晴天霹靂。因爲他精神受過刺激，使得他在工作升遷上並不順利，常有鬱鬱不得志之感，但我也只能藉助天主給我愛的力量，努力去幫助他、關心他，更可憐他。

由於家裡開銷大，家計壓力沉重，我必須出外從事會計工作以貼補家用，也必須付出比別人更多的愛心來保護並承擔這個家。我雖身爲將門之女，成長過程也一直不虞匱乏，但面對家計困境，也惟有挺起來維持這個快破碎的家，因爲我的信念是：家計境況再不好，也要用心培植孩子們的教育，再貧苦也不能讓人家訕笑。因爲信奉天主，我靠著不斷祈禱讓自己支撐下去，而我的父母也一直給我關愛與鼓勵，加上同學的安慰，使我能堅強地揹起這個十字架，度過一關關的逆境。

在我們結縭二十五年之際，先生突然因糖尿病造成血栓中風幾近全身癱瘓，當時小孩都在學，這個變故迫使我必須馬上獨力負擔起整個家計。我當時一人身兼三職，既要扛起家長的職責，每天上班以維持家計；又要以妻子的角色親自細心照顧生病的丈夫；更須爲人母，繼續培植五個孩子的教育。這個境況沒過多久，我年邁的雙親也先後生病，特別是母親也因中風而臥病在床，我是父母在台灣的長女，必須經常抽空探望他們兩老。

我的父親雖已年老體衰，但卻非常喜歡與我談他一生的經歷。父親畢業於黃埔軍校四期，曾留學日本騎校三年，抗戰時期在中國西北甘肅天水創立騎兵學校並擔任校長，後來晉升到中將。隨國民政府赴台後曾一度擔任過總統府的參軍，後因生病退伍並轉任國民大會代表，晚年多寄情於詩文。我的兩位兄長由於未跟隨來台，聯絡亦完全中斷，父親在與我的言談中經常表達出對他們的思念。由於當時兩岸還不能通信，爲了紓解雙親對兩位兄長的掛念，我遂轉託移居美國的好友熊瑤華替我轉信，沒想到眞的找到了兩位兄長，也收到了他們的回信與近照。熊瑤華不厭其煩在台、美、大陸三地轉寄信件，我總算順利讓雙親知道了兩位兄長的近況，他們不僅都很平安，而且都已經子孫滿堂。這個心願了卻後，雙親不再有遺憾，先後安然升天，兩人都享年八十八歲。他們的逝去雖讓我很傷心，但我還是經常夢到他們，對好友熊瑤華的幫助，迄今我想到都還感念不已。

兩岸探親開放後，我抽時間赴大陸，終於見到了分離三十多年的兩位哥哥。記得當飛機到達北京，提著行囊在機場聽到兩位兄長喚我的名字，頓時讓我淚下如雨，無法言語。我那時節收入並不寬裕，但已盡其所能送他們許多美金與禮物，甚至將母親遺留我的一只綠寶石戒指送給大嫂，我對大嫂說：「這是母親給我的遺物，再轉送給妳，以後就再轉給子孫吧，因爲過去五十年我所得到父母的愛比這更珍貴。」大嫂聽了很感動，我也感到很快樂，感覺像是替天上的爹娘做了想做而未做的事，所以我要說：愛比受要更快樂。

民國八十二年、我五十七歲那年，患病十三年的先生因糖尿病的敗血症感染而逝世，享年七十二歲。回憶他患病的那十三年中，唯一值得慶幸的是他已不再有昔日白色恐怖的妄想，而且他雖然無法行動，也無法言語，但意識卻很清楚，再加上親情的關懷、子女的孝心，雖然身體癱瘓，精神上倒很快樂，生前也順利看到三個子女成婚生子，可謂是安然離去。到現在我還經常在夢中見到父母與他的身影。算算先夫至今已經離開十四年了，我想他在另一個世界也見到子女們的成就吧！

過去幾年從工作退休後，我一面到教會服務，一面也幫忙帶孫子女，閒暇時則隨旅行團到世界各地走走。三年前無意間發現文山社區大學開設了許多適合老人的課程，在孩子們的鼓勵下，我開始重溫學生生活，選了英文、寫作與京劇等課程，成爲一個快樂學習的老人，算是眞正做到了活到老學到老，目前已經修了五十多個學分呢。

登長白山，攝於民國九十二年。

我的幾個孩子雖然都很忙碌，但都很孝順，時常抽時間帶全家人來與我團聚，對我來說，可說是苦盡甘來，精神上非常快樂。在我剩下的有生之年，我依舊會去愛所有我親愛的家人、我的朋友，如同我所說：「愛比受更快樂！」我會爲自己繼續加油的！

【輯二】微物記憶

父親的通訊錄

陳德華

一本有著黃色封面的小小通訊錄，是父親遺留給我的唯一物件。

我十三歲失去了父親。確切地說，其實在更早些年，父親調職離開家裡，獨自生活，我便和父親沒有交集了。我與父親真是「父女緣淺」啊！

小時候，我和父親、母親同睡一張大床。天一亮，父親醒來就伸出他的大手，越過母親逗弄我，或撫拍，或搔癢。我不高興變成父親的玩具，口中發出抗議聲，躲在母親身後，邊喊邊閃，最後一定要母親出面調停解決，母親一面佯裝生氣地怒叱父親，一面溫柔地輕聲安撫我，事情才告一段落，恢復平靜。

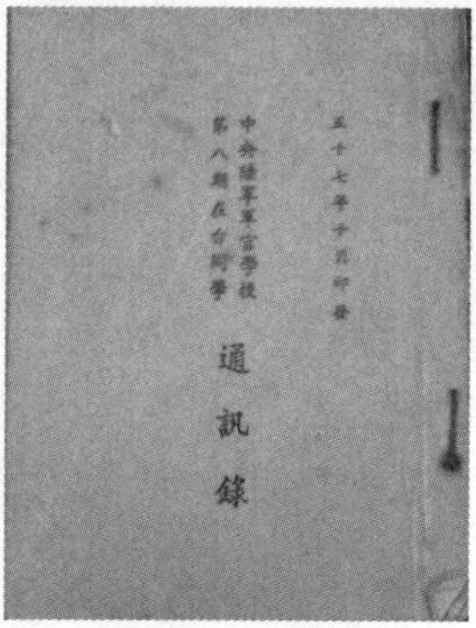

家裡有一本成語故事書，每個成語用四幅插圖配上一個故事而成。我喜歡圖畫中漂亮細緻的仕女，穿著柔美飄逸的長裙，舞著優雅的身段，分明是私自下凡的仙子。晚上吃完飯後，我拿著書，央求父親講書裡的故事給我聽。聽著聽著，我眼睛瞇了起來，父親便把我背在背上，站起身來一搖一晃踱方步，父親的背寬大厚實，我伏在上面好舒服，很快進入甜蜜的夢鄉。如此每天我在和父親的吵鬧聲中拉開序幕，卻又在依戀著父親安穩的厚背下，和夜道晚安。

後來，我上學了。我就讀的屏東市仁愛國小對面就是屏東市中山公園，據說日治時代是熱帶實驗林場，佔地遼闊，還遺留下許多參天古木。經常我放學走出校門，遠遠地就可以看到父親一手扠腰、一手扶著腳踏車，站在大樹下等我回家。小學生戴的是橘黃色帽子，他曾得意地對母親說：「成千上百的黃螞蟻傾巢而出，如水庫洩洪般，但我一眼就可認出我們留著兩條大辮子的小丫頭。」

當我還是一個快樂的小學生時，有一天放學，不見父親來接我，就自己踏著輕鬆的步伐回到家，卻看到母親面色凝重，她憂心忡忡地說：「你爸爸要調到花蓮去了。」我天眞地問：「那我們要搬家嗎？」母親搖搖頭說：「不會！因爲這職務是臨時調動的，要等安定下來再說。」就這樣，父親孤單前往花蓮工作，也從我的生活中遠離。

不久，父親又調職台中。台中無論氣候、交通、人文，都是適合安居樂業的好所在。母親和父親商議著，在台中買了地，準備蓋一戶四周有庭院的兩層樓西式洋房，把家搬過去。詎料就在這時候，父親卻突然病倒了。一年之中，二度中風，隨即溘然長逝。一棵大樹倒下了，速度快得讓我們措手不及。一家子勾勒美好家園的藍圖，頃刻間也被撕得碎碎的。

前一陣子，我整理一個放些過時文件的皮夾，竟找出一本小冊子。封面上印著「中央陸軍軍官學校第八期在台同學通訊錄」，裡面有五十頁，一頁有七格，每一格分別列出姓名、別號、籍貫、在校隊別、服務機關和通訊處。

望著一排排陌生的姓名，我試圖從腦海中回憶曾經聽過的。「張立夫，浙江嵊縣人，服務機關是鳳山陸軍官校」，依稀記得父母提過這個人，好像是官校校長。懷著一顆忐忑的心，我在電腦上輸入「張立夫」三個字，然後按下「搜尋」。我的心情好像久別的老友要重逢，又像遠遊的浪子要回鄉，既期待又緊張，不知電腦會給我什麼答案？

出來了！出來了！畫面出來了！「張立夫，中央陸軍官校第八任校長」，這麼巧？第八期畢業的官校生剛好是官校第八任校長？任期的時間是民國五十四年至五十九年，這本通訊錄是民國五十七年印製的，時間正好吻合。再進入歷任校長的視窗，我看錯了嗎？揉揉眼睛，再看一次，英勇的臉龐透出斯文的書卷氣，五官神韻，簡直和屏東家裡牆上掛的父親照片一模一樣，我嚇傻掉。太震撼了！心臟怦怦地跳，久久未能平復。

意猶未盡，我再鍵入第二個名字，「蔣紹禹」，不得了！這可是個英雄。民國二十七年對日抗戰，我國空軍首開對日本本土戰略轟炸先河。兩架馬丁轟炸機，八位機組人員，其中一位副駕駛就是蔣紹禹先生，他們衝破日軍重重的封鎖，夜襲日本本土，投下大量傳單，徹底粉碎了「大日本神聖領空不可入襲」的妄言。這八位機組人員成功返回漢口王家墩機場時，受到萬民夾道歡呼，當時的行政院長孔祥熙先生、軍政部長何應欽將軍親自到機場迎接。蔣紹禹先生來台後，曾官拜國防部常務次長，且爲國際同濟會台中分會的創會會長。

我像沙裡淘金般挑出幾個有感覺的名字，繼續搜尋。「曹開諫」，前基隆港務局長。期間破例升格從港務局訓練班畢業的許火塗為班長，打破當地既有勢力「五十公司」龐大利益的把持，並一手打造基隆港的業務，全盛時期基隆港貨櫃裝卸量名列全世界前十大貨櫃港。曹開諫先生同時也推動台灣的遊艇事業，使台灣在民國七十幾年間有「遊艇王國」的美譽。

前國防部長「鄭為元」將軍，也曾任中華民國奧林匹克委員會主席，對於爭取我國選手參賽奧運，不遺餘力。前參謀總長「賴名湯」上將，曾赴韓國辦理一萬四千名反共義士回國。負責緬北游擊部隊整編，安排「異域」孤軍返台。任職空軍總司令時，成立「航空工業發展中心」，力主空軍推動航空工業。

被人尊稱為「報皇」的王惕吾先生，於白色恐怖年代《自由中國》負責人雷震被逮捕、輿論界一片沉默時，在他的《聯合報》諫言維護言論自由，《聯合報》竟遭軍方禁閱。王惕吾先生避免強烈尖銳的批評，卻穩健務實地助益了民主的發展。

我想起母親常常語帶驕傲地跟我說：「你爸爸卅幾歲就佩戴三朵梅花，如果不退役，該早就是戴星星的將軍了！」既然這樣，那麼為何民國三十八年一到台灣就退役，不在軍中繼續發展？說法紛紜，版本一：父親是孤身來台，沒有帶自己的部隊同往，失勢。版本二：國民黨政府有意派父親回大陸從事敵後工作，父親不願意。版本三：父親個性太直，得罪了長官。可惜我永遠無法從父親口中知道實情了。

我真正見過而且還有印象的父親同學姓柏。柏伯伯在山裡的小學教書，十分刻苦，每個星期下山一次補充物資，會到家裡坐坐。我只要看到柏伯伯來了，就想要逃之夭夭。柏伯伯的眼珠子是混濁的白色，額頭臉頰有幾道凸起像毛毛蟲的疤痕，半夜撞見準嚇死。後來我才知道，柏伯伯原本也是個英俊少年郎，那些都是柏伯伯作戰留下來的英勇紀錄。同樣的，父親左手小指不能彎曲，也是子彈射過的後遺症。常來家裡的宋叔叔，尊稱父親爲「老師」，他說：「有一次部隊被共產黨打散了，老師帶著我們從安徽到江西，一路上又餓又累，三十幾個人，到江西時，只剩下六個人了。」

父親在通訊錄的一些名字上，用藍筆寫了數字，有的還畫了小圈圈，做上記號。是那些同學特別有交情嗎？看見父親的筆跡，我抑制不住內心的激動而雙眼模糊起來，遙想十九歲的父親是懷抱著怎樣的理想和熱情，離鄉背井千里迢迢去投考軍校？何其有幸，我能身爲父親的女兒；又何其不幸，我和父親能相濡以沫的時日是如此短暫。十三歲，我沒有「爸爸」可以叫了，內心有著三十歲的世故蒼涼；卻在知命之年，因爲一本小通訊錄，又回到童心的純眞。

今年（民國九十六年）五月底，報紙出現很大的標題：殞落了最後一顆黃埔一期的將星——孫元良將軍。家屬刊登了半版的啓事，詳述孫將軍的豐功偉業。我很汗顏，我對父親的生平事蹟一無所悉。孫將軍過世，走了黃埔一期最後一人。那麼黃埔八期的呢？有沒有人做過計算？恐怕也凋零殆盡了吧！

「自古美人與名將，不許人間見白頭」，眾星的殞落象徵那個曾經親身經歷過黃埔建軍、東征、北伐、抗日、國共內戰年代的世代已經走遠，他們已做完他們該做的事，說完他們的故事，寫下他們的歷史。

然而，身處當前的台灣，我們又該從這段歷史學習到什麼呢？曾經是全世界第九大貿易港的基隆，如今已衰退到第四十名；「遊艇王國」全盛時期有八十多家的遊艇製造廠，現在全台只剩下二十幾家了；媒體是二體文化（裸體和屍體）盛行；政客只會噴口水，不會流汗水。黃埔的故事，說給誰來聽呢？又有誰還會記得這些人物、在乎這段歷史呢？我還是把這本小小的通訊錄好好地珍藏在我的皮夾中吧！

三代情

郭碧桐

一口箱子

半年前，整理畫室時，同時整理出一些畫稿，準備放進靜靜躺在牆角的一口箱子裡。

這口樟木箱來歷久遠，而我認識它是在結婚後，據外子告知，是公公生前從家鄉廣東到福建服務公職時，一路帶著飄洋過海輾轉來台的。箱子長七十五公分，寬四十五公分，高三十六公分，靠中間口處有個大金屬鎖，兩邊有著略長的大小扣環，兩側各有把手，沒有輪子，稍顯笨重，搬運時很不方便。

民國六十年代我們舉家遷居台北時，曾把它當成骨董擺在客廳裡，孩子們也常坐在上面，但我吩咐他們要好好保護它。自有畫室以來就一直將它擱在那裡，因鑰匙已不知去向，也就沒有再開啓過。如今跟著我們從南到北生活了三十多年，我從來沒有忘記它，因爲要忘記它也難。

先翁留下這口箱子，裡面放的不是金銀財寶，當年我們曾仔細看過裡面的物品，除了有一件皮夾克、兩套西裝、幾件襯衫和背心，最底下放著他以往服務單位的證件，和一些紀念品及匯票收據。當時正值冬天，外子除了挑出那件皮夾克，把其他物品統統放回原處。

先翁來台時未能及時接婆婆及幼小的小叔們一起離開家鄉，心裡感到內疚，每年由新加坡一位親戚將他們的生活費轉寄回家鄉。民國五十年代，婆婆被清算鬥爭，進了「人民公社」後病逝，當時留下三個小叔，其中兩個隱姓埋名下落不明，另一位後來得知他每天跪地遊街示眾。在這箱子裡放著厚厚一疊信件，是妻離子散、家破人亡的歷史見證，令人心酸、難以忘懷。

先翁與先父同是生長在動盪不安的大時代裡，歷經了內憂外患、國仇家恨，又親眼目睹了一連串的社會動亂，顛沛流離飄洋過海，背負著重重使命，披荊斬棘，最後在台灣落地生根，幾十年來爲發展台糖事業而奔波。先翁以他的土地測量專業爲台糖服務貢獻，先父則以農業經濟的專長，領導部屬推廣製糖，大量生產爲國家賺取外匯。他們各懷長才，同時掌管十三個糖廠的業務，合作無間，因工作上是好夥伴而成爲好親家。豈料物換星移，今非昔比，台糖沒落了，好景不再，唯一不變的是他們曾付出的汗馬功勞，我在這口箱子裡全看到了。

先翁臨終時曾囑咐我們，有朝一日如能聯絡上失散的弟弟們，切記要照顧他們，而對下一代則要我們盡能力教育、栽培他們。他的遺言我警惕在心也牢記在心，所以每當我望著那口樟

木箱，就想到過去先翁的教誨及愛護，他視我如己出，讓我永生難忘，如今我們也實現了他的遺言。

據說，樟木箱既可防潮又可防蟲，為了別讓它虛度光陰也證實它的功能，於是請了附近五金行的張老闆前來開鎖，我原以為這口箱子的鎖牢不可破，沒料到不費吹灰之力下，「卡擦」一聲，那金屬鎖突然跳動起來。我閉上雙眼，剎那間，心在狂跳，伸出顫抖的雙手，終於鼓起勇氣開啓箱門。哇！一陣香氣撲鼻而來，睜開雙眼赫然發現箱子裡的衣物竟然完好如初。

我欣喜欲狂，終於證實了這口箱子確實發揮了應有的功能。我情不自禁地抱起衣物聞了又聞、看了又看，久久捨不得放下，一時間那獨特的香氣充滿了整個畫室。我站在箱子旁，清晰地看到箱裡那面銀盾上刻的「功在糖業」四個字。

皮夾克

先翁遺留下另一件值得紀念的物品，是他生前最喜歡穿的皮夾克，記憶中，每年冬天當寒流來襲時節一定穿著它。好幾次他出差晚歸，我和外子坐在客廳等待他回來，看見他穿著皮夾克配上襯衫或高領毛衣，更顯得整齊、帥氣的模樣。

外子也喜歡這件皮夾克，他曾一遍又一遍地訴說著它的故事和先翁的辛酸史。民國三十四年抗戰勝利後，先翁奉派來台接收日產土地，任職屏東市政府地政科長，主管屏東市六、七個鄉鎮的地政業務，三十七年才轉任台糖公司第二分公司土地課長。先翁剛來台灣完全不懂台語，平日與同仁溝通都以不太標準的國語和客家語互動。

三十六年二月下旬，先翁公差北上，身穿皮夾克，隨身帶了些換洗衣物及公文書（件）等。二月二十八日正好台北發生暴動，外省同胞紛紛躲避。在同事及朋友們互相扶持之下，慌亂中，當機立斷，當晚坐上開往屏東的火車，清晨到達後，看見車站附近擠滿了人群，心知大事不妙，急忙從後車站離開，跳上三輪車往長治鄉方向揚長而去，他投靠了長治鄉鄉長鍾先生。

鍾潤生鄉長是個土生土長的台灣客家人，爲人忠厚老實，是個腳踏實地的基層幹部，平日與先翁因地政業務上有密切聯繫，處理「三七五減租」政策的推行頗有貢獻，相處日久而成爲好朋友。

這位大好人除了收留先翁外，還有兩位同樣處境的廣東鄉親也投靠他。他們三人怕會連累到鍾鄉長，經商議結果，決定就近躲在甘蔗園的工寮中，每日三餐由鍾鄉長家人輪流送飯菜及茶水。白天膽戰心驚，不敢越雷池一步，夜間則偶爾利用機會，冒險輪流到他們家洗洗熱水澡，躲躲藏藏足足度過兩個星期難熬的日子，好在鍾鄉長照顧周到，送上棉被及蚊帳，讓他們三人免受風寒及蚊蟲侵襲之苦，同時幸運地，當時因爲這件皮夾克而抵擋夜晚的寒風。當事件平息後，三人互道平安相擁而泣，當面感謝鍾鄉長救命之恩。

先翁受此創傷，但已是不幸中之大幸。事後得知屏東市府同事有些來不及奔逃者被暴民抓去質問，凡是不懂台語、日語者統統集中在屏東公園，雙手反綁，雙腳跪地等待處決。幸好高雄港口司令彭將軍率領部隊及時搭救，而倖免於難者近二十人。他們有的尚活在人世，與外子常見面，在他們閒聊中談起往事，恍如隔世，卻仍心有餘悸。

事隔一甲子，看到穿在兒子身上的皮夾克，使我想到外子訴說的經過。兒子除了喜歡這件皮夾克外，還視它爲珍寶，強調它「皮質厚實，有韌性」，眞可謂一語中的。先翁的際遇及鍾鄉長的恩情，就好像這件皮夾克一樣深厚、篤實、堅忍，而它也爲他們的友誼做見證。在皮夾克上，我好像又看到了先翁的身影。

一束花白的頭髮

畢珍麗

我有奶奶，我眞的也有奶奶！

那一年爸爸五十八歲，從山東老家把重病的奶奶背回台灣，在香港差點就上不了飛回台灣的班機。找了人託了關係，讓奶奶迅速地通關，抬上救護車，直奔三軍總醫院。

看著病床上骨瘦如柴的老太太，我們得喊她「奶奶」！小時候看卡通《小英的故事》時，小英喊「奶奶！」我還曾想過這輩子可是沒有奶奶可叫了，想不到居然……。她那滿是皺紋又瘦削的臉龐，看上去就知道病情嚴重。走到病床邊，奶奶看到我們，仍費力地擠出一絲絲笑意，那一年我三十歲了，我還是想盡了法子發出撒嬌的語調叫了一聲「奶奶」！眼淚早已奪眶而出。

奶奶的容貌和家裡那張大相片一點也不像，那是一張爸爸從大陸帶來的小相片翻拍放大的，粒子雖不清晰，可是從奶奶下彎的嘴角、嚴肅的表情，看起來好像是在瞪人似的，小時候看那張相片時就感覺奶奶一定很凶。心裡就不由自主地幻想有個慈祥、和藹的奶奶，會偷給我些自己的私房錢，讓我買個小零嘴吃。家裡有七個姊妹，媽媽總要在經濟上幫著、忙著，我們能分配到的母愛自然就少了，因此也愛幻想有個好奶奶疼我，我可以跟她撒嬌、耍賴，她是我一個人的奶奶！

兩星期後，奶奶可以回家休養了，雖然媽媽突然多了個婆婆，但完全沒有婆媳的問題，因爲媽媽原本就是個爛好人，而奶奶可是見過「大風大浪」的大陸同胞，世故得很呢！

奶奶還挺會做「婆婆」的，每次看到媽媽一個人在洗曬全家的衣服時，必定會跟母親說：「叫德裕來幫忙，妳自己一個人做，會累壞的！」母親辛勞了幾十年，還好這從來沒見過面的婆婆，不但與母親同心，更懂得教母親如何地「管老公」。那時候母親還幫大姊及五妹帶孩子，每當母親要忙著煮晚飯時，奶奶就會陪兩個小外曾孫玩，那兩小子最愛玩搶球的遊戲，總是要「老太」把小皮球丟出去，東東和安安就會一蹦一跳地去搶著撿回來，再交在老太手上，老的小的一丟一撿間笑得開心也玩得起勁。哪知有一次小東東搶來搶去的，玩昏了頭，撞上了門框，頓時血流滿面，這可把老太嚇傻啦！這時母親飯也別煮了，和爸爸抱著小外孫就往醫院跑。那次經過讓奶奶的心情跌到谷底，好些天都沒了笑容。第二天頭上包著紗布的小東東拿著球繞著老太要玩遊戲，她可是說什麼也不答應小外曾孫的要求。

奶奶的腳是解放過的小腳，雖然不是三寸金蓮，可比我們的腳要奇怪得多，那腳趾頭除了大腳趾，其他都拗在腳背下，但可別小看她的小腳，眞格地快步走起路來，只見她頭肩前傾那兩條腿就像上了發條似的，左腳右腳扭啊扭的還眞追不上她呢。

奶奶來台灣時就只穿著身上那套衣服，母親利用帶她逛市場時，以東西便宜爲由，爲她添購一些衣物。這是奶奶第一次穿上睡衣，看她開心地摸著棉棉的睡衣說：「這在老家可沒聽說過，睡覺還穿特別的衣裳，而且比上城裡穿得還漂亮。」我想她那晚一定好夢連連。

有一天媽說奶奶想把頭髮剪短，我一聽立刻自願爲奶奶服務（當時我可是已經擁有幫老公、兒子、女兒剪了十年頭髮經驗的老手了）。幫奶奶圍上尼龍布巾，拿出我的專業髮剪，輕輕地梳著奶奶花白的長髮，接著一剪一剪細細地修剪，趁機我輕輕地撫摸奶奶的頭形，至今我仍能感受到那有形的後腦杓。因爲她頭形好，所以稍在髮尾剪出一些層次就大功告成了！奶奶照著鏡子攏著新髮型，笑得好開心，還有那麼一點少女的羞怯，畢竟這可是老太太幾十年頭一遭啊！我摟著奶奶直說：「好靚啊！」

在收拾地上的白髮時，我突然發現，這應該是奶奶眞正可以給我的東西。於是小心翼翼一點一點地收拾地面上較長的白髮，整成一束，再用紅繩紮好，收到一個透明盒中。

奶奶在台灣享了幾年的福，卻一心掛念老家雙腿殘疾的小叔叔。爸爸又回了一趟山東老家，也把奶奶從我們身邊帶走。這一去，我們就再也見不到她了！

奶奶回老家的第二年深冬，台北是又濕又冷的氣候，那山東老家就更甭提啦！有一天晚上大叔叔從老家打電話來，告訴爸爸，奶奶不愼摔了一跤，現在已無法下床行走。爸爸急得想立刻回老家，無奈老家當時氣候太冷，爲顧慮兩老健康狀態，在我們姊妹極力勸阻下未能成行。隔月當我們再接到消息時，奶奶已離開人世。後來我們才知道奶奶摔跤行動不便，臥床後就很少進食，她是怕增加旁人負擔。那一陣子家裡氣氛格外低迷，爸爸的心情可想而知，是最難過的。母親常說奶奶如果留在台灣，在大家的照顧下，活到一百歲都沒問題，而那一年奶奶九十二歲。

寒冬終於過去了，當槐樹開花的時候，我們陪著爸爸回到山東老家，飛機降落煙台機場的那一刻，我的心情好像回到自己離開多年的故鄉似的，翻騰的情緒模糊了我的視線。來到一片長滿槐樹的山坡上，奶奶安息在一個小小的土堆裡，我第一次感受自己親人埋葬在地下的那種無奈、心傷，像一個不諳水性的人親眼目睹至親溺水掙扎求助，自己卻一籌莫展。在奶奶墳頭上，爸爸哭倒在那兒。

我總在無意間從透明盒看到那束花白的頭髮，打開摸摸「她」，想奶奶那攬鏡的可愛模樣，想她那好厚好硬、滿是歲月印記的老手。好慶幸當初留下了「她」，讓我可以循線走入回憶她的世界裡！

民國七十九年元宵燈會在中正紀念堂，攙著「我的」奶奶看熱鬧去囉！

指環裡的祖孫情

陳明月

我有一只紫水晶十八K金戒指，那是十六歲時祖父送我的生日禮物。剛得到戒指的頭兩年，因為覺得年齡還小，並不常戴。十八歲生日時再拿出來戴上，除了偶爾取下擦拭以外，那戒指就沒再卸下來，一直到五十多年後的現在，我的手雖已長出不少老人斑，但那戒指依然曖曖內含光，讓我想起童年時祖父看著我的眼睛。

在我出生之前，父母親在台北租了一間店做百貨生意，後面並兼做住家。當時他們很少回鄉下老家，母親在懷我足月才回鄉下生產，滿月後把我交給祖父母，就回台北幫忙父親照顧生意。很怕吵的祖母一直認為母親應該把孩子帶在自己身邊，所以幼時開始便多半由祖父照顧我。曾聽祖母說，為了怕祖母嘮叨，到了夜間都是祖父起來幫我泡煉乳、換尿布、哄我睡覺。若是我還不肯睡，祖父就會把我抱到客廳，在客廳裡邊踏步邊搖著，嘴裡還用日語很有節奏的喊著一二三四，哄著不易入睡的我，而他自己也常常一夜沒得好眠。

我生於台灣光復前八年，那年五十歲的祖父為了維持生計，依然每日辛勤工作不已。在離住屋不遠處，我們有一塊菜圃，平常祖父就整理菜園，菜園裡的收成除了自用之外，還可賣給鄰居，而爲了讓我不要在家裡吵祖母，祖父也常帶我去菜園看他工作。

每隔一段時日或是年節時候，祖父便到金山買吻仔魚或是到淡水山上買雞鴨等農漁產品回來賣給鄰居，自家就有免費的雞、鴨、魚可食用。童年記憶中，祖父總是在爲全家張羅生計，閒暇時則又忙著照顧幼年的我。

日本投降的前幾年，台灣民生凋敝，物資匱乏，當局對糧食採取管制措施，譬如糖、米、肉、鹽等民生食品全是配給制，不能自由買賣。原先祖父到淡水買貨可坐一段火車，但在糧食管制之後，只能黃昏出門，在越過樹林穿過一人多高的芒草小道，憑著方向感，看著星星，摸黑挑著重擔越過草山或七星山。在那樣困難的情境下，祖父依然設法盡力維持全家生計，希望給我不至太貧困的童年。

雖然有著不怕黑的勇氣，但祖父仍然遭到挫折，在一次買完貨回家的途中，他被日本巡警捉到並挨打，物品被沒收外還被關了幾天，以後就沒再去買了。除種菜外，他也養了一群雞，自給自足地勉強維持一家所需。

二次大戰的前一年，美軍軍機來台轟炸得特別密集，常常一天之內，早晨、下午、晚上都有空襲警報，而且因爲家鄉小鎮邊有磚窯和碗窯，裊裊煙霧的大煙囪更常成爲美軍軍機的掃射目標。由於祖父家住得離窯場很近，附近鄰居人人自危。有個住觀音山的親戚也邀我們搬去他那邊避難。可是祖父祖母卻不願去，他們說住家附近有防空洞，更因爲要照顧雞和菜園，所以不便離家，而我便隨著父母親在山中度過了一年，因距離不遠，偶爾還是能下山到祖父家小聚。

其後日本當局認爲城鎭北部都有危險，命令要百姓「疏開」（疏散）到中南部山間或鄉下。祖父母熬到最後期限，終於準備疏散去彰化親戚家，臨行前父母親特別帶著我下了暫住的觀音山，要回來和祖父母辭別。

記得送行那天的早晨，祖父母準備離家要去搭火車南下，不能同行的我哭死哭活地鬧著要跟著去，祖父母都流著眼淚，而在父親送祖父母去搭火車時，母親拉著我進屋並把大門關上。我大聲哭喊著要跟祖父同去，這次母親沒有再責罵我，她默然掉著眼淚半拖半擁著我，最後我哭到聲嘶力竭才累得睡著了。

迷迷濛濛之中，忽然聽到一陣陣稀有的鞭炮響和鑼鼓、鈸聲吵醒了我，接著耳中聽到有人喊：「光復了！光復了！台灣光復了！」而後興奮的母親匆匆催我起牀穿鞋，我問母親外面喊「光復了」是什麼意思，母親簡單地說：「不打仗了！你祖父不用去南部了。」母女倆才一踏出家門，就看到父親伴著祖父母回來了。祖父說在車站等了很久，火車都不開，原來是台灣光復不用疏散了。後來才知道，我先悲後喜、失而復得祖父的送行日，就是民國三十四年十月二十五日，台灣光復日。

台灣光復以後，父母親又回到台北作生意，我還是跟祖父母住在鄉間老家。父母每月總至少會回來一次探望我們，但由於對那日「送行」時的深刻記憶，我更變成了祖父的「跟屁蟲」，從此祖父不論要去台北或其他較遠一點的地方，都等我上學後再出門，因爲我只要不上學時就會緊緊黏著他。祖父要上山撿柴火時我也跟，還要求綁兩小捆柴給我挑，但走沒多久就喊累，把柴還給祖父，他就先揹我走下一小段山路，把我放路旁再回頭來挑柴。祖父並不會把那兩小捆柴丟掉，一方面是勤儉成性的他捨不得，一方面是知道等快到家門前時，我又會要充當好漢地要求再挑柴。

這樣的「跟屁蟲」現象一直維持到我上小學五年級前，而只要學校不上課時，我都緊黏著祖父，不論他上市場、看戲、到親戚家也都帶著我，有時途中我走累了，祖父就揹我，碰到熟人或同學，賴在祖父背上的我會立刻就閉起雙眼假睡。熟人常會對祖父說：「她腿都那麼長了，還揹!?」祖父總是說：「她睡著了，所以……」有時有同學要取笑曾看到祖父揹我的事，我都推說自己不知道也不記得，因爲「我睡著了！」

而幼時記得祖父最常對我歎息的兩件事，一件是我們祖先是從唐山來的中國人，但如今台灣卻受著日本人的統治；另一件事說的是：「你若是男孩子就好了，只可惜是女孩子，終究是要出嫁離家的……。」祖父在五十八歲時終於等到了台灣光復，但是我並沒有變成男孩子，並於祖父送給我一個紫水晶戒指的四年後，在七十歲的祖父不捨的目光注視下，嫁到台北，也離開了鄉下的老家。

那只在太陽下或燈光反射下，有著像眼睛一樣靈光的紫水晶戒指，是一向節儉的祖父用積蓄買來給我十六歲生日的成年禮。可能是想著當時有許多女孩子十六、十七歲便會嫁人離家。拿著戒指給我的祖父，目光裡有著難言的不捨，而試戴戒指的同時，我看到十六歲的自己光滑的手，也看到六十六歲祖父的手，那雙因長年操作而厚重粗糙的手，不知何時堆積了一塊塊的老人斑。

多年以後，當快滿七十歲的我到歐洲探望小女兒全家時，一日和小女兒十歲的獨生女雙雙單獨相處，中文流利的小孫女忽然開始玩摸著我手上的紫水晶戒指，一邊問道：「外婆，這是你結婚的戒指嗎？好漂亮，好像眼睛一樣亮亮的哦！」

我告訴她那是我祖父送我的戒指，並對她說了一些早已逝世多年的老人家和我相處的小故事。孫女邊聽著久遠的故事邊摸著戒指及我的手，忽然問了一句：「婆婆，你的手背怎麼一點一點的？」我對小孫女說：「雙雙，這是老人斑，以前我的祖父長過，現在輪到婆婆長，等你老了，就輪到你長……。」

看過在歐洲的小女兒一家以後，我又到美國探望已在美定居多年的大女兒一家。當大女兒為我舉辦七十歲生日餐會的夜晚，客人散去母女談心時，離鄉多年從沒有主動跟我要過財寶的大女兒忽然對我說，「將來」可不可以把那紫水晶的戒指給她。我很抱歉地對大女兒說，她妹妹已先行向我「預訂」了那戒指，大女兒的眼神一下子變得若有所失的樣子，因為她知道這是我過去五十多年唯一一件不曾離身的物品。

但是，當我再告訴她和小孫女雙雙之間談及戒指還有老人斑的對話時，大女兒的眼睛又亮起來了，並且握著我的手釋懷地說：「媽媽，沒有關係，就給妹妹好了，這阿祖的戒指是只女戒，妹妹有女兒，我沒有女兒，雙雙又和您親近，將來留給她，她會珍惜的，她若戴在手上，也可以常常想起和婆婆在一起的日子……。」

寶瓶與洋火

王少芬

奶奶的寶物

從我記事起，那只硃紅色的大瓷瓶就擺在奶奶堂屋的條案上。瓷瓶高四十多公分，瓶肚最粗直徑二十幾公分。表面沒有任何花紋和色彩，從來沒有擺過鮮花，倒總有一把雞毛撢子插在裡面。現在想來，它還眞像個侍衛兵站在奶奶睡覺的屋門旁邊，不曾移動過。

奶奶每天早晨起來第一件事，就是用一塊軟軟的布，將瓷瓶從上到下擦一遍，再小心翼翼地擺放好，並笑笑地看著她的寶物，一副得意的樣子。聽奶奶說，這瓷瓶是她娘家媽媽做新娘時的陪嫁，她的媽媽又將這瓷瓶給了奶奶做嫁妝來到我們家。難怪瓷瓶總是喜氣洋洋泛著紅光。

曾有父親的一位朋友來家看這瓷瓶說好像是明朝年間的，他也不敢肯定，因爲沒有任何印記。總之，它是奶奶的外公留下的，來歷不明的寶物。

稱瓷瓶爲寶物是來自它獨特的怪象，每當家中的客人多看瓷瓶幾眼時，奶奶就會抓住機會介紹它的怪象。如果是陰天下雨之日，奶奶更顯得神氣十足，總是將客人拉到瓶前，並請客人伸手到瓶裡觸摸到瓶底親自體驗它的神奇。

「有什麼感覺？」每次都問著同樣的這句話。「摸到什麼了嗎？」又問這第二句。當聽到客人說：「濕濕的，有點水沾在手指上。」奶奶會大聲附和說：「對！瓶底上是有水。」這是奶奶最開心、最自豪的一刻。幾十年都如此。

這瓶在陰天下雨時，瓶底會有水珠滲出，誰也說不清楚到底爲什麼。曾有收購古玩的人來家要買這只瓷瓶。奶奶開玩笑說：「瓷瓶底會出水的謎底還沒解開，等我搞明白了再讓你搬走。」看來你只有一直等著吧。

這只硃紅色的大瓷瓶始終安分守己地伴著奶奶，和我們全家人共同生活了幾十個年頭。然而它卻毀在它的主人手裡。

一九六六年中國大陸開始了史無前例的無產階級文化大革命。一時間整個社會天翻地覆，「破四舊」運動如火如荼地燃燒起來，所有的古物、古跡、古色古香的桌椅板凳，就連繪有仕女的瓷盤、瓷碗、茶具都列爲「四舊」之內。「牛、鬼、蛇、神」要遊街，「四舊」要砸燒。

奶奶的大瓷瓶沒有逃過一劫，奶奶說它們遠近聞名，想保都無法保住。所以，一天晚上父親當著全家人的面，雙手抓握著瓶頸再一鬆開手，「砰！」瓷瓶碎了，大家的心也碎了。不久奶奶也隨瓶而去了。

這瓷瓶曾經給過奶奶說不盡的快樂與自豪，這瓷瓶曾是我們全家最神祕也最喜氣的寶物。

瓷瓶讓奶奶帶著一顆失落的心而去，也讓我們全家人嚐盡了遺憾的苦澀。

安息吧！奶奶與她的寶物——硃紅色大瓷瓶！

「洋火」惹的禍

那時候北方的冬天很冷。北風呼嘯，大雪紛飛，天寒地凍，滴水成冰，這樣寒冷的天氣我們小孩眞的不敢走出家門，生怕凍掉了鼻尖和手指尖。

早晨醒來屋裡冷颼颼的，人人鼻裡口裡冒出股白煙。門和窗的玻璃被冰封得嚴嚴實實的，根本看不到院外的景物。如果你很好奇，伸出舌尖去舔玻璃上的冰，馬上就會被粘住伸不回來，再一用力就會扯下一小塊皮，椎心的痛，誰敢舔哪！

通常我們都偎在被窩裡，看媽媽用「洋火」點著紙張和木柴，升起煙筒爐子，接著便聽到呼呼的火苗燒起的聲音，媽媽再將我們的衣服捲在爐擋上，烘得暖暖的，這時我們才會從被窩裡爬起來。我們閒著沒事做，就到玻璃窗前用嘴裡冒出的熱氣去哈玻璃上的冰，一會兒就會有一小圈的冰化開來，露出一小塊玻璃，然後往院子裡望去。滿院子的雪，對面的屋頂和窗楞子同樣堆滿雪，玻璃也凍上一層冰。

在我四歲那年，一個冬天的早晨，媽媽剛拿起洋火升爐子，這時住在斜對面的二娘喊她說有事，請她過去，媽媽順手把洋火放在炕沿上就走了。反正不知過了多久，她回來打開屋門時，一股煙氣就從我們睡覺的房間跑出來，她三步併作二步地衝了過去，一把掀起被子，忽的一股火苗竄了出來。她抓住妹妹往炕的那頭丟過去，趕緊端起堂屋盆架上的一盆洗臉水，潑到著火的棉被上……。

我躺在被窩裡玩洋火差點惹大禍的這件事，媽媽不知講了多少遍，一直講到我結婚生子。每次講起來仍然是那副緊張的模樣，似乎那火就在眼前。我並沒有媽媽那種感覺，我根本就想不起來那天早上我怎樣拿到洋火、怎樣點著了洋火，又怎樣被蒙在被子裡……。我仔細想著，影影綽綽地，記得那滿屋子的煙，那被子和褥子上兩個碗大的洞，還露著一圈焦黑的棉花，還有妹妹那一半紅紅的、一層白泡泡的小屁股。媽媽將我拉到地上，撒了一地的洋火棍被踩得粉碎。媽媽用掃炕的條帚疙瘩狠命打我的手，我忘記到底哭了多久。媽媽也一直埋怨，那盒洋火不該放在炕沿上。

如今，六十幾年過去了，北方的冬天似乎沒有那麼冷了，生活條件變好，家家都裝上了暖氣。再也看不到凍滿冰雪的玻璃窗，而「洋火」也在我們的記憶中消失了，因「洋

這張照片是我和妹妹的三聯照，當時才開始有這種形式的聯照，我參加工作後第一次領到工資（一九六二年十月），邀妹妹去照相（我十九歲、妹妹十五歲）。想到當年火燒妹妹屁股的事很抱歉，如果……還會有這張照片嗎？（當年我不到四歲，妹妹才十個月）

火」惹起的那場小火早就被忘卻了，妹妹如今已六十歲，對於那火燒屁股的事，根本就不清楚，也從來就沒有怨恨，反而聽媽媽說起還會哈哈地笑個不停，說我這個二姊是個淘氣鬼。我倒是越想越害怕，當初如果大火燒起來，那消防車眞的開不到我們家門口，路那麼窄的小胡同，怎麼進得來呢？那麼我和妹妹會怎樣呢？我胡亂地想著，那時有沒有消防車我也不知道。

我也會想起那盒破洋火，如果能留到現在該有多好！

大拉翅

黃玉琴

當年我還很小很小的時候，曾經和母親寄住在一位遠房親戚家，我喊那位親戚李伯伯。李伯伯的官應該做得滿大的，究竟有多大，我沒有概念，只知道經常有人來拜訪他，就連蔣經國也來跟他拜年，蔣緯國更是三不五時往他家跑。逢年過節的時候都會有人送禮，只是李伯伯很小氣，橘子放到快爛了才拿給我們吃，造成日後我只喜歡吃帶點綠的橘子，商販手中黃得讓人發膩的橘子，我是碰也不想碰。

那一年（民國五十一年）台視開播，開播之前就有人送了一台電視給李伯伯，因此開播當天，我們統統擠在黑殼子前面，眼前出現一隻小雞從蛋殼裡冒出來，耳邊響起李文中高亢的台呼。之後只要家裡有客人，李伯伯就會打開電視，母親教我蹲在飯廳的窗簾後偷看，也許看我是小孩子吧，他們也不趕我走，就這樣我過起「電視兒童」的日子。

李伯伯的老婆、兒子都留在大陸，只有兩個女兒跟他來台灣，後來兩個女兒一個遠嫁菲律賓，一個嫁到香港，都不在他跟前。他兒子在大陸那邊也是號人物，多次寫信要李伯伯「回去」，都被李伯伯拒絕了。

李伯伯的年紀大了，大概也希望身邊有個伴，於是來往的官太太們開始爲他牽紅線，家中來往的女客變多了。其中，我特別記得一位孫太太和一位趙小姐。孫太太說起話來嘰呱嘰呱地，有一回她還沒進門，就聽到她在門外和三輪車夫吵架，因爲她覺得三輪車夫把車資算太貴了，是在訛詐她。後來還是母親出來打圓場，說人家三輪車夫賺的也是辛苦錢，孫太太才不情不願地把車錢給人家。至於趙小姐，可就比孫太太有氣質多了，瘦瘦的身材穿起旗袍來，還眞的很好看。她說話也不像孫太太那樣，輕聲細調地，聽起來就很舒服。

有一天，又有一些女客來家中作客，進門時，我看到有人手上拿著清朝宮廷女子戴的、像帽子的東西，長大後才知道那叫「大拉翅」，凡是和清宮有關的戲劇裡，都會出現這玩意兒。那一晚，我照舊準備好蹲在簾子後面，可是他們卻不准我留在那兒，印象中，那是我第一次被趕。從此，母親再也不願意我蹲在簾後看電視了。

第二天，他們把「大拉翅」留在那兒，我對這個裡面包了一層硬紙、上面貼著大朵牡丹花的頭飾很好奇，正在揣摩著該如何戴在頭上時，母親立刻拿走，說那是人家的東西，遲早會來要的。這是我第一次到手的玩具又飛了。高聳華麗的大拉翅，注定是我觸摸不到的奢華。

日後在戲劇中看到大拉翅或是有著木根底的花盆鞋，總是讓人聯想到皇宮內院的神祕與嬌貴，可我總會不經意想起當年大拉翅在我手中的感覺，薄綢布包覆著硬紙板，是那麼眞實，卻又那麼虛幻，宮裡貴妃們戴的，眞的和我手中的大拉翅一樣？也是用紙板做的嗎？至今我怎麼也無法把兩者擺在一塊兒想。

後來我才知道，趙小姐會唱平劇，那一夜，大概就是在票戲吧。當時李伯伯有點兒想娶趙小姐，不知道什麼原因，趙小姐最後並沒有嫁給李伯伯，聽說是嫁給一個年紀輕、身分地位沒那麼高的人。

好一陣子，李伯伯家中的客人沒那麼多了，不久我們也搬離李家。多年後輾轉得知李伯伯再娶了，是一個年紀略小於他的寡婦，還是個厲害的角色呢。直到李伯伯去世，我們再也沒有見過他。偶爾電視上出現出清裝劇，看到「大拉翅」在我眼前晃啊晃，我就會想到李伯伯和他的女客們，腦中難免浮現許多疑問：爲什麼李伯伯不「回去」和兒子、老婆在一起？爲什麼趙小姐不嫁給有身分、地位的李伯伯，反而嫁給沒什麼背景的年輕人？老是裝腔作勢的孫太太爲何要和三輪車夫爭車錢？我是外省第二代，可是我一點都不了解他們。

童洋裝

華子

每次來到中正路逛街，習慣彎進國華街裡的淺草市場，這是日據時代最熱鬧的百貨集中市場。現在看來，市場裡的店面簡陋，裝潢褪色，架上擺飾的是早已跟不上潮流的過時服飾，零散的過客，在在顯示著當年的輝煌已成歷史，但這裡卻有我兒時珍貴的回憶。

四十年代，淺草市場裡的「王冠童裝」也許是台南府城唯一賣兒童衣服的店鋪。望著一件掛在壁上白色、雙層裙襬，邊上滾飾蕾絲花邊，背後綁有大蝴蝶結的小洋裝，年幼的我心想，穿在我身上一定非常好看。我佇立片刻，店員大姊姊出來問我：「大人有沒有跟來？」我搖搖頭，喪氣地默默走開。隔天下課，邀同學阿春特地去欣賞那件衣服，阿春跟我一樣很喜歡。於是每隔幾日，我們便相約去看那件衣服，光是這樣就有一種滿足的虛榮感。

升國小二年級的那年暑假，我繞到淺草市場，那件洋裝還在，沒人買走。開學前，媽媽把我的黑裙放下一摺，爸爸開心地說：「你又長高了。」我開始擔心那件可愛的小洋裝，穿在我身上可能變短了，不放心地又跑去確定一下，那時，一位有錢的太太正拿著那件小洋裝往我身上比了比說：「這小女孩穿剛好，可是裙襬滾了蕾絲，不能放長，買了只能穿幾個月，不划算。」於是，將衣服退給了店員，店員拿了根竹竿又將小洋裝撐掛在高高的牆壁上。

一學年又過了，升國小三年級，我的學生黑裙裙襬已放到了盡頭。每次外婆看到我直嚷嚷，「女孩子沒事長那麼高幹什麼？」升到國小四年級時，我已是班上數一數二的高個子，座位被換到最後面一排，我心裡知道那件滾蕾絲花邊的小洋裝，已不再適合我穿了……。

我生長的年代是貧困的，父母爲了養家活口，每天疲於奔命，沒有奢望，只求三餐溫飽。幼小心靈裡有著期待和欲望，卻又不敢增加父母的負擔，只想著：等我長大，就可以賺錢來分擔家人的生活費用，或許也可達成心中渴望。

小學剛畢業，迫不及待找童工做，一日賺一塊錢，哪怕是工廠打工、拖地、剪成衣的餘線，晚上加班，只要有收入，再累也不怕，這就是我的童年，沒有太多的歡笑，只有用汗水來拚經濟。

半工半讀完成了高中教育，下面兩個妹妹也要升學，實在不好意思再開口提要升學的事情。當年安平港口、漁村，大部分女生小學畢了業就被趕到成衣廠當裁縫學徒，習得一技之長幫忙養家，能念上高中的沒幾人，多虧老爸的放縱，讓我幸運完成高中學業。

這樣困頓的環境造就我凡事「向錢看齊」、不能回頭只能往前衝的剛毅個性。如今物欲滿足了，生活品質提升了，童年記憶幕幕掠過眼前，回首一路走來的顛簸，箇中酸楚已非筆墨足以形容。

轟炸魚排

隨著年歲增長，品嘗了大江南北中外佳餚，閱歷了各國的美食極品，我還是最難忘記小時候媽媽現炸的轟炸魚排拌飯，外加一小碗的豆腐味噌湯，上面漂浮著幾顆青蔥花粒。

媽媽用剛網抓上來的虱目魚，刮著魚鱗片清洗魚內臟，一面教我如何殺魚，一面解說處理家事的訣竅，如：洗完內臟，血水要傾倒在院子裡，澆花灌溉土壤；不能食用的動物內臟廢棄物要挖洞深埋土壤裡，才不會滋生蚊蟲；新鮮的魚去骨，骨熬湯，肉切成塊狀，泡蛋汁，沾少許麵粉，再整塊沾黏麵包屑，下熱鍋的豬油炸片刻。

那是媽媽第一次做這道菜，當端上飯桌時，我們家四個蘿蔔頭眼睛直盯著那道又香又酥的轟炸魚排。母親將魚排等切成四小塊，然後淋上黑醋加醬油的佐料。鮮魚的香味、酥炸的香味，加上黑醋醬的甘醇味，頓時瀰漫全屋內。聞著開胃的魚酥味，咬上一口，眞是美味無法擋！當時的滿足感，可說是我兒時對食物的最高品嘗境界了，而幸福也全掛在家

母親與我們兄弟姊妹

人的臉上。哥哥直嚷著再吃一碗就可再多分四分之一塊的轟炸魚排，我也不甘示弱扒了大口飯，差點噎著了，因爲加飯才能有多一塊魚排。

事隔數十年，回味往事，魚的鮮美滋味至今難忘！也曾嘗試自己製作這道菜，但就是少了那份親情、溫馨的情境，香氣也瀰漫不出那份質感啊！

銅盆

翟永麗

母親逝世已三年了，記憶中，除了母親的音容笑貌外，似乎只有銅盆，才能成為兄弟姊妹間共同的話題。

在母親的五個子女中，我和母親共同生活的時間最久，她生活的物事與型態我因之也相對較為熟稔。我與母親住的眷舍只相隔一條街，每日下班我便與她共進晚餐，偶爾陪她看連續劇。在冬夜看連續劇時，她習慣一邊為某個兒孫編織著毛衣，同時將腳泡在盛裝了熱水的銅盆裡，她說，這樣睡覺時才能享有溫暖的被窩和手腳。看著母親的手和腳，我常常興起一種幸福的感覺，有時候我會把腳放進銅盆裡，與母親共享泡腳的樂趣。

事實上，過去我對這個直徑不過四十公分左右的小銅盆並無好感，因為它終年都是黑黑黃黃的，印象中，父親曾將它擦得晶亮，那時候父親會告訴我們以銅為鏡的典故，但好景不常，沒幾天銅盆又恢復它那樸拙黃黑的相貌。民國四、五〇年代，生活環境及條件均十分貧瘠，洗澡間是沒有的，家家戶戶幾乎都是廚房兼洗澡間，夏天大人們用一個桶在廚房裡洗澡，孩子們則露天在水龍頭下洗澡；冬天大概十天半個月才洗一次澡吧。冬天洗澡可是件家庭大事呢，生火、提水、燒水，再把一桶一桶的熱水倒在大鋁盆裡，孩子們在假日的中午開始輪番由小到大一個個挨著去洗澡，洗完澡後就像剝了一層皮那麼舒爽。在平常的日子裡，每到睡覺前，母親就把銅盆端進屋內，旁邊放一張父親用三塊木頭釘成的ㄇ字型的小板凳，然後從熱水瓶裡倒出熱水，由小弟開始，小妹、大妹逐個挨著洗屁屁；洗完屁屁，母親把水潑入前庭土地，重新從熱水瓶裡倒出熱水，再由小弟開始洗腳丫，如此輪番，兄弟姊妹把腳也洗乾淨了，母親才處理她自己的清潔工作。洗完了腳的我們坐在床沿，看著母親就著銅盆做冬夜的身體清潔工作，直到母親把水再次潑入庭院爲止。

由於我是長女，有時候這個端銅盆倒熱水的工作就必須由我來完成，我常向母親抱怨：爲什麼不拿個鋁盆就好，銅盆實在太重，端起來好吃力！母親這時就會告訴我們，這個銅盆對她十分重要，因爲這是外婆送給母親結婚嫁妝中，她唯一帶到台灣來的東西啊！母親只有小學畢業，她不知如何貼切表達她對外婆的思念，事實上我幾乎未曾聽過母親提起思念外婆的話語，也或許，她認爲我們年紀小無法了解她的心情，父親又長年征戰在外，她只能把思母之情寄託於銅盆之上了吧！

我們自幼隨著母親信奉天主教，除了農曆春節除夕祭拜祖先外，家裡從來不知道要拜神明或鬼神的，我進了社會開始教書，才知道一些節慶及民間信仰的繁複祭拜規矩，但因未有祭拜習慣，所以數十年來我們都按照自己的模式生活著。直到父親過世三年後的中元節，母親忽然提起在中元節這一天應該給父親燒些紙錢，過去祭祖只是上香而已，所以家中並無燒紙錢的金爐，也不知道燒紙錢需要用金爐。母親建議用銅盆來燒紙錢，因爲銅盆的材質夠堅固夠厚重。後來幾年，母親也就都用銅盆爲父親燒紙錢，直到我們發現有專門燒紙錢的金爐才買了一個回家，自此我們也像一些本省同胞一樣清明節要去掃墓，中元節要祭拜鬼神（因爲母親要祭拜父親啊），母親對父親的思念不須言詮，卻盡寫在舉止裡。

有了金爐後，銅盆似乎再度被捐棄，每次回家總不經意地看見銅盆孤單地被側立在瓦斯桶旁，偶爾出現在洗衣機的旁邊，它褐黑的輪廓寫著年代的滄桑與繁華，但堅固的骨架仍一如昔日，縱使我們兄弟姊妹都逐一離家各自築巢，它仍然忠誠地守護著女主人。而媽媽在父親過世十周年之後，體能已大不如前，在冬夜觀賞連續劇時，以銅盆盛裝熱水泡腳的機率也愈發地少了——因爲銅盆的重量對母親來說已經太沉重了，而我們也無法終日守在母親身旁。終於，在母親病入膏肓無法回家檢視她的重要財物之際，我們才驀然體悟到，這個樸質笨拙的銅盆在母親心中的地位，這個陪伴我們走過最艱困生活的微物，才是我們生命中最重要的物事。在它略爲缺角的盆緣，我看見民國三十八年母親在台灣海峽的渡船上，用銅盆盛水潑息甲板上的火苗，避免了一場火災；在它略爲凹凸的盆身，我看見手足們洩忿的剪影；而那曖曖沉褐墨綠的色澤，散發著孺慕懷思的光芒。而今，物質不再匱乏的年

代裡，它只能瑟縮的躲在洗衣機下，沒有功成身退的驕傲，更沒有因盡忠職守而擁有尊嚴。

在母親過世的第二年，眷村拆除了，一輩子想住一棟屬於自己房子的媽媽畢竟沒能等到。新房子給了小弟。搬家時，大哥告訴媽媽，銅盆他帶走了，他是長子，他將保管這傳家之寶。這蘊涵我們兄弟姊妹成長軌跡的銅盆，這漂洋過海寫盡遷徙流離兩岸滄桑悲情的銅盆，終於安身立命在台北，與大哥所奉祀的父母親靈位長相左右，並且共生共存於我們心中，永遠永遠……。

袁大頭及伍仟圓

周蘭新

不知道從什麼時候開始，我非常喜歡古錢幣及各種不同的鈔票，只要市面上不存在的鈔票、錢幣，都成爲我收集的目標。民國五十九年小舅結婚時，小舅媽用紅包袋包了袁大頭（民國三年發行的大銀圓）給我們兄妹一人一個，後來二哥、小弟缺錢時就以他們想要的價錢賣給我，有的是三百塊，有的是五百塊，所以我擁有了三個大頭。小舅由美國回來時，知道我喜歡錢幣，也給了我美金的各種銅板，他說現在先存起來，以後改版不用了，也就值錢了。七十一年的五月遭小偷把我辛苦存的各種錢幣都偷光了，讓我對存錢幣的興趣立即化爲烏有，只偶爾存一些不經意得來的錢幣，不再刻意去收集。

民國七十二年六月我結婚時，妹妹送我她唯一的一個大頭及一本硬幣硬輔幣集存簿，妹妹知道我已不收集錢幣，但她知道我還是很喜歡錢幣，所以她花了不少的心血託朋友爲我收集，那本集幣簿裡有：壹角、貳角、伍角、壹圓、伍圓、拾圓的鎳幣，年代由一九四九年至一九八一年所發行的各種硬幣，其中有兩枚壹元的紀念幣，一枚是紀念蔣公八十華誕（一九六六年），一枚是紀念聯合國糧食增產運動（一九六九年）發行的。妹妹因病於民國九十四年十月

袁大頭及伍仟圓

十日往生，現在睹物思人，更讓我懷念妹妹的細膩心思。

另有一張舊紙鈔是民國三十七年中央銀行印行的，正面直行印著關金伍仟圓，反面是阿拉伯數字5000，這張紙鈔是我的表叔在民國八十二年由大陸拿回送給我的。這張鈔票我不知市面價值多少錢，對我來說卻是無價之寶，因爲我心領了叔叔心中的謝意。

叔叔是爸爸的表弟（姑婆的大兒子），小爸爸一歲，爸爸在民國三十八年隨國軍到台灣，叔叔當時是青年軍的一員，在爸爸的部隊擔任班長，也是爸爸在台灣的唯一親人，所以我們就去掉了「表」字，直接稱他爲叔叔。他在大陸已結婚，有一個兒子，都留在家鄉，未隨叔叔出來，叔叔非常想念他家鄉的兒子，因此把全部的愛都放在大哥及我們的身上，每次到我們家過年，除了給我們兄妹豐厚的壓歲錢外，還會買當時非常名貴的蘋果送我們，每次只要他來，下學期的學費就有著落了。叔叔更是寵愛大哥，鋼筆、手錶、學用品都一定是叔叔買給他的。

爸爸在民國六十五年六月因突發的疾病而過世，當時全家哭成一團，也不知要怎麼辦，打電話通知叔叔，叔叔趕來看到爸爸的遺體後雙眼一擦，在媽媽的面前保證一定盡全力辦好喪

硬幣集存簿內

硬幣集存簿封面

事。多虧了叔叔出錢又出力，爲爸爸辦了一場非常隆重的喪禮，我們全家都感激在心。

他在保警退休後，立即到工廠擔任警衛，七十七年五月他因血壓高導致腦血管破裂，工廠將叔叔送到醫院後通知大哥。叔叔在醫院治療告一個段落後，必須出院回家，準備做復健的治療，工廠已不能待了，但叔叔在台灣沒有結婚也沒有房子，以前上班都是住在宿舍，現在要住在那裡，而且誰能照顧他呢？大哥、大嫂當時要上班要照顧小孩，叔叔住院那段時間，他已忙得焦頭爛額，接下來的復健更是一條漫長的路，大哥實在忙不過來的情形下，就電話告知我，要把叔叔送到我家來。拜託！我已經出嫁了耶！媽媽又住在我這裡，她老人家大腿骨斷裂躺在床上，每天的吃喝拉撒都要我來處理，我有一個不到一歲的女兒，肚子還懷了老二，白天要上班，現在又要多一個病人，我眞的不可能有能力照顧的！看到叔叔已坐在客廳，地上擺著他的所有家當，我當場掉淚，叔叔已走投無路，而我怎麼辦呢？我每天爲

右起：表叔、我、妹妹、弟弟

媽媽洗擦身體，就已累得一身是汗，天啊！大哥爲什麼都不爲我想想呢？何況叔叔又最疼他，現在忙不過來就把叔叔丟到我這裡來。

我躲到媽媽房間哭，媽媽說：「叔叔對你們這麼好，他現在生病最需要人照顧的時候，假如是外人求妳，妳都不忍心拒絕了，何況是有恩於我們的叔叔呢！」叔叔在我家住的那段日子，除了找了幫傭協助處理家務外，還好得到公婆的諒解及先生的幫忙，加上弟弟妹妹在我忙不過來時，有時會幫我接送叔叔去復健。家人的幫忙讓我順利地度過了所有難關，老二順利生下來，當時媽媽的腿傷也已好轉，肩上的負擔終於輕鬆些了。

七十九年四月大陸開放探親好幾年了，媽媽的腿傷已好，叔叔也復健得差不多了，他們兩人一起回大陸探親，回來後叔叔就積極地準備回家鄉定居，他家中尚有老婆及弟弟、姪兒、姪女們。隔年三月時，他回鄉定居，八十二年回台領錢，就帶了這張中央銀行於民國三十七年發行的伍仟圓鈔票送我，這張鈔票在大陸上要找到眞的很不容易，叔叔可能曾聽父母提過我喜歡錢幣之事，特別爲我在大陸找到這張紙鈔送我。而今叔叔已經作古，這張紙鈔對我來說，成了永遠的記憶。

【輯三】時空迴紋

我的故鄉

曾璉珠

故鄉、故鄉，對我來說，這是一個何其夢幻又縹緲的名詞。

老實來說，從父籍，我是廣東梅縣人，但父親自小隨父母移民南洋，直至年紀稍長才回歸祖國就學，因爲就學就業的緣故，輾轉至四川省重慶市鄉下的小村鎮——白市義定居。如果我記得沒錯，自大人口中取其音，應該叫「寒殼場」吧！

自我大約四、五歲時，爸爸在白市義的飛機修護廠擔任少校副廠長，因爲白市義那邊有個空軍的小飛機廠。別瞧不起小小的少校副廠長啊，在我戲稱的那「中古時代」、在山的那一邊、在那小小的白市義，山中無大王，套句江湖術語，在當時可算是雄霸一方的寨主呢！

我記得那時的管理比較鬆懈，部隊的勤務兵可帶回家打雜，甚至煮飯買菜，我們家就用了一個勤務兵，又僱請了一位女傭人，所以那時我們姊弟可算是茶來伸手、飯來張口的大少爺、大小姐。因爲生活優渥，又有傭人伺候，我們姊弟在白市義那段歲月，可眞是天眞瀾漫、無憂無慮啊！

我幾乎沒有字語可形容我的白市義，我們居住的房屋不是高樓大廈，也不是瓊樓玉宇，只是三間茅草屋構成ㄇ字形，因爲那時，尤其鄉下小地方是不興蓋什麼水泥的房子，可是在我心中卻是那麼美、那麼眞切。

說眞的，我們那時的家，怎麼眞的像那首兒時的歌——「我家門前有小河，後面有山坡，小河裡有白鵝（要改成有魚蝦），魚蝦戲綠波，戲弄綠波，魚蝦快樂，我也唱清歌。」我們家前的小河上還有一座小木橋，山坡野花盛開，非常絢麗，是我們小孩子追逐嬉戲的地方。那時沒有惡補、沒有綁架、沒有空氣汙染，我們這些孩子，除了遊玩還是遊玩，除了快樂還是快樂，幸福對我們來說是稀鬆不過的事。

白市義有個小學，高高建在山上，我每天跟著姊姊去學校混，每天爬一、兩百個台階上去才進入學校，好玩的是，我每天去學校爬台階，啥都沒學到，老師也不太管我們，似乎開心就好。重慶市是座山城，地形崎嶇，我們住在盆地中，四周是山又多霧。我們常常上課上到一半，便聽到轟然一聲，原來飛機又撞到山壁了，老師便課也不教了，率領我們大家出去看摔飛機，但見火燄沖天，老師看得目瞪口呆，幾乎忘了他的職務。這種飛機失事的戲碼經常上演，住在山城的我們早已司空見慣、見怪不怪。

我們家那個叫劉雙太的勤務兵，飛機失事時他第一個跑到現場，美其名是加入搶救，其實是要發空難財。因爲飛機掉下來，滿稻田的屍體，行李、財物散落一地，所以每次回來，他都喜孜孜地展示他的戰利品，不是金錶就是金飾，還告訴我們，當地的農民在拔那些奄奄一息的旅客手錶時，有的還會虛弱地說：「我還沒死，別拔我的手錶……」現在想來，怪殘忍的。

那時鄉下的買菜叫「趕集」，又叫「趕場」，離我們住家不遠的小鎮上，來自四面八方的小販都會在趕集的日子挑著、推著蔬菜、水果、雜貨……應有盡有，到這小鎮上買賣交易，就像電視上《大陸尋奇》的邊疆節目報導那樣。這種趕集場面，在我依稀僅記的回憶中，與我緣淺的慈母似乎帶我去看過一次，吃喝玩樂，還有鎮上的小茶館，熱鬧非凡，此情此景至今還會偶爾浮現在我腦海。

那時我們家的食衣住行，幾乎都靠家裡的勤務兵後面揹著大竹筐去「趕集」採購而來，每當他趕集回來，我們便一擁而上，趕緊自他的竹筐中尋寶，現在想來，他就像我們的聖誕老公公！

每當旭日東昇，我們幾個小蘿蔔頭會越過小溪，爬上田埂，趴在那兒看農夫插秧，踩著水車，看著水車將溪內的水引上來再灌入田裡，小小的心靈覺得滿神奇的，看完後還意猶未盡地結伴至另一山頭找樂子去。

兒時的情境是美的，重慶白市義的歲月那麼令我懷念，但我不敢回去，因爲經歷五十多年的滄桑，人事已非，近鄉情怯的我，何處去尋找我三間茅屋的故居？葬在三棵黃菓樹下的母墳究竟在哪個山頭？我是那麼孤獨，又是那麼茫然，只有無語對蒼天了。

最難忘的一首歌

從小，我的父母都喜愛國語流行歌曲，在我童年甚至還弄不懂歌詞涵意時，往往也能跟著父母的哼唱或舊式留聲機上黑膠唱片的運轉，琅琅上口。古老的國語歌曲伴隨著我成長的歲月，帶給我難以言喻的歡樂。

小時候的我不能理解，但能感受到當生母在世時，父親總是愛播放並哼唱一些輕快的歌曲：如〈夜上海〉、〈愛神的箭〉、〈春之晨〉、〈那個不多情〉、〈花外流鶯〉、〈紅燈綠酒夜〉、〈鳳凰于飛〉、〈月圓花好〉、〈春花秋月〉、〈小雲雀〉……等意味輕鬆的歌曲。

每當父親自外地應酬歸來，總是愉快地大聲唱道：「五月的風啊，吹在樹上，朵朵的花兒吐露芬芳」或唱京劇：「我好比籠中鳥，有翅難展……」或是另齣京劇：「一馬離了西涼界……」此時，我們全家也感染了他的歡樂。

後來我年事漸長，才自奶奶和姑姑口中得知，我媽媽身材矮小，長相平凡，但學識不錯，在那個時代就已在一家公立醫院擔任護理長一職，且與父親是自由戀愛結合，愛父親至深，以父親為天、處處以父親為重。可想而知，父親心情當然愉快，如今我才恍然大悟，難怪他極力催促我去就讀國防醫學院護理系，是希望我能傳承媽媽的衣缽，做白衣天使。被愛情沖昏頭的我竟斷然拒絕，唉！為何我當時，完全不能體諒老父親的苦心啊！

但好景不常，在百病纏身下，媽媽終以三十六歲的芳華，走完了她短暫的人生路，不得不割捨下她至愛的丈夫和兒女，悲呀！我相信她是死不瞑目、心有不甘啊！

約莫過了一年多，經人介紹，有天，爸突然自上海帶回一個長得「妖嬌美麗」且打扮得甚為時髦的年輕女人到我們在重慶的家來，並對我們說：「來見見你們的新媽媽。」對這突兀的訊息，少不更事的我們姊弟三人互扮了一個鬼臉。

因爲繼母的父母在抗日戰爭時被日本軍隊槍殺，故年輕時寄兄嫂籬下過活。早年婦女受教育機會不多，缺乏謀生能力，嫂嫂對其經常冷嘲熱諷。而父親妻骨未寒，本欲推辭，但烽火蔓延、時局吃緊，媒人催促，請父親和繼母趕快完婚，繼母無從考慮，也不想繼續仰人鼻息，便像在水中抓住一塊浮木一般，勉強嫁給了不是很愛的父親。

或許是因爲如此，所以她嫁給爸爸很委屈，她甚至覺得身材矮小的爸爸配不上她，人前人後總嫌父親醜。其實她也不想想，自她嫁給爸後，總是吃香喝辣的、穿著考究、僕歐不斷，方圓幾公里內，沒人比她更享福的，尚有何不滿足？我深深感到不解。

當繼母初來乍到時，父親爲了寵溺嬌妻，又怕她無聊，便毛遂自薦地教她打麻將、抽香菸，原本還算單純的繼母很快兩樣都學會了，而且還「青出於藍，勝於藍」呢！於是「搶牌打、搶菸抽」的戲碼，永遠在他倆的生活中輪流上演，唉！爸爸，您是何苦呢？「咎由自取」和「作繭自縛」，是我想對您說又不忍心對您說的話。

漸漸地，爸爸在繼母那得不到情感的溫暖時，他變得沉默，開始播放並吟唱曲風悲愴的歌：如〈明月千里寄相思〉、〈恨不相逢未嫁時〉、〈何日君再來〉、〈同是天涯淪落人〉、〈秋江憶別〉、〈今宵多珍重〉、〈永遠的懷念〉、〈葬花〉、〈秋水伊人〉……等充滿愁緒的歌。

當他獨處時，僕人會爲他沏上一壺茶，他跌坐在一張躺椅上，耳邊播放著寄情的歌曲，不發一語，雙眼茫然地直視前方，我彷彿窺見他內心的寂寞。在眾多歌曲中，我察覺爸爸最常播放的一首歌，就是叫〈秋水伊人〉的那首，歌詞很美：

望穿秋水　不見伊人的倩影
更殘露盡　孤雁兩三聲
往日的溫情　只換得眼前淒清
夢魂無所依　空有淚滿襟　幾時歸來呀！
伊人喲！　幾時妳會走過那邊的叢林
那亭上的塔影　點點的鴉陣
依舊是當年的情景
只有妳的女兒呀！　已長成活潑天眞
只有妳留下的女兒呀！　來安慰我這破碎的心

多淒楚的一首〈秋水伊人〉，爸爸邊聆聽邊若有所思，似乎已進入了時光隧道，是否憶起了亡妻對他的體貼？是否憶起了很久以前他倆共擁的甜蜜時光？比起如今的悍妻對他的種種，撫今追昔，不勝唏噓也。

我對這首歌有著深深感情，它好似我爸媽共同的橋梁，每當我哼唱這首歌時，我彷彿又回到與父母歡聚的時刻，有時聽著、唱著……猛然又回到現實的淒涼，啊！天人早已永隔了。歌未竟，而腸先斷，夢魂無所依，空有淚滿襟……。

踢毽子

許靜璇

想起要寫童年的事物，好像要為自己寫回憶錄的感覺。我出生在民國十九年，小時候我玩得還眞不少，種類多，花樣也多，例如：踢毽子、拍小皮球、跳繩、跳房子、飛竹蜻蜓、牽君來、佔位子……。其中，踢毽子是我最愛的童玩。

濟南市的冬天特別冷，踢毽子是最容易使身體暖和的運動，也是最方便的運動，室內屋外兩相宜，不只可以一人獨踢或數人輪流踢，更可以比賽踢，怎麼玩都很好玩。踢的時候，不是只用腳踢，兩手也跟著前後左右擺動，尤其是脖子和腰也會跟著旋轉，連眼珠子都會滴溜溜地盯著毽子轉，眞可以說全身都運動了。

毽子可不是舶來品，的的確確是老祖宗流傳下來的，古畫中、古文中，都有跡可尋。

五六歲時，二姨和舅舅們常在院中踢毽子，我忙著搶拾他們踢掉在地上的毽子，二姨看我們那麼喜愛毽子，就用中間有四方小孔的那種古錢包裹上一條寬兩公分、長十三公分左右的布，她先在布中間剪一個小洞，然後反轉過來，將布的兩頭穿過錢中間的方孔，再把幾根雞毛插入小洞中用線綁緊，漂亮的毽子就完成了。二姨還緊上根粗點兒的長棉線，教給我左右手拿線頭，毽子離地面差不多兩三寸，用左右腳的腳踝前面踢向右左方。我學會後，每次都練習到滿頭是汗才肯停。過了一段時間，毽子上的棉線被二姨剪掉了。眞奇怪，自然地就可以踢上好幾下，不知不覺中，左右腳都會踢平毽了。

上了小學後眞是大開眼界，每節下課後，後面廚房、茶水間倉庫前有一長走廊、大操場上、每間教室外面，只要有空地，就看得到小朋友做著各種運動，以拍球、跳繩、踢毽子居多。在我入學後的頭幾年，我最喜歡的就是踢毽子，越踢越多，還學會了好幾種的踢法，左右腳輪踢、右踢左拐、左右輪拐、立定踢、腳尖踢（也叫鞋頭面踢）、膝上踢、跳毽……等。有些動作我右腳會，左腳就是學不會，例如跳毽即是。每年冬季，校方都會舉辦跳繩、拍球、踢毽子比賽，記得四年級時，我得到學年組跳毽冠軍，五年級更上一層樓，得到全校女生組平毽冠軍。

小學六年級忙著畢業考、升學考，沒時間踢毽子。到了初高中，興趣、流行都大不相同，迷影星、歌星，初二那年，李麗華在青島市天主教堂結婚，請假不准，我曠課也參加了她的婚禮。這是我學生時代的恥辱，雖然抄了一份娘寫好的悔過書，但還是被記了一小過。

來台灣後住在南部鄉下，當了十六年的代課教員，常常教小朋友踢毽子。我自己的五個孩子也都會踢一點，但踢不好，因爲升學壓力大，不像我是玩大的。還記得從老大初三、老二初一時，連續好幾年的春節，房東家玩四色牌，我家則在曬穀場上玩跳繩、拍球，比賽踢毽子。經常是我一個一組，外子和孩子們一組，如果踢一百多下，都是我贏，如果兩百以上，我就輸，究其原因，我家事做得多，先踢累了，而孩子們年輕，越踢越順越帶勁，興高采烈地踢，我怎麼會贏呢？

即使到七十多歲，爬山、游泳、踢毽子仍是我常做的運動，直到兩年前的四月初生病住院了兩個多月，體重也從五十六公斤瘦到只有四十三公斤半，出院後次子和孫子常來我家，扶著我練習走路、爬樓梯。目前的我平毽踢不起，更別想踢跳毽了。童年憶往，彷彿仍看見那天眞快活的小女孩呢！

牽君來

「牽君來」是我小時候流行的童玩，藉一隅分享這個遊戲的方法。「牽君來」是團體遊戲，分成甲組、乙組，每一組要同等量的人數．也是比力氣、比手臂的遊戲。適合中低年級玩。

甲組先唱：我們要牽一個人，我們要牽一個人，

乙組回唱：你們要牽什麼人？你們要牽什麼人？

甲組唱：我們要牽某某某，我們要牽某某某。

乙組唱：什麼人來牽他去？什麼人來牽他去？

甲組唱：某某某來牽他去，某某某來牽他去。

兩組選的兩個人，出列，站在畫好的白線前，互拉對方到自己這邊來，最後，哪一組的人多，就是贏的一組。再換乙組先唱。這樣輪流到最後才比人數。

遇到長得矮小瘦弱的力氣小，哪一組都不想要，只有靠老師公平的分配了。

石鼓

吳蘊陽

位於江蘇外婆本家祖宅的大門前有個石鼓，這是我很小的時候就聽說過的，但並不確知石鼓究竟是什麼。

「縣太爺在我們家大門口打鼓！」這是外婆笑談樂道的事。

外婆的曾祖父當年是京城裡的考試官，因此，在禮數上凡金榜題名的學子，都會師承在他門下。外婆的曾祖父原是仕途無礙的生涯，卻和陶淵明一樣，不堪折腰，辭官返回故里，安度餘年。但在他過世的時候，從各地趕來弔唁的門生卻是絡繹於途。那天，當地的縣太爺可就沒以往那麼神氣了。因為他的官位最小排在最後面，只能守在大門口迎送官員們陸續來去。大門口原有擊鼓通報來客的信差，縣太爺大概是等得有些焦躁，乾脆自己掄起鼓槌，擊鼓報信。

我小時聽外婆說這些往事，一直以為縣太爺打的就是大門口的石鼓，等到後來看到一些歷史照片，才知道石鼓是砌在大門外兩側的石製豎鼓，像大門左右兩邊氣派的扶手。一般在電影的古裝片中，我們經常看到的是大門兩邊的石獅子，似乎很少看過石鼓。

「外婆家的大門前為什麼是石鼓，而不是石獅子呢？」我有些納悶地問母親。

「石獅子是皇親國戚王爺家才有的，石鼓是有功名與功績的人家才有的，這些都要皇帝允准，不是隨便可以建置的，六合縣好像也只有外婆一家有石鼓。」

外婆家是江蘇六合縣三百年的世家，門楣上高懸著「進士第」，門前寬闊的台階上，豎著兩座高顯的石鼓。在石鼓後面層層庭院的深閨裡，正是外婆生長的地方，她守著舊禮教和姊妹們一起長大。她們鮮少跨出大門，所以那石鼓的風貌，也只偶爾見之，但這家族傳承的表徵，卻是深記在心底不忘的。終於到了外婆出閣的時候，也是嫁到同縣的望族。那天，張燈結綵，霞帔鳳冠，大紅花轎抬出高高的門檻，石鼓兩旁相送。日後省親，石鼓款款相迎。

倒是抗戰前有段時候，因外公、舅舅在外地，外婆就帶著年幼的母親住回娘家祖宅。那時母親大約四、五歲光景，除了在庭院中玩耍，還可以到大門口流連。民國十幾、二十年間，民主風氣已開，加上母親是家中最小、最得寵的，所以那高過她頭頂的莊嚴石鼓，就常成爲她遊戲的場所。剛開始是大人把她抱上石鼓，坐在石鼓托背上，面頰還可以貼在石鼓上，像騎馬一樣好玩，後來她就會自己一個人踩著石鼓墩爬上去玩。母親依稀還記得那圓圓鼓面的周圍，有幾環同心圓淺刻，線條素淨簡約。整個祖宅也都是高廳寬簷的質樸格局，不見雕琢的氣息。

不久到了抗戰，泊過驚險的三峽入川，度過八年艱辛的歲月，九死一生，倖免於難。好不容易挨到抗戰勝利，返回老家。才歇一口氣卻內戰再起，烽火緊迫，接著又是一番去鄉背井的流離，只是這次走得更久更遠，又怎能料到這一走，回首已是百年身。

在動盪歲月裡，外婆早已習慣在顛簸中安頓生活，只是逃到四川跟逃到台灣，一是大陸的內陸，一是千萬里外的島嶼，在地理上恐難分方位。午夜夢迴，常不知身在何地，鄉心茫茫，無圖索驥。看到身旁熟睡的外孫女，才又拉回現實。

她微佝的身軀，在陌生時代與環境中奮力支撐著，以照顧第三代爲生活的重心。留在家鄉的前塵往事，只能在記憶深處苦苦尋覓。那石鼓是祖先留下光耀的表徵，石鼓宅居有著父母親熟悉的身影，有著兒時成長的痕跡，在那兒出生、出閣、育兒、離合……是她根源的所在。如今，隔著時空，一切都已幽幽邈邈，流離夢外。

因此，外婆常藉著不斷的講述，意想抓住過去的記憶，尋找自己定位，再傳承給下一代。在失去實體實物的年代，只有記憶是可以迭遞，精神是可以傳承的。她思盼有生之年，可以帶著兒孫一起回鄉，豈知一水之隔，至終無法再見。

外婆去世多年後，台灣開放大陸探親，在台親戚大都有回去。外婆的故居在文革時遭到破壞，在新的建設中又被拆除。石鼓古宅歷經滄桑，後代子孫已無緣再見。

在記憶中，我首次親眼看到石鼓，是在中正紀念堂的正門與兩個側門處，其側門的石鼓形狀較擬古制。後來知道台閩地區許多廟宇門口多設有石鼓，據載石鼓以前是有實際作用的，具「門枕石」的功能，可以穩固門面，後來才成爲裝飾的陳設。

中正紀念堂的石鼓與廟宇門口的石鼓，在意義上是否同屬一個文化脈絡，有待查考；在生活中，當我經過某地，若看到石鼓都會忍不住駐足片刻，回憶著外婆的音容笑語，與她所處的那個舊時代。

酢漿草

張慧民

小時候生活清貧，無所謂「物質生活」，大人忙生活是食衣住行，小孩忙生活是吃喝玩樂。因爲居住在瑠公圳附近，兩岸的草地都曾是我們翻滾徜徉之處，夏日乘涼看星星，看遠處飛機起降，看螢火蟲穿梭花草之間，晨曦中那晶瑩的露水，行走其間鞋襪盡濕。溝水潺潺，抓蝦、摸魚、掏泥鰍，是孩子們課餘閒暇的樂趣，開滿酢漿草和野花的田野更有它脫俗清新的美。放學後奔走在田埂上，那窄窄的田間小路對一群孩子來說，是個完全無障礙的空間，一路飛奔狂躍無懼那狹隘的壟間小道，稍不留神就會摔入野地菜田。五十年代鮮有汽車，台北的柏油馬路少得可憐，數得出來幾條，大多是碎沙石路和黃泥土路，晴天白日車子走過就塵土飛揚，下雨天可就慘了，泥濘不堪，腳底一個不留神就滑跤成個泥人兒。

我們居住的那條巷子並不深長，通前到後旁支錯結的住著上百戶人家，巷口的回春醫院是一棟三層式的洋樓，巨石堆砌建築外觀，看了就是結實堅固，圓形白色的窗櫺配置得典雅高尚。醫生姓李，有著濃厚日本味，是受日式教育的本地人，溫文儒雅，待人謙和有禮，看病總是輕聲細語的，鼻梁上架著金邊眼鏡，個頭不高，身體屬於細瘦型的「歐吉桑」。他的夫人膚色白皙，透著更濃的日式婦人的貴氣和雅緻，「先生娘」的模樣兒不多言語，見人是哈腰點頭一臉的笑。有一年我們躲颱風就被安置在這棟洋樓內。

話說地屬亞熱帶的台灣夏季多颱風，這是內地來的人不曾領教過的天災，我們那些臨時搭建的「竹籬瓦舍」，一遇到颱風眞是膽戰心驚欲哭無淚，它眞是挺不住那狂風暴雨，員警都會挨家挨戶勸離，大夥兒只好把一些値錢的家當用布包「款款」隨身繫著，逃到防空洞去避難。洞口外風雨的呼號，房屋倒塌的震撼，鍋碗瓢盆隨著風雨在空中飛舞落地的碎裂聲，交雜震裂在躲災人心中，揪心那風雨過後將如何安置？盤算著能否再建一個遮風擋雨的窩？沒有門的防空洞擋不住那直灌的雨水，於是員警去敲開洋樓的門，讓這些落難的人暫時躲避，一樓完全開放，難民席地而坐，孩子躺在母親的臂彎裡，安靜無聲不再哭鬧。

從回春醫院走進巷子來，左邊是一片空地成ㄇ字型，靠東頭和南邊一排平房，空地上排放著水泥磨石打造成的爐灶，猶記得他們家姓葉，有個女兒叫「葉林」，是我小學同學，長得黝黑粗壯。空地旁有壓水機，每次我們在溝壑嬉戲玩耍，弄得滿身都是泥沙時，回家少不得挨一頓打罵，這裡就是我們回家前的清潔站，相互壓水清洗一番後才各自返家，他們從未對我們責罵或不允，有時遇到總笑笑、說著我們都聽不懂的語言，沒見過他們有難看的臉色，這些孩子弄得一地是水汪汪。右邊是肥料公司的眷舍，大門朝長春路，巷子裡開了個小門方便進出，旁邊空地設置了防空洞，當然這是爲眷舍裡人設置的，可多半時候是旁邊的難民使用和這些孩子玩躲貓貓用。

說到這眷舍，它是日據時代遺留下的十幾戶日式房舍，院子裡花木扶疏，土灰色建築，在戰爭年代是一個保護色，防空洞大概也是那個日治時代所設，當年駐在這裡的日本人，地位一定不低，因爲小門邊有一棟房舍類似門房，應是給守衛居住的。這肥料公司的眷舍在國府接收後配置給一些要員居住，它的前身應該不是這個稱謂，只記得譚延闓的女兒譚蘭，也就是當時副總統陳誠的大姨子居住此處，這裡住的當然都是「大」有來頭。

住在門房裡的一家人姓馬，他們的孩子和我們都是同一所國小同學，得便我們就會到裡面去野一下，裡面的「大人物」從來也沒爲難過、喝斥過，這些小童們雖然大人有交代，玩心一起早把叮嚀丟到九霄雲外，何況也不曾被刁難過。馬家的房舍不過是一棟門房，但它的設置就讓我們瞠目結舌了，它有房間有廁所有廚房，那些大員的居所可想而知，對當年吃喝拉撒睡只有一間房，放了床帳、桌椅後是連轉身餘地都難的我們而言，那無異是所「皇宮」建築了。

緊挨著肥料公司、打灶人家過來，是兩排對門住的連棟式紅磚厝，內裡就是通鋪，用拉門隔間，進門處是泥地，「公媽廳」兼餐、客廳簡單的民居。紅磚厝過來右邊是一排木麻黃，長得有兩、三層樓高，枝幹上面吊著些蟲蛹，男生會用竹竿打落剝開嚇我們女生。木麻黃後面拉著刺網，再進去有木條架設的圍欄，夏日到了黃昏，從廄內放出黑白相間的乳牛在欄內散步，許多父母會帶著孩子站在木條上看，那一刻應是老少們一天中最舒緩愜意的時段，主婦們這時卻忙得不可開交，炊煙四起，因爲要打點家人的吃食。

這處莊園占地不小，從大門進入是一棵巨榕，長得茂盛無比，樹下有幾顆巨石可坐，樹上結的果實是鳥雀的最愛，也是男生的最愛，他們用它當子彈。夏天總有許多人搬張凳子坐在樹下乘涼下棋聊天，後來有人在榕樹下上吊，大家就避諱了。

「牛奶場」主人姓洪，也是我們的里長。午後有一些婦女會在牛欄裡擠牛奶，洗玻璃瓶，沖刷牛廄裡的那些屎糞，沖刷到他們南邊的一條河溝中，隨著河水流到中山橋下的基隆河。

他們的出品就是現在所謂的「鮮奶」吧！是些什麼人在飲用？鮮奶的滋味如何？我們不知道，只看到早上他們騎著腳踏車去分送。我們不畏屎臭地比賽撿拾牛奶場棄置的橡皮圈，再結成一條長長的橡皮繩跳繩。

木麻黃相對的那面，紅磚厝左旁有條弄堂，它一直通到新生北路上，裡面低矮黑暗潮濕破落的幾十戶人家，皆是本地貧窮住戶，他們養些豬隻，人畜共居加上門口的餿水桶，每次走過，那撲鼻的酸臭味令人窒息。一牆之隔，是家做下水道涵管的水泥預拌廠，他們在這條巷子裡輛車出入，有個媳婦長得氣質頗佳沒有富貴驕氣，每次經過遇到這些左鄰右舍總是笑顏逐開地打招呼寒暄。

水泥廠相鄰的東邊是座大花園，它的範圍一直延伸到新生北路和南京東路。花園裡有廣闊空地，酬神、廟會時，就會在那片空地上，搭設舞台演唱歌仔戲，數日或是竟月的演出，成了攤販聚集所，藉著這機會賺些銀兩。空地上曾經有栽植過農作物的殘跡，在那地裡我們曾經摘過薺菜和其他野蔬，也挖到過地瓜，增添家中菜色。有時「豬母奶」（馬齒莧）採得多了，母親們會將它氽燙後，曬成菜乾，年節時拿來和著肉包餅，眞是讓人口齒留香、意猶未盡的美食。花園是孩子們的夢幻遊樂場，園圃中種植花類繁多，杜鵑、玫瑰、月季、太陽花、文竹、茉莉……，一人高的梔子花更是香氣逼人，我們常會在底下鋪著蓆子戲耍，聞著撲鼻的香氣，這情境被一些「死貓吊樹頭，死狗放水流」的迷信破壞，讓我們這些孩子嚇破了膽地感到噁心，梔子花下是再也不敢去的所在了。

家貧，逢年過節不曾有過花花草草的布置，可孩子平日裡玩家家酒，娶新娘當然要有花，男生是冒死去摘花，女生是指著這花要那花，一群孩子七嘴八舌地嚷嚷著，這下總會驚動了看管花圃的人，偷花失風了，那花園的「大胖子」主人追出來，大夥兒是四散奔逃，跑慢的、跌倒的、呼叫等等我……，就怕被揪到。因爲知道花的美，知道串成花串的茉莉媽媽愛，知道花能妝點出不同的氣氛，不懼玫瑰的刺，不怕被追的苦，就時時翻牆越欄冒險「偷」採花，那奔逃景象歷歷在目。這花園主人姓什麼不詳，他有間花店開在中山北路，店名叫「花三商行」，那個年代能有店面在中山北路，有大片土地在這精華地段，想必是一個頗爲可觀的財主。

緊鄰大花園，被瑠公圳的一條支流相隔的是極樂殯儀館（現址改爲林森公園），每次我們搭公車或是上下學，爲圖便利總是抄小路，走這緊挨著河沿的小路進出南京東路，天青日朗的大白天沒什麼好怕的，到了夜晚，尤其是霪雨霏霏的寒夜，本來就少人行走的小路，一邊是誦經聲、木魚聲敲得叮咚響，一邊是竹籬圍著的花園，搖曳的花草如鬼魅魍魎地飄忽著，弄得你毛骨悚然頭皮發麻，越想快快走過這條小路，腳底越加緊，它好像一條踩不完漫長的路。

那年陸運濤先生到台灣參加金馬影展，政府招待到中南部看看，希望這些巨賈能投資國內經濟，不幸遇到空難。極樂殯儀館擔負起所有喪葬事宜，運屍回來的冰塊棄置在小河溝裡，許多攤商到河溝裡搬運那巨大的冰塊，那段時間我們嚇得都不敢吃冰，雖是六月的伏天熱得要命也忍著，就怕吃到冰屍的冰塊做成的剉冰。這些知名的殞難者出殯時眞是眾星雲集，大概全市的人都出動了，多少人圍觀看心目中崇拜的明星，呼朋引伴地驚叫連連。

極樂殯儀館的後圍牆，後來被逐漸呑併，搭建成了極負盛名的「康樂市場」，圍牆對面的民宅也一家接著一家開成商店，人們就近不再走遠，照安市場（現中山市場）的地位被取代了。

沿著河溝西邊住的多是山東幫，他們揉麵開館子，賣饅頭、做槓子頭、打燒餅、炸油條……，所有北方的麵食，在這些巷弄住家裡，你都能尋得到。西邊到長春路是「台北新邨」，有院落式的房舍，有一般的連棟平房，都比我們居住的高強百倍。南邊一點有些獨棟洋房和四合院農戶，也有種植果蔬小塊農地，玉米、茄子、絲瓜、白菜……就種在自家門口，農家日常吃的有沒有挑到市集販售？我已經模糊不記事了。倒是我有個小學同學叫周寶秀的，她家就是農舍，用大灶，用葫蘆曬乾做成舀水的瓢，她家和她的模樣我還依稀記得。

內陸來的這批「難民」，就分居在瑠公圳支流的河溝沿兩邊的公地上。這灌溉用的支流水質清澈，偶或有游魚游過，人們傍河而居洗衣滌足戲水。溝東邊有口井，井口有棵幾丈高的大樹覆蓋在井上，蟬鳴夏日就在樹下納涼談天，井邊小木屋裡住的是袁伯伯，初來由他看顧水井，免遭人弄髒水質或是下毒，因爲那是所有居民的飲用水。後來申請了自來水，井不用看了，袁伯伯到台中教書娶妻生子。這井廢除後泉眼也堵了不出水，有人下去掏井還挖出金戒指銅板等什物。

眞是應了句土話，「大小魚歸潘漥」，一場戰爭撤退來台的人一括攏總都稱之爲「難民」，昔日的良田、財帛、官祿如夢幻泡影，神州陸沉後逃命至此者，皆已是兩袖清風貧無立錐。河溝兩沿本地、外來是雜居一處，雖有語言差異，天長日久在相互幫助下感情日增，再沒有彼此的分別心，酬神殺豬都會分送各家，年節時的包子、饅頭、水餃，本地人也都吃得讚不絕口。這些難民做了販夫走卒，不論多麼艱苦對子女的教養不敢稍怠，父母忙著生活無暇聞問功課，他們相互照應還算爭氣，都能成爲社會的菁英，作育英才的、杏林濟世的，在各界服務克盡職守不辱親顏。

滄海桑田，曾幾何時北起長春路、南到南京東路、東到新生北路、西至中山北路，這一大片的房舍被拆後的遺址，成了麗晶酒店、欣欣大眾百貨、玩具反斗城等高樓林立，其他都成了都市公園綠地。還記得春夏綠地上常時開著一片粉色小花——酢漿草，它曾是我們的童玩，相互勾玩，吮吸那酸澀汁液，它搖曳在風中，不在意你是否顧憐疼惜，不在意環境多惡劣，有泥土處就有它，它們花開得不起眼，沒有濃郁的花香，也能引來蝶兒飛舞，它努力地妝點著這世界讓它美麗，看似柔弱的莖幹卻是韌性十足地不低頭。我們就如同那酢漿草，生長在土質不良、環境惡劣的時空裡，依然燦爛美麗地迎向朝陽。

文中所敘說的花園，在那艱困的年代所留下的少許照片之一。

劃過台北夜空的彗星

——回憶《歐洲雜誌》

余少萼

《歐洲雜誌》，民國五十年代出現在混沌的台灣文化界夜空的彗星，從天邊一角匆匆劃過，吸引了許多人的讚嘆與驚喜，紛紛捕捉、探索帶給他們的這一線亮光。可是不幸得很，彗星的出現和隱沒卻只有倏忽三年。

當年一批不同領域的留法學生，從台灣到了巴黎，睜開眼睛，看到了多彩的世界之都所呈現藝術文化的美，回顧原來生長的台灣像一座貧瘠又封閉的沙漠，赤子之心的共鳴下，激起了吐哺回饋的宏願。書生報國唯有文章，於是在民國五十四年五月，合辦了一份季刊《歐洲雜誌》，介紹歐洲的文化藝術、政治社會及其未來的趨勢給國人。

辦雜誌是要花錢的，窮學生哪來那麼多錢呢？在有限的生活費裡挪出一點，再向有關單位申請到一點點補助，又情商了台灣天主教光啓社的負責人朱勵德神父代為在台灣出版發行。託人辦事終究不能長久，到了五十五年，雜誌出到第四期，光啓社不能再代理了，巴黎的編輯群找不到其他的人，情急之下便找到了我。當時的我曾在印刷廠業務部門工作過，熟知一些印刷方面的事務，也被他們的一腔熱情和理想所感動，覺得如能助他們一臂之力不使刊物中斷，也是一件好事，就糊里糊塗勉爲其難地答應暫時代理。

誰知道光啓社立刻送來了前四期的存書兩千多本，把我家的小客廳幾乎塞滿。接著朱神父來了幾封信，交代了書刊的帳目和訂戶名單，還有收支一覽表的副本。一至四期的收入扣掉支出，還倒欠六千兩百多元。銷路上，基本訂戶不到三十戶，代銷商台灣英文雜誌社每期只銷出一百多本，國外各地共約一百三十本，贈閱倒有一百多份。每期印兩千本，剩下的都成了滯銷的存貨，往後該怎麼經營呢？

那時我有一份朝九晚五的工作，還有個七口之家要打理，只有星期天和中午一個半鐘頭可以利用。和社方通了幾次信，他們說明了經費短絀，希望以後能夠自給自足。想了幾天給巴黎去信提出幾點建議，既然經費不足，必須開源節流。開源無能爲力，節流則盡其在我：第一，台英社根本沒有盡到代銷的責任，最好另找代理商；第二，要打開銷路必須做廣告；第三，發行量不要硬性限定，可視前期的銷售情形來決定，可節省印刷費又可避免存書過多無處堆放的困擾；第四，參照台灣其他刊物，訂價可從八元提高爲十元。

以上幾點社方大致同意，不過要我負責去找代銷商。打聽到「世界文物供應社」有全省行

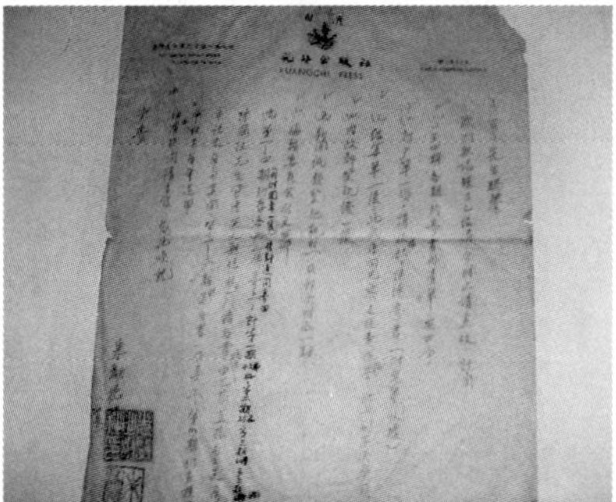

當年光啓社朱神父給我的交接信。

銷網，與負責人鄭少春談了一下，他對名不見經傳的「歐誌」興趣不大，只肯每期接受四百本，還要百分之四十的回扣。好罷，總比台英社一百多本強些，社方也同意。簽了約後要辦台灣代理人的變更登記，要設立方便訂戶的郵局劃撥帳號，又碰到社方本身改組未辦好手續，跑了幾趟有關單位還是不成。郵撥的問題急迫，只好暫時提供我私人的帳號暫用。

鄭少春告訴我，《中央日報》有文化專欄的廉價廣告，他可以分擔一半費用。那太好了，又找了關係，和性質水準相當的《純文學》和《現代文學》交換廣告，總算把歐誌向外推了一步。接著要找印刷廠，憑過去的印象走訪了幾家聲譽卓著的大廠如清水印刷廠，都已有接不完的業務，不保證如期出刊。只好退而求其次，找了設備尚可的榮泰印書館，可以完全配合，價錢也便宜些，就要了該廠的中英文鉛字字樣寄給社方做編輯參考。

五十六年一月八日收到第五期的編輯稿，九日即發排。因爲二月中是陰曆年，工廠放假一星期，很可能會拖到二月底以後才能出書。於是快馬加鞭每天中午到印刷廠校對，只完成二校就付印，趕在二月七日出刊。交給文物社四百本，其餘的也在家連夜寫好封套，中午在印刷廠封裝後立即趕到北門郵局交寄，急急忙忙分秒必爭，終於全部完成。鬆了一口氣，回頭到附近重慶南路、衡陽路一帶的書報攤去查看，當我一眼看到這本海外編輯所孕育、由自己親手接生的雜誌，素雅的黑白封面、簡潔大方的 EUROPE 幾個大字出現在琳瑯滿目的書報之間，非常特別。在我瞥見它的第一眼，心裡的激動與歡喜眞是難以形容！

第五期推出不久，鄭少春就跑到我家，拉高嗓門興奮地說：「想不到這本書這麼受歡迎，買過一本的人都要追補前面幾期的。」一口氣又拿去了一百多本，他並且估計：似這情況，

「歐誌」將來會超過《現代文學》，可能銷到一千五百本。對我們來說，這是一大鼓舞。

巴黎收到了空郵過去的樣書五本，提出了一大堆問題：封面油墨不夠黑、錯字太多、圖片位置不準、版面不勻……等等一共八條。社方是以完美的高水準來要求的，我這個初次出招的菜鳥生手，生平第一遭獨自跌跌撞撞完成這件事，又為了趕時間，當然難如人意了，下期我會改進的。

結完了帳，要列表向社方報告，撥來的費用卻不是足數。我也知道他們經費還沒著落，還欠著光啓社六千兩百多元呢！可是印刷廠只能緩十多天，不足之數只好先墊上囉，等他們籌到了錢再還我。

第六期稿來了之後，校對時發現原稿引用的典故有誤，另篇有些文字觸及敏感的問題，這是大忌。我想是他們久居國外忽略了這方面的問題吧，立即去信提疑，他們倒是從善如流同意刪改。

這一期的校稿我沒有坐駐印刷廠，就由他們分批送到我辦公室，加上印封面的、製圖版的……那幾天絡繹不絕，問題就來了！首先是要好的同事善意提醒，接著頂頭上司也不時來探看，自己想想也不對，又恢復了中午在印刷廠啃麵包，晚上回家再挑燈夜戰，實在來不及還拉了讀高二的女兒幫忙。外子在一旁看不過去勸我放手，於是請社方另找人接替。他們提出了撥印刷費百分之十五，校對和郵寄就可以另雇專人來做，我只要監督即可。要找個可靠又能勝任的專人談何容易？況且我還是要對社方負責呀！

到了第七期，另一個大麻煩又來了。外子的朋友負責國內出版品的審查工作，發現了「歐誌」同仁與當時海外情治系統發生了一點意見，被打了小報告。在那個年代，雖是區區小事也能令人談虎色變。外子正色告訴我必須放手了，我們是惹不起這種痲煩的，再好的交情、再大的興趣，總抵不過身家的安全。所以我只好無奈地硬起心腸，堅決地告訴社方我無能爲力了。同時，爲了讓「歐誌」有更上層樓的進展，也應找個有能力的專人來代理，否則只能維持現狀，始終受困於財務。最後他們要我代爲遴選接替的人，我推薦何恭上先生。我問他有沒有興趣接辦「歐誌」的發行？他毫不遲疑地答應了。不知問題出在哪裡？這事後來沒有結果。

出完了第八期，於五十七年三月結清了所有的帳目寄交社方，好久以後才接到巴黎來信告知，有位新近由法國返台任職中研院的陳先生可以替代。聯絡上之後，便把存書、帳目、經銷文件等全部移交給他，與「歐誌」的合作便正式結束。一年多來，差可告慰的是：經手的五到八期都按時出刊，沒有耽誤過，銷路也有點進展，光啓社交來的存書也銷了大半。這一年多，我爲「歐誌」付出了心力，也從「歐誌」得到了極爲難得的經驗，同時也打開了我的眼界，瞥見了當時在台灣之外的世界。

這份工作做起來會趕得我筋疲力竭又提心吊膽，說實在的，我還眞是甘願做歡喜受呢！只可惜「歐誌」限於經費只出了九期便停刊了。如今事隔四十多年，恐怕沒有幾個人知道在台灣曾經有過一本優質的藝文刊物，叫做——《歐洲雜誌》。

《歐洲雜誌》封面。

大門口和煤球廠

麥莉

每次自我介紹，總說我可能和耶穌一樣偉大，因爲我是在馬房長大的。因爲小時住的那眷村所在——台南市衛民街，房舍本來只是一條長長ㄇ字型的日本馬廄，屋頂比一般民房略高些，上面是瓦片，颱風天有時還會漏雨。軍隊撤退來台，爲了安頓家屬，就用甘蔗板一間間隔開，分給十一、二戶人家住宿。隔間的甘蔗板薄到大力一推都會倒。那時，好像大家都是大嗓門，鄰居雖然口音不同，但誰說些什麼、做些什麼事，大家都一清二楚。好像生活在同一屋簷下，彼此毫無隱私。當然，哪家小孩若做錯什麼事，還正要準備被打，門口就早已擠滿了全村聞聲而來的小孩。

ㄇ字型的中央是我們暱稱的「大門口」，也是從早到晚大家聚集的地方；斜前方是個軍營；其他四周住的都是本省人，有住家、也有小雜貨店。比較特殊的是，眷舍左前方一大片黑壓壓的，是個賣煤球及做煤球的工廠。

吃晚飯的時間一到，小孩各自帶著小板凳和一個有飯有菜的大碗，也有人是用蹲的，拿到大門口一起吃。假如哪家那天剛好炸豬油，那些豬油渣撒些鹽巴，就是大家最好的飯後點心。

放學回家一般是寫功課的時間，可是眼看太陽快下山，我們孩子的心早已往外飛，把功課一陣亂塗鴉，就算「交差」。這時，門前那條短短的衛民街就成了我們的運動場。我們打著赤腳，只按年紀、不分男女，分組開始賽跑，從街的一頭跑到另一頭，大概有七百公尺左右。

孩子們踩著夕陽，吹著晚風，一直跑到家人叫我們回家吃晚飯。其實，大人們並不愛我們在街上橫衝直撞，但也管不住我們，只能一再叮嚀，除了要小心馬路上的車輛，更要當心住屋對面，煤球廠進出的卡車及三輪嘟嘟車。

吃過晚飯，大人拿著竹椅、扇子，或是懷抱著小小孩，開始在大門口喝茶、聊天。小孩的我們又開始玩躲貓貓，或是分成兩邊玩「警察捉小偷」的遊戲。眷村除了晚上睡覺，其他時候各家都不會鎖門。因此，每家的桌下、衣櫥、米缸、門後都是我們穿梭的地方。

假日時，小孩會在大門口跳橡皮筋，女孩有時一起玩扮家家、玩丟沙包；男孩玩打陀螺、地上打紙圓牌。每次玩警察抓小偷，幾乎都從大門口開始。記得有次隔壁的同伴追我，兩人一路追過公園，從中山路跑到中正路，從一前一後變成並肩而行，最後還講好要一塊兒到運河邊看船。本來幾分鐘就解決的警察抓小偷，那次是花了兩個多小時才結束。

過年一到，家家都會曬臘肉、臘腸。但外省臘腸若用火烤是又乾又硬，所以，小男生不會偷眷村裡的臘腸，但會偷其他本省人曬的「香腸」。還記得他們最常偷的就是那家煤球廠的，這些小男生在要偷的前幾天，先在竹籬笆外學貓叫，總會聽到老闆用台灣話罵道：「這些死貓仔，每年我一曬香腸，你就來！」這樣的行爲連續做了好幾天，就趁一個中午老闆睡午覺時，偷偷過去，偷了幾條，找些柴火、木炭，甚至我們的作業簿，或是還偷拿些老闆的煤炭，開始烤香腸。大家也不管是否烤熟，只要哪裡烤焦，就輪流一人一口。記得我是其中唯一的女生，他們還是怕我會告密，不得已才給吃一點點的。

那時媽媽們煮飯，最早是用木炭，接著是用煤球，再用煤氣爐、電爐、瓦斯爐。煤球通常都會留些餘火，來做下一顆煤球的母火。記得有個鄰居伯伯有次怎麼起火都起不著，氣得連爐帶鍋一邊罵，一邊摔進我們門前那條大水溝中。事後，爲了全家的「肚皮」還是又撿了回來。

我們小孩還會在煤球廠「偷」撿些黏土，摻著水做成泥團往大門口的牆上摔，「趴趴趴」的，比賽看誰的聲音最大，誰的黏土在牆上停留的時間最久。在偷黏土時，時常也被老闆拿著挑煤球的扁擔在後面追著罵。煤球廠旁有條大水溝，平常乾乾的沒有水，有次假日早上，我又跟著一群孩子去偷黏土，誰知那天老闆可能早有準備，一路追趕，痛罵著若抓到，一定要打斷腿之類的狠話。

下午玩躲貓貓時，我可能眞的少了根筋，又獨自躲在那些煤炭堆裡，落了單，被老闆的兒子和工人抓到，直說要給我一點教訓，就把我手綁起來，丟在大水溝裡。偏巧一會又下起雨，躲貓貓的小孩也各自回家，煤球廠那些綁我的人也忘了我……。一直到天都黑了，我才被我媽找到。那次我眞是嚇壞了，不但喉嚨哭啞，晚上還開始發燒。大人們說要收驚，媽媽就拿件我的衣服帶到水溝邊，她叫一聲我的名字，我得回應一聲：「回來了！」就這樣一搭一應地走回家，進家門時還得跨過一個燒著炭火的火爐。但回家後，我繼續發著燒，還愈燒愈高。

眷區大人們和小孩一樣也常吵架，誰和誰一段時間會不講話，但過一段時間也和我們小孩一樣又和好如初，互相依靠著，誰也少不了誰。這會兒，聽到有外人欺負我們的小孩，不得了，大家在我家進進出出，決定要替我「討公道」。那天剛好爸爸們都不在家，每個媽媽輪流摸摸我「難過」得不得了的身體和頭，還要問些相同的問題。迷糊中聽到她們說，待會兒要在大門口集合，去爲我討個公道！

記得我媽一直和那些媽媽們說：「是我們自己的孩子不好，不能怪別人！」但有些媽媽義憤塡膺直說：「什麼話，拿一些泥土，也不能這樣對待！」「平常，我們不是一直忍耐他們的炭灰！」其實孩子們都不敢直說，我們在躲貓貓時也常不小心踩壞或推倒老闆正在曬乾的煤球，這也是老闆不要我們去那玩的主要原因。不過那時我恨死他們這樣對我，藉著不舒服也不吭聲！

「煤球老闆來了！」不知是誰通知他的。我勉強睜開眼睛，看見老闆換了件乾淨的衣服，左手搓右手，還不時打著他闖禍的兒子，直說：「對不起、對不起！」這時，我連哭的力氣也沒有，已經燒得有些迷糊。當時全台南市只有一家陸軍醫院，離我們家很遠，爸爸們都不在，也找不到車。後來老闆有些靦覥地說：「坐我家的送炭車，我幫忙送去！」所以，那天在毫無選擇及老闆的一番誠意下，媽媽抱著我坐上老闆運送煤炭的嘟嘟車，載我去醫院。結果，那次我得的是「急性肺炎」，還好及時送去醫院！

自從我被綁事件後，眷區和煤球廠彼此間最大的改進是：父母不准我們小孩再去偷黏土，或是破壞老闆的煤炭；而老闆以後見到我們小孩，也不能太凶狠地拿著棍子追趕、嚇我們。還有雙方大人從此見了面都會相互說：「來坐、來坐！」「來玩、來玩！」

那條大水溝，大人們覺得很危險，後來也都加上蓋子。想想，我們眷區和附近的本省人之前並沒有糾紛，之後好像有了更多的互動。在兒時的記憶裡，好像就我最「幸運」，唯一一次的大衝突，就是我被綁丟水溝的「事件」了！

時光如梭似箭，那棟在三、四十年前就說要改建的故居，還是像個「老巨人」靜靜地盤據在那兒，煤球廠卻早已拆遷，蓋過不同式樣的房子，後來我也嫁給本省人。所以，想想我們眷村外省人，從來和本省人間就不曾有過什麼成見和衝突存在的！

阿婆仔ㄟ柑仔店

小方

阿婆仔ㄟ柑仔店　店內
賣著　母親濃濃的倦意
和　父親經年的癮頭
及　孩子小小的饞意
如今
更賣著我的——童年記憶

阿婆仔ㄟ柑仔店位在臨安橋旁的小巷轉角處，沒有響亮的名號，也沒有店面裝潢。祖孫三代同住，人來人往，只見阿婆一手打理著柑仔店內的大小事項，每日清晨六點就準時開門，卻從未見其歇息日。

兒時，忙碌的母親除了須幫忙掌管父親的新事業，還得忙料理一家八口和工廠內住宿員工的三餐，整日忙得不可開交。於是，每天清晨上學前，母親經常要孩子們輪流端著大白色琺瑯盤，走到阿婆仔ㄟ柑仔店內買回醬瓜小菜，好配熱騰騰的白稀飯。一大早到柑仔店報到，總要先到三合院的正廳門廊前探頭高呼：「阿婆~買東西ㄚ喔！」此刻，通常是透早起床就開始忙碌的阿婆為祖先牌位上香之時。只聽阿婆應了聲：「ㄛ~隨來ㄚ~」即匆匆地放下手邊工作前來。

跟著阿婆身後，走向左偏間，打開嵌有銅環的木頭門，醬菜味撲鼻而來，裡頭各式醬菜都有，有些是阿婆批來的，也有阿婆自己親手醃製的。通常母親交代要買的是鹹到不行的菜色，當年總覺得大人很奇怪，老愛吃讓孩子倒盡胃口的豆腐乳、蔭瓜、醃漬鮮黃蘿蔔，還有那看來方正白鮮、嘗起來卻有股鹹怪味的豆豉蔭豆腐……，而孩子最喜歡的鹹酥土豆仁、裹粉炸花生、紅紅甜甜的豆枝和咬起來會「喀吱！喀吱！」響的脆黃瓜，卻只能擇一買。因此，大盤子內裝回家的，常是小孩子自己所不愛吃的。

幫父親到阿婆仔ㄟ柑仔店內買香菸是件快樂的差事，通常找回的零頭，就是自己的零用錢，雖只有少少的一角、五角，但總是能積少成多。當零用金存到一定的金額時，就有自己的消費機會了。

阿婆仔ㄟ柑仔店內有各式各樣討孩子喜歡的解饞零食，由黑糖揉成團狀外皮沾上白粉的「黑雞丸」、一顆顆圓滾滾裹上細粒沙糖的「糖甘仔」、兩色呈螺旋狀的「路螺餅」，還有小女生最愛、吃了可讓雙唇紅豔的「火紅芒果乾」，鳳梨心、橡乳冰球……。記得，當年自己最常在放學回家的路上走進柑仔店內，買那一匙一元的鹹酥土豆仁。看著阿婆撕下回收的作業簿紙，熟練的捲成螺旋狀，錙銖必較地放進兩湯匙的土豆仁，心中總是會斤斤計較地認為阿婆少放了幾顆，卻從沒嫌說寫過的作業紙不衛生，或是擔心是否會鉛中毒。手握紙包花生，一路就邊吃邊走回家。吃完，就撐開紙張，懷著評比心態觀看，每回都見到那被老師批了五個紅色螺旋大圈的作業紙，心中眞是五味雜陳，暗自擔心阿婆的回收資源中，不知哪天是否會出現自己被老師批註重寫或再加油的作業紙。

阿婆仔ㄟ柑仔店屬於平價消費，若遇遠足或過年領壓歲錢，有較高消費能力時，想買更高級、稀奇的零食：薄荷涼菸糖、牙膏軟管巧克力、附有轉印貼紙的白雪泡泡糖……等，就得一群人穿越馬路，到對面的新式雜貨商店去血拼了！

遇家中有重量級客人來訪，父親會差我們去柑仔店買玻璃瓶裝的汽水。有一回和弟弟在柑仔店內掙扎許久，不知該買大人愛喝的黑松汽水、黑松沙士或是令我倆好奇的新口味——蘋果西打，最後當然還是以客爲尊，選擇了我們認爲大人喜歡的。回到家，聽見瓶蓋被「ㄑ…一…」的一聲開啓時，與弟弟兩人就在一旁暗暗祈禱，希望客人不要喝掉太多，尤其是那呈橙紅色的芬達橘子汽水，剎那間散發出的香氣更讓孩子在一旁猛嚥口水，心中暗暗發誓，長大有錢了，一定要讓自己喝個痛快。

母親有時晚餐煮到一半，發現少了調味料，這時我就得提著一顆忐忑不安的心出門。晚上去阿婆仔ㄟ柑仔店買東西，對膽小的我而言，是件嚇人的苦差事。因通常這時刻路旁昏黃的路燈已亮起，拖著長長的身影獨自走在巷道中，快步沿著右側的大排水溝走向約五十公尺外的阿婆仔ㄟ柑仔店。急步穿越左側傳說中少人進出的鬼屋，和痲瘋病院的黑暗地帶，還有臨安教會內穿過高牆搖動的樹影，處處令人心驚，生怕不小心就會看見了什麼。小小目光總是緊盯著左邊黑色水面閃動的粼粼水光，而不敢四處亂瞟。有一回，聽說臨安橋下有人跳水溺斃，從此，夜裡經過，已不敢再直視水面，改走巷道的中間，目光凝視地面，匆匆來去，不過得隨時注意迎面騎來的腳踏車。

二十年後，隨著大排水溝加蓋，臨安橋消失成了馬路之際，阿婆仔ㄟ柑仔店也成了間木材行。黃昏時刻，那常年梳著工整髮髻、身著黑衫衣褲，坐於柑仔店外矮凳上揮動手中芭蕉扇、等候客人光顧的阿婆，也跟著消失了！

雖然童年記憶中的場景，在現實生活中早已不存在，阿婆的聲音與容顏也不再記得眞切，但對於這條曾陪我度過童年時光的巷道，一直有著很深刻的感受。小巷不會消失，就如同「阿婆仔ㄟ柑仔店」，將永遠活在我的記憶中。

跳舞時光

周坤炎

童年往事

民國三十八年，三十一歲的父親帶領祖父母、滿叔及十歲的我、三歲的弟弟和一歲的妹妹，從湖南坐船來到台灣，定居屏東勝利路空軍眷村。

父親的薪水不夠開支，祖父母做點小生意，另外還餵豬，想方法設法貼補家計。父親在空軍飛機場上班，但不是飛行員，上班前要去機場拿餿水回家給祖父餵豬，時間許可的話，還要剁豬菜；下班後換下軍服即幫祖父餵豬，做其他雜事。我敬佩父親，在村子裡爸爸是有名的孝子。

剁豬菜也是我的工作之一，有次我正在忙著剁菜時，同學來找我出去玩，我覺很不好意思，但那位孫同學眞好，後來常常到我們家在我剁豬菜時陪我聊天。另一件很糗的事是，有天祖母要我拿她炸的地瓜餅去賣，地點是早晨我們上學等交通車的地方，起先我不肯去，怕同學笑，後來是怎麼答應的，我忘記了，但記得是邊走邊哭，越近目的地越緊張，放好了桌子，準備要將餅放上去時，啪答一聲，撲倒地上，摔個狗吃屎，這時同學可眞是笑翻了天，我是怎麼處理善後的，一點都想不起來。

祖父母過世至今已二十多年了，每當想起他們時，心裡仍伴隨著一種甜蜜的感覺，因爲小時候，他們偶爾會給我一毛兩毛零用錢，我可以買枝冰棒，或是白雪公主泡泡糖等。有一種零嘴，現在回想起來還讓我快樂得不得了，口水都快要流出來了。小學時，上學途中會經過一家做牛肉乾的家庭工廠，每次路過，我跟同學都會伸頭到門口望望、聞聞香味。有天，老闆說：「兩毛錢可以買一小包牛肉乾細末……」那天上學特別高興，有指望吃牛肉乾了。

手中拿著小小一包，心裡可是大大的開心。小心翼翼地捧著，用食指沾一點在指頭上，伸出舌頭去舔，一次舔一點點，含在嘴裡，慢慢吞下，享受無比的美味，吃過後就會快樂好久好久。

平日，祖父做些湖南臘肉、香腸來賣，肉要醃多久我忘了，記得燻肉的材料是穀殼加甘蔗皮，燻的過程中，附近鄰居都聞得到香味，路過的人有時會進門問，很多人愛吃，生意非常好。而祖母則做些童鞋賣，顏色鮮明，鞋底是一層布貼一層布，好像有八九層，曬乾後再一針一針地縫，將邊緣修剪整齊，最後將鞋底鞋面縫合在一起才算完成。

媽媽每天要手洗一大盆衣服，買菜是她最傷腦筋的事，少少的錢要買全家人的菜，但她很有本事，五塊錢肉切成絲可以炒好幾樣菜，供七個小孩兩個大人一天的下飯菜。那時蘿蔔乾炒辣椒是每天都有的菜，雞蛋平常是炒來當菜吃，只有過生日時，壽星才能享受飯鍋中煮熟的一整顆蛋。

在那個艱困的歲月，感謝祖父祖母和爸爸媽媽的辛勞，而今半個世紀過去了，我彷彿仍可以聞得到、摸得著點點滴滴的童年啊！

跳舞時光

那年我二十歲，在幼稚園上班，學生以飛行員的孩子爲多，那是一所貴族學校，點心費其他學校收二十五元，我們收五十元。

「飛行員」三個字在那個時期，對女孩是非常有吸引力的。他們長得俊、有錢、會玩……是女孩仰慕的對象。

有天，學生家長對我說：「周老師，我同事想請妳做他的舞伴。」我的心怦怦跳，高興得想飛，緊張地說：「我不會跳！不會跳！」其實心中是高興得不得了。

「黃鶯俱樂部」是空軍軍官活動中心，每周六的晚上有舞會，一定要有舞伴才能進場，是個很正派的社交活動場所。但那時（民國四十八年）民風保守，認爲參加舞會的女孩不是守規矩的女孩子，會成爲被議論的對象。

我家祖父的觀念尤其守舊，看場電影都會被罵好多次，跟男生跳舞、摟摟抱抱的，讓他老人家知道的話，那還得了，豈不是有違家規、敗壞門風，因此我每次出門都是偷跑的。

年輕女孩愛玩的心不怕一切阻擋，周末只要有人約跳舞我一定去，根本不考慮如何向家人說，每次都跟父親搪塞說是和同事看電影。

有一次當我輕手輕腳地開了客廳的門，燈「啪！」地一響，我嚇了一跳，看見父親大人坐在椅子上，我說：「爹，你怎麼還沒睡呀！」

「我坐在這好久了，在等你。」

「你好傻喲！怎麼不先睡，等我做什麼？」

「是呀！我是傻瓜，妳在外面玩得快樂，我在家著急、擔心，妳今晚看什麼片子，內容是什麼？」

糟糕，說謊事先沒打草稿，只好實話實說是去「黃鶯俱樂部」跳舞。

「唵！那種地方，妳怎麼敢去呀！危險！……以後不准去。」

「好。知道了！」

生怕父親大人繼續說下去，我飛快地逃開現場，回到房間，將被子裡用衣服塞得鼓鼓的「假我」拿出來，換「眞我」躺下。頓覺鬆了一口氣！感謝父親大人拆穿了我的僞裝，這次能快速地睡在床上。

前幾次回家可辛苦多了，舞會結束，才知時間已晚，每次走到家門口，發現院子的大紅門被門住時，就得四處尋找石頭、磚塊，堆高在牆外，做我的「墊腳石」，使我好爬上比我高兩倍的圍牆。一次、二次、三次的試，手腳破皮、流血是常事，摔下來，爬起再試。等爬到牆頭，坐在上面又發愁，這麼高我怎麼跳下去？坐在牆頭發抖，求救無人，只好硬著頭皮往下跳了，一回生二回熟，技術越來越高、時間也越縮越短了。

進到院子了，想要到屋內，經過客廳可是最大的考驗。

我家住的是日本式房子，地板年久失修，每走一步就響一下，每當腳要踩下的那剎那，我得停止呼吸，腳輕輕地放下，只希望聲音小一點，不要吵醒熟睡中的家人，這時才體會到「舉步維艱」的意義。

回到房間，無聲地、大大地喘口氣，將先前在客廳「魂飛魄散」的心，慢慢地收回來。現在回憶起來，眞覺得不可思議，平常我非常非常怕繼母，放學或上班回家，換好衣服得趕快到廚房幫忙，吃飽後又得整理善後。但每次要去跳舞時，膽子特別大，勇氣十足，眞佩服自己溜出門的技術，每次都成功。

要出門一趟並不容易，我得帶上一個大包，將底邊穿有鋼絲的蓬蓬襯裙、高跟鞋及洋裝等裝在袋子裡，因爲要躲開家人及鄰居的視線。到了目的地，才趕快跑到廁所，穿穿戴戴塗塗抹抹，這時才大大方方地走出來，等待男朋友帶進舞池。

舞廳前排是樂隊，另三排坐人，桌椅有二人座、四人座、六人座，桌上放些自備的瓜子、糖果等，當音樂響起，中間轉動的圓球，上面貼著一片片的玻璃，如同鑽石閃閃發光，四周用綠色、紅色玻璃紙包住的彩色燈泡反射在舞池中，使人陶醉。

那時的音樂像電影插曲啦、節奏明確的、抒情的都很受歡迎。舞步都很簡單：三步、四步、恰恰……等，我最喜歡跳華爾滋，當我走進舞池時，覺得自己是公主，在跟王子跳舞，腳下的三寸高跟鞋特別聽話，隨著旋律轉動，好陶醉！

不過，最後我沒嫁飛行員，爸爸說，飛行員像玻璃杯，一摔就破、沒有保障，不能嫁。婚前，在幼年時就認識我的一位同事黃惠芬老師說我結婚後有一百八十度的轉變，尤其有了孩子後，全部精神都放在孩子身上。的確沒錯。現在孩子大了，我又開始玩耍，參加不同社團、寫作班，是一大挑戰，提筆不知如何寫？先生看了這篇文章後，詩興大起，寫了一首打油詩作註腳——

我家有個野丫頭，小時愛玩在外頭；
半夜回家爬牆頭，老爸獨坐在堂頭；
一把抓住野丫頭，父女相擁笑歪頭。

水交社的麵

郭小南

台南市南區有一處將近一甲子老的空軍眷村，叫作「水交社」。水交社裡有一個菜市場，它看盡了眷村裡人事更迭，也見證了水交社由繁盛到寂寥。隨著村裡的長輩陸續凋零、年輕的第二代遠走高飛，水交社現幾爲空城。

幾位心繫過去記憶的水交社人奔走將從前位於空小大門右側的司令官邸保留、改建爲「水交社博物館」。如今，再回到水交社，也只有前往水交社博物館，才能依稀喚回些許兒時記憶。記憶中，菜市場占了重要地位，而菜市場裡賣的麵——姑且稱之爲「水交社的麵」——則毫無疑問地，是令那些在水交社長大的人魂牽夢繫數十載的吃食。

水交社最初的麵，是往後幾十年都不曾再現、卻經常翻騰於記憶版圖的美味。大約四十六年前，從大陸北方來的一個家庭在水交社開了第一間麵店，就坐落於菜市場邊上，一間潔淨但略顯冷峻的小鋪。冷峻，或許是與老闆寡言、只賣麵不與客人哈拉有關罷。

儘管人冷，這一家的麵卻不含糊。記得當時我大約九歲，我們七口之家不是天天都可以買一碗麵來打牙祭的。有人身體不舒服，沒能好好吃飯；或是媽媽跟爸爸嘔氣了，也沒能好好吃飯；或是冬天晚飯吃得早，還沒到夜裡大家就嚷嚷餓了，這時做爲一家之主的媽媽才會說：

「買麵！」大哥或二哥便立即奔至廚房，取出搪瓷杯一只，我便緊跟在後，直往漆黑的菜市場前去，經過它邊上的小徑，到達麵店。

哥哥不須說話，只消把白色杯底有著一塊塊黑黑「疤痕」的搪瓷杯往麵店的作業台上一放，老闆便開始煮麵了。那位大娘先在搪瓷杯裡放些作料及醬油，然後舀出熬製好、坐在爐上的高湯，將它沖入杯中，頓時杯裡出現琥珀色、帶有香氣、閃著油星子的汁液，此時大娘也把煮了大約七分熟的細麵條撈起、瀝乾水分，動作精準地將它放入琥珀色的湯汁裡，最後在杯中撒上細如綠豆卻不濕不糊的韭菜花末，蓋上蓋子便成了。前後約五分鐘。

我跟在哥哥的後面小跑步，不一會兒工夫我們便買了一碗麵回家了。到家，打開杯蓋，一陣撲鼻的香氣及熱氣直衝天花板，全家人爲之振奮。此時，麵條的熟度與軟度達到最完美境界，而麵與湯結合後，鮮香的滋味難以文字形容。不過，之後那碗麵是如何在渴望、壓抑、掙扎、興奮的情緒下被一家人解決，便不記得了。

這家麵店大約在我十二歲時突然消失了。那時年紀小，並沒有去研究它爲什麼消失的，只記得當時又出現了其他的麵店，我們開始吃麵上澆著熬煮了五小時以上的肉燥、加了青菜的湯麵。

另一種也讓人魂牽夢繫、即使數十年後依然清晰記得滋味的麵便是眷村腳踏車涼麵了。這種腳踏車涼麵並不發源於水交社，而是由一位操著四川口音的伯伯每天下午四點以後，騎腳踏車從另一個很遠的空軍眷村載來水交社叫賣的。

每當在屋內隱約聽到遠處傳來涼麵伯的叫賣聲時，孩子們向媽媽投以哀求的眼神。媽媽無法假裝聽不見、看不到，她完全失去了說「不」的能力。說時遲，那時快，媽媽一聲令下：

「拿盤子！」於是大夥有的奔向廚房拿盤子，有的直接衝向家門，好叫住風馳電擊般稍縱即逝的涼麵腳踏車。

涼麵伯煞車了，他將腳踏車停在路邊一棵開滿了火紅蝴蝶花的鳳凰木下，打開他載在後座超大型的木頭櫃子，然後依序掀開一罐罐調味料。涼麵伯一邊接過客人遞上來的盤子，往裡盛著油油亮亮、淺黃色彈跳的涼麵，一邊用他扁而略帶鼻音的嗓音叫著：「涼麵——賣涼麵喔——」以招攬更多顧客上門。

涼麵伯首先把不多不少的涼麵鋪排在客人的盤子上，然後他放一些燙熟的綠豆芽和切得極細的小黃瓜絲在麵上，接著將盤子托近他數也數不清的一罐罐調味料，從第一罐淺咖啡色、用涼開水與香麻油調勻的芝麻醬開始，以精準、寫行書的速度，將所有的調味料用罐子裡的小杓依序均勻地撒布在麵上，等他手上的盤子經過最後一罐大蒜水時，一盤涼麵便製作完成了。前後不出兩分鐘。

大孩子把涼麵捧回家，後面跟著小的。涼麵交給了媽媽，媽媽用筷子將摻有芝麻醬、綠豆芽、小黃瓜絲、大蒜水、香油、糖水、白醋、紅油和花椒油的涼麵拌勻，這時所有的小蘿蔔頭都已按捺不住，以接力的方式一人一口傳著吃。兩輪之後，大家用喝的，將盤裡的湯汁、殘渣一掃而空，盤子都不用洗了。軟中帶Q的麵條，酸甜的滋味佐以大蒜的辣、花椒的麻及芝麻醬的香，使一盤再平凡不過的涼麵變成了人間美味。如今四十多年後，回憶所及，依然齒頰留香。

驚恐的一夜

任菲菲

那一年，我應該是小一吧！就像平常夏日一樣，晚餐後，小孩子都會跑出來玩，鄰居的媽媽們也會出來門口聊天，東家長西家短一番，這就是眷村的生活。

我們住在澎湖的眷村有一個大廣場，蓋了一座大水泥牆，就像家裡的牆壁一樣是白色的，每個月會在這裡放映一兩次電影，雖然都是老片子，但大家還是很捧場，因爲這已算是奢侈的娛樂了。廣場的兩邊是用矮牆圍起來的，牆上噴了大大的「反共抗俄」、「保密防諜」兩句標語。這裡平時就是我們小孩嬉戲的地方，每天吃過了晚飯，小孩子都會聚集在這裡玩耍，玩躲貓貓、跳房子、跳橡皮筋、打球等，簡直是玩瘋了。但一到八、九點，媽媽們都會來叫自己的小孩回家睡覺，雖然大家都百般不願意，但看見媽媽手上的棍子也只能屈服，跟大人回去了。在那個沒有冷氣的年代，只能吹電扇，夏天正熱時，電扇吹出來都是熱風，小孩子心浮氣躁地翻來翻去睡不著，照例的，媽媽拿把扇子幫我們搧風，一邊嘴巴又罵著趕快睡覺，這樣的戲碼幾乎每天都在重演。

那晚，也不知道睡了多久，突然被媽媽搖醒：「快！快起床，不要再睡了！」媽媽驚慌地把全家人叫醒，朦朧間依稀看見姊姊和妹妹也醒了，看到媽媽慌張的樣子，直覺出事了，大家趕緊起身下床，這時耳邊不時傳來一陣陣「轟」、「轟」的聲響，突然看見爸爸從外面衝進來，緊張地說：「大家都到廣場了，我們也趕快去！」媽媽害怕地問：「到底發生什麼事？」爸爸面有難色地說：「好像是共匪打過來了。」全家一起跑到廣場去，看見村子裡的鄰居都聚集在那裡，這時天空上突然爆出一團團紅色火花，一陣又一陣的「轟隆」、「轟隆」巨響聲，不久，又是爆出紅色的火花，這樣的情況一直持續，夜空布滿了一大片紅海，眞是像極了戰爭片，因此我們更相信是共匪打過來了（在那個兩岸對立的時代，我們是被教育要反攻大陸的）。爸爸和鄰居伯伯們聚在一起討論對策，商量下一步該怎麼辦，其他的人則驚嚇地吵成一團，哭聲也此起彼落。這時只見村長很緊張地跑過來宣布：「不是共匪打過來，是附近的彈藥庫發生爆炸！」說完並要求大家趕緊回家收拾重要東西，並儘快離開這裡，離得越遠越好。

天空一直傳來爆炸聲，恐怖極了。爸媽要我們留在原地，他們回去收拾東西。由於事出突然，我看媽媽也失去了方寸，愁眉苦臉的。這時二姊突然要求媽媽別忘了幫她把剛買的新皮鞋帶出來，媽媽給了她一記白眼，但也沒力氣罵人了。其他留在現場的小孩們都收起了平時嬉笑頑皮的樣子，等待大人的安排。

折騰了一個晚上，好不容易等到天空平靜了，大家才敢回家，其實大家也不過是到有點距離的海邊躲一躲而已，因爲也沒地方可去，又是大半夜的，在海邊那不舒適的環境，坐沒地方坐，蹲久了腳又會麻，地上也是濕濕的，大家叫苦連天，但畢竟是度過危機了。

再回到家裡，除了屋頂被炸掉了幾塊瓦片外，倒也沒啥損失，還算幸運，鄰居們的情形也差不多，總算是有驚無險，只是屋頂上多了許多炸彈的碎片，不過大家倒也不以爲意。就這樣過了幾天，也不知道從哪裡傳來的消息：「炸彈碎片可以賣錢！」這下可不得了了，大家不顧危險紛紛爬上屋頂撿碎片，準備發一筆意外之財。記得在我家屋頂上撿到了一個特別大的炸彈殘骸，大家都羨慕得要命，因爲看來可以賣很多錢吧！後來經過通報，才知道原來那是顆未爆彈，萬一爆炸的話，可眞是危險得很呢！

那是發生在民國五十七年的往事，如今雖然事隔多時，卻是我們家在茶餘飯後回憶兒時趣事時，最常拿出來聊的，因爲印象實在太深刻了，驚險的過程想忘也忘不了。

做饅頭

麵食在我們家是主食，因爲爸爸是山東人。

家裡一年到頭大概有三分之二的時間是吃饅頭、包子、油餅、麵疙瘩，或是吃水餃、麵條的，而且都是手工自己做的。我記得讀書時，便當也常帶這些東西，還讓很少有機會吃麵食的本省籍同學羨慕不已。

小時候住眷村，因爲父親是軍人，所以每個月都有固定的米、麵、油、鹽等物資可用眷補證來領。在那個物資缺乏的年代，媽媽總是省吃儉用，量入爲出地爲家計著想，玩具或需要花錢的娛樂，那可是不被允許的，因此唯一可讓我們不用看媽媽臉色，又可以揮霍的就是玩麵粉。

我們最喜歡媽媽做饅頭了，因爲做饅頭需要揉麵糰，這時候媽媽就會讓我們幫忙揉，小孩子覺得揉麵糰是很好玩的事，揉起來特別帶勁兒，一點也不覺得累，而且又是四個姊妹一起做，好像在比賽一樣有趣。最令人興奮的是，媽媽又特別准許我們發揮創意，做自己喜歡的造型。這時候可熱鬧了，因爲我和妹妹年紀小，所以只會做最簡單的，就是蛇，只要把麵糰揉成長條狀，再把它繞上來就成型了。於是面前擺了大蛇、小蛇一堆，都是我們的傑作。姊姊們較年長，也比較懂得做其他動物，大小麵糰可以做頭、做腳，再黏上一塊小長條當尾巴，就成了一條狗了；或者也可以做成小白兔、雞、鴨的模樣。一旁的我和妹妹怎麼都學不來，只好乾瞪眼，繼續玩麵糰，圓的、三角形的也行，反正就是玩嘛！

做饅頭另外一個重點，就是口味了。家裡現成的有白糖和黑糖，自己愛放什麼就放什麼，不過得在上面做記號，因爲自己得吃掉自己做的。這時候創意又來了，爲了和其他人區別，所以一定得特別一點，做些奇形怪狀的記號。有的在上面加了一個小圓球麵糰，有的凹了一個洞，也有用刀刮出一些紋路等等，想辦法就是要跟別人不一樣。

接著大家幫忙把饅頭放進蒸籠裡，爲了怕粘蒸籠，通常饅頭下面都會加一層紗布。忘了饅頭要蒸多久，只記得大家各自去寫功課或玩耍時，不時傳來饅頭的香味，當聽到媽媽一聲：「饅頭好了！」大夥兒趕快圍過去，蓋子一打開，各自忙著找尋自己的成果，興奮得不得了，當然也會比較姊姊妹妹做的成品，說實在的，往往會覺得自己做得還眞不賴呢，也吃得津津有味。

現在還是常常吃饅頭，但是都用買的。常覺得少了些什麼？原來是饅頭那種一層一層的口感沒有了，因爲以前都是用手工揉的，現在換成用機器攪動，所以口感自然不同。常懷念以前做饅頭的時光，這時我便想，如果再有機會自己做饅頭，我一定要做各種不同造型的饅頭，彌補一下我幼年缺乏的創意。

一張家庭照

洪秀薇

已經有點斑駁了！相片裡面二姊身上穿著一件粉紅底布點綴著金蔥斑點的洋裝，是我當初的最愛。凝視著這一張相片，大約是我八、九歲年紀，那年過年，母親帶我們到鎮上拍的。

隱約記得拍照那天，一大早母親與大姊就刻意打扮。母親穿上了一套青蘋果綠毛料套裝，她對著衣櫃旁那面有點模糊的鏡子，前後照了又照，興奮地說：「我就喜歡這蘋果綠顏色，看起來好清爽！」

母親的衣櫃裡面有很多衣服，拍照那天她挑了青蘋果綠套裝，裡面還刻意搭配著一件短袖同色系毛衣。這一套衣服已經被母親穿過幾個新年了，母親很珍惜它，平常都把它摺放在衣櫃裡面，每次穿時，衣服便會飄著濃濃的樟腦丸味道。我很喜歡這種味道，小時候總覺得有這味道才算是新衣服。

母親在年前燙了一個新髮型，過了一個除夕夜，噴有髮膠的髮絲在大年初一的早上看起來並不凌亂。出門時，她穿上了黑色高跟皮鞋，我訝異著年過四十的母親，雖然是一個村婦，但風韻猶存。

母親是外公、外婆最疼愛的獨生女兒，外公在日本殖民時代經商，環境不錯，但母親愛戀著貧窮的父親，門戶不相當，當時外公並不贊成，只是母親還是執意堅持自己的選擇。外公雖不認可這門婚姻，對唯一的女兒畢竟疼惜多於指責。母親保存的那一櫃漂亮衣服，就是當年外公送給她的嫁妝。婚後每次回娘家，外婆也總會塞些私房錢給她疼愛的女兒。日本戰敗、台灣光復，改朝換代後，外公的錢幣一夕間變得毫無價值，鈔票幾乎都成了沒有用的廢紙。

母親從小受日本教育，中國字反而認識不多，任勞任怨扶持父親、教育子女。不滿二十歲的大姊，從相片看起來那樣老成，也許是時代、家庭環境造就了她比同齡的女孩還要世故、能幹，二姊在相片中穿的粉底金蔥斑點洋裝就是大姊幫她縫製的。我好喜歡二姊那件洋裝，從大姊做好洋裝那天開始，我就期待自己快點長高，穿上它。

我的天空底下是大海、田野、村落裡的雜院。拍照是貧窮生活中不可多得的奢侈，這種奢侈曾經是我們姊弟妹的夢想。也不知道爲什麼，那年母親會想要帶我們來拍照，是因爲過年嗎？可是以前也有過年啊！

小時候我們很少坐車，也沒有機會到鎮上遊玩，難得過年有機會搭車到鎮上，母親很快在鎮上找到相館。相館裡有一些道具和幾幅布畫，給人作爲搭配拍照的背景。母親選擇了一幅松柏樹，這棵松柏樹上面與旁邊各有兩隻鶴。有鶴、有松柏樹，這布畫應該是代表著吉祥吧？我沒有問母親，也不在意，又憨又土，只對照相館裡面的擺設好奇地東張西望。

攝影師叫我們站在松柏樹的前方，他按順序幫我們排列位置，然後他就站在攝影機架後

（上圖）全家黑白照。那是我小時候全家拍的第一張相片，很期待、很高興去拍照，可惜照出來的相片，沒有一個人臉上有笑容。
（下圖）全家彩色照。四十年後又一次合照，臉上洋溢了笑容，卻也在歲月中留下了痕跡。還多了一個妹妹、弟媳。

面，把頭躲入覆蓋攝影機的黑布裡面，然後對著攝影機向我們喊：「後面大姊肩膀角度稍爲斜一點，後面左旁邊那個女孩也一樣。」母親站在中間，左邊的二姊也要有點幅度。我們完全配合聽從攝影師的指示，看向前方，挺胸，燈閃了一下！

燈閃完後，就結束了。這一張相片裡面有我、母親、大姊、二姊和弟妹。我們都很期待、很高興去拍這一張相片，只是相片中的我們都沒有笑容，顯然我們違背了攝影師的旨令：「笑一個！」

民國四、五十年間，在貧困的農村，要照一張相片並不容易，要有一塊好布料做洋裝給小孩子穿，那也不可能，除非是經濟狀況良好的家庭。相片中二姊身穿的那件洋裝，不知羨煞了多少鄰居同齡女孩。這件洋裝是母親的巧思，大姊縫製的。它的前身是一件大人洋裝，本來母親收藏著它，等過年時要修改給我與小妹穿的。

這件大洋裝有些來歷，是大姊一位做裁縫的朋友送的，這朋友的村裡有間教會，在中華民國還沒有退出聯合國時，鄉村有些特定貧戶不定時會接收到來自美國教會捐助的麵粉、小麥、舊衣……。用麵粉袋做內褲在那年代並不是虛有的故事，二姊那一件美麗的洋裝，就是隔村那一間屋頂上掛著高高十字架的基督教會捐送的舊衣。

民國五十幾年，二姊又當選了全校最優秀的模範學生，要到縣政府接受頒獎。頒獎的前幾天，導師到家裡拜訪母親，忙碌的母親看見老師急忙拿了一塊板凳讓老師坐，也隨手遞了一杯開水。尊師重道的母親見到老師，以爲是二姊犯了什麼錯，交談後才知道二姊是要到縣政府領獎。二姊的成績一直很優異，前年也曾代表學校到鎮上領過獎。老師的來意是希望二姊到縣政府領獎那一天，能夠穿件像樣一點的衣服，她擔心二姊會跟去年一樣穿得太寒酸。

母親知道老師來意後，謝過老師，在老師臨走時，對她說：「放心啦！我會想辦法，有閒來厝坐啦！」

貧窮不是母親的錯。那一晚，我看見母親翻箱倒櫃，她拿出這一件洋人穿過的洋服跟我商量。母親對我說：「這件衣服就先做給你二姊穿，下次再做給你穿，好嗎？」我點點頭。

母親連夜把那件洋服拆了。衣服兩三天就做好了，母親巧思設計，大姊裁剪縫紉，那件洋服脫胎換骨合身地穿在二姊身上。

時代背景從鏡頭下拉近，映照了這一段生命軌跡，這段軌跡就像裁縫車車過二姊那一件洋裝，每一截針線，都縫製了我們那段童年的記憶。

點頭後我沒有失望過，我知道那件洋裝很快就能輪到我，雖然相片中我穿的那件毛衣已經過短了！

我的純真年代

劉美玲

野丫頭

不知道是不是因爲父母親常常說起這張照片故事的緣故，還是因爲自己第一眼看見這張照片時，也感到被某種力量吸引，童年的這張照片總是會將我帶到一個似曾相識卻又如夢幻般的過往時光，好像是前世那麼遙遠，而在父母親口中卻又如現世那麼眞實。

那是一個三歲小女孩的身影，場景在出生地基隆的住家附近，那裡位於基隆港附近的半山坡上，空氣中略帶著濕濕鹹鹹的氣味，那是海的味道，有著流浪與遼闊的滋味。一九六九年，小女孩就在這樣的滋味中出生，當她的身軀逐漸健壯，便迫不及待地奔馳於小小的山野中，好像總有用不完的精力，因此，那時候的她有個綽號，叫「野丫頭」。然而，也許野的不只是腳步，而是那顆小小的心靈。

一日，活潑的野丫頭突然沉靜下來，獨自倚靠在水泥柱邊發呆，沒有人知道她在想什麼，包括她自己。這天剛好五姨丈來訪，看見此景便趕忙照了下來。當時的小女孩不知道什麼是照相，當然她更不會知道就這一兩秒的動作，成了凝結時光的重要憑證，讓她日後得以在父母親的口述下回溯既往，讓她有機會將自己的生命歷程倒帶回去，回到原本的出發點。

每次看見這張照片，我總會凝視許久，那麼鮮活的影像的確曾經在這世上存在過，但變成了平面的一張紙後，我又很難相信所謂的存在究竟意味著什麼？一種時光的飛逝、一段生命的流失，或者是一段被化約過的記憶？

三歲以前，我住在基隆，那段歲月是天眞無邪、快樂單純的，不知道什麼是非、善惡。記憶中還有模糊的影像，那是爸爸帶我去基隆港邊散步，還有帶我去軍營的畫面。除此之外，全都交給了時間，沒有留下什麼痕跡，以致於我很懷疑到底存在過與否。

三歲時，弟弟出生沒多久，舉家就搬到了台北東區的眷村，而我的生活也從遼闊的山海天地轉而變成到處是房舍的村子生活。此後的我不快樂的日子變多了，擔心的事情變多了，壓力變大了，自由的心靈卻愈縮愈小。我不知道那時候小小的心靈究竟感受到了什麼，爲什麼會對台北的村子感到如此害怕與恐懼？有時候我會想，假如我一直住在基隆那個家，我的成長歷程會怎樣？我的生命又會怎樣？

從小我就是個城市鄉下人，媽媽說我雖然住在城市裡，但是很像鄉下人，因爲我很喜歡去外婆家，外

婆家住在新竹的深山裡，那裡有稻田、有山、有溪流、有蟲鳴鳥叫，每次回到鄉下，就好像套牢已久的枷鎖得到釋放，身心獲得完全自由的呼吸與伸展，簡直就快樂得不得了。我很慶幸還有外婆家可以去，雖然因爲交通不便，每年也只能回去一兩次而已，但這已成爲我很重要的心靈安慰，滋養我得以繼續長大的動力之一。現在想想，也許回去外婆家其實就代表了回去三歲前的我，回到那個曾經無憂無慮、在天地間跑跳的我。

小時候的我不會知道這次的搬家象徵了什麼意義，也不會知道這將帶給我的影響有多麼巨大。因爲從今以後，我成了城市人，在城市中求學、工作，以至結婚。然而，這麼多年的城市生活並沒有將我這野丫頭馴化，一顆嚮往自然的心始終不變，卻把我禁錮成坐困愁城的囚犯。

直到數年前，我面臨了身心的困境後，才發現我眞正的需要是什麼？適合我的是什麼？有些事情不是用理性去評估、衡量，原來是要用身體去說話、心去指引。於是，我開始重新學習，學習回到內在、回到自己的感覺去尋找，然後我發現了自己對大海的渴望及需要。在理性與內在聲音的交戰後，我終於跟隨自己心的聲音去選擇，從新店搬到了淡水。現在從住處的窗外，可以看見淡水河、大海、夕陽及小小的樹林，我重新擁有了遺忘很久的自在，我又回到了三歲前的我。當生命走了一大圈之後，我這才發現眞實的我、最快樂的我，不是在長大後學會了什麼、獲得了什麼，相反的，是在那小小時候的心靈所本自俱足的。

我所認識的撫遠新村

撫遠新村，民國七十年代初，一個位於台北市民生社區附近的眷村。這個面積大約只有三條巷子、不超過五十戶的村子，夾處於其他三個大眷村的中間，東邊是婦聯四村、西邊是婦聯六村、南邊則是婦聯五村，而北邊橫跨一條馬路就是民生社區的範圍了。無論是婦聯四、五村，或六村，其面積都比撫遠新村要大上好幾十倍，因此小時候常常被這個問題困擾著，爲什麼在三個這麼大面積的眷村中，偏偏就夾了一個那麼小的村子呢？

當然這不是小孩子要煩惱的事，但每當有鄰近村子的人問起住哪個村子時，一聽到答案是撫遠新村，表情總是丈二金剛摸不著頭腦，於是一連串問題接著落下，小小年紀的我就必須很努力地描述出村子的所在位置。這是家常便飯的事，但實在很累人，因爲每次費盡力氣解釋完畢，那些大人總是只有一個反應：「那裡不是婦聯四村嗎？」結論是我常常都以氣餒姿態退場。也許是因爲自己對這個村子的存在一直有著疑惑，所以才不能說服人吧？關於自我認同的不確定性，小時候就已經驗豐富。

這個小小村子的地理位置很特殊，所謂特殊指的是方便。朝村子西方的巷口出去，就是一個空軍軍營所在地，裡面有理髮店、福利社，這兩個地方可是和我們的生活息息相關。小時候父親常會帶我和弟弟去那裡理頭髮，最開心的當然就是去福利社，舉凡餅乾、奶粉、毛巾、牙刷及各式清潔用品等，眞可謂是我們家，不，應該說是大家的衣食父母！在物資缺乏的年代，在沒有琳瑯滿目的大賣場的歲月，一家如早期雜貨店大小的軍用福利社，就滿足了許多家庭賴以維生的民生需求，同時也滿足了許多小小心靈的快樂期待。

往村子東方的巷口出去，那可熱鬧了。首先會看到一個籃球場，球場裡邊還有溜滑梯、盪鞦韆等，這裡是所有小孩子的天堂，打籃球、騎腳踏車、玩彈珠、跳房子等。每當放學時刻，球場裡總是聚集了各年齡層的孩子，嬉笑怒罵、追逐跑跳，個個都玩得滿身是汗、一臉通紅，總要到了天色昏暗，球場四周響起媽媽們的召喚聲，才心不甘情不願拖著步伐各自回家，結束這美好的一天。然而，有時候天黑不意味著結束，可能是另一場熱鬧的上演，因爲籃球場還有另一項功能，那就是露天電影院。我還記得那大大的四方形白色銀幕在空中緩緩飄動的模樣，上面映照著各種人物劇情的精采演出，下面則投射出多少殷殷期待的眼神，和那一點點的幸福。此刻，我彷彿還聽見那即將播放電影的傍晚時分，村民們懷著喜悅奔相走告的話語聲、趿著拖鞋的腳步聲，以及此起彼落板凳的聲音。這些聲音都朝著球場匯集，朝著夜晚變身爲露天電影院的所在匯集，更朝著那記憶的幽微深處匯集。

籃球場的隔壁是菜市場，裡面有肉攤、菜攤、麵包店、雜貨店、麵店、饅頭店等，還有小孩子最喜歡的柑仔店。饅頭是我們家很重要的食物之一，剛好我和店老闆的女兒是同學，因此我們非常清楚饅頭出爐的時間，而店老闆也常常會優待我們，這是我們跨族群交流的美麗記憶，在這裡不分閩南或外省，只有老主顧和老闆，外加一些些友誼，人和人的相處就這麼簡單。麵店也是偶爾會去的，我們總是帶著自家的鍋子去裝熱呼呼的湯麵，老闆總會大方地在湯麵裡舀上好幾湯匙酸菜，酸菜麵便成了我兒時記憶的一部分。還有遠足時一定要去的麵包店，這麵包店不只賣麵包，還賣各式各樣的地球糖、香菸糖、跳跳糖及乖乖等零食，是孩子最開心的地方。另外最熱鬧的地方大概就是柑仔店了。同學帶我去過兩、三次，這柑仔店的零食和麵包店有點像，最不一樣的大概就是交易方式了。麵包店是用錢去買，柑仔店則是先付一點錢，然後老闆拿出一個有許多小格子的紙盒子讓我們抽，抽到什麼就是什麼，有時候也會什麼都沒抽中，錢當然也沒了。長大以後才知道，這是許多閩南小孩最喜歡的遊戲，原來跨族群的文化交流，早就在當時的村子中蔓延。

雖然我們的村子很小，但鄰近的三個村子可大的呢！這些龐大的村子便成爲孩提時代最佳的冒險地點。我和弟弟在學會騎腳踏車後，這趟眷村冒險之旅就展開了。我們常常會以籃球場爲起點，先朝婦聯四村前進，遇到特殊的地方就停下來駐足觀賞，說觀賞可能太抬舉了，其實說穿了就是好奇加偷窺。至於特殊的定義就難說了，譬如遇到某家的花長到圍牆外，那姿態及香味實在誘人，這就達到了特殊的標準，我們會停下來聞聞看看，若是實在不忍分離，就乾脆偷摘一朵伴隨我們繼續冒險的旅程。有時候看見大戶人家，那庭院深深的氛圍，更是絕佳的探險地點。所謂大戶人家就是圍牆很高，牆上有著一片片站立的玻璃碎片，抬頭仰望還有高不可攀的大樹，以及怎麼也瞧不見裡面動靜的人家。這和一路騎在腳踏車上便可盡覽風光的小戶人家不同，當然更引起小孩子的好奇心，及無可遏止的偷窺欲望。另外所謂特殊的地方還有如水塔的位置、老榕樹的所在，以及巷弄與巷弄之間的連結與曲折。冒險旅程的新鮮與刺激，就在回到家鄉巷口轉為平淡與安逸，所謂家鄉巷口指的就是撫遠新村，除此以外的地方似乎就是鄰邦的範圍。這是童年小小世界的分界，單純而祥和，沒有排斥與對抗，只有接納與欣賞。原來小小的世界可以有大大的快樂。

民國八十年代，撫遠新村正式走入歷史，這當然也包括鄰近的三個村子。這是配合政府改建國宅的政策，也是當時許多村民的殷切期盼。對我們家來說是一件喜事，這代表著可以換一間比較大的房子，更重要的是堅固的房子。我們可以不必再擔心下雨天院子會淹水，颱風季屋頂瓦片被吹走的窘境。當時父母親在板橋買了一間公寓，在拆遷重建之前幾年，我們便舉家搬到板橋，等待國宅興建完成的那一天。民國八十二年，國宅興建完成，全家歡欣地搬進了國宅，直到現在母親仍住在那裡。房子比以前大了，也更加堅固了，住的品質讓人放心不少，但，有種失落這才慢慢滋長。

我的童年經驗，關於那個在夾縫中村子的經驗，已經成為永遠抽象不可觸摸的記憶，我該怎麼面對這份記憶？那塊村子的土地還在，但興建在上面的建築物卻如此陌生，陌生得好像以前的一切都不曾存在似的；鄰居還在，卻被分隔在不知多少棟外的水泥牆裡，曾經親密的情感好像拉出一條無形的距離，回不到從前。軍營不見了，也帶走了理髮店和福利社；籃球場沒有了，孩子躲在公寓裡，他們如何度過童年？菜市場、老榕樹、曲折的巷弄、露天電影院，全都像泡沫般無聲消失在某一段時光中，我該怎麼在虛空中擁有這一切？曾經那麼希望拆遷重建的眷村，現在卻成了萬般渴望追回的現實，我是否可以慶幸自己還擁有這一段記憶？

記憶化爲另一種存在的方式。撫遠新村的一切、眷村的種種，以及童年經驗，都成爲滋養我生命的重要底蘊，讓我有豐厚的養分繼續成長，每當生命路途遇到瓶頸、挫折，或是時代變遷所帶來的衝擊、改變，我都會想起這段曾有的純眞時光，那一段單純知足的日子。

大姊與我

畢珍麗

小時候所有的相片我都是癟著嘴照的，因爲父親說別笑得太多，免得牙齒全露出來了。於是每張照片上的我都像是不開心、別人欠我錢似的。

這張我和大姊在照相館拍的合照，可沒犯癟嘴的毛病，加上是相館拍的，有背景之外還讓我的手上抱著個洋娃娃，因此它成爲我最珍貴的一張兒時照片。只是從小到大我心裡一直有疑問，爲什麼我穿的是厚厚的外套和厚質料的長褲，而身邊的大姊穿的是美美的緞子旗袍，還是短袖？大姊圓滾滾的身子還燙了一頭捲髮，歪著個小臉，笑得可甜了，比我手上的洋娃娃更像是洋娃娃。

去年夏天，終於讓我解開了心中數十年的疑問，我問母親拍照的時候是冬天嗎？母親說：「是啊！」我急急又問：「那爲什麼大姊還穿短袖？」母親說：「外套因爲要拍照脫掉了。」我追著問：「那爲什麼大姊穿旗袍？」母親笑了！她知道我眞正想問的是什麼了。她告訴我，大姊的那件旗袍其實是客人做衣服剩下的一塊布頭，只夠做一件，自然就做給了大姊。我其實還想問母親，那爲什麼大姊都有燙頭髮？但我沒有開口，因爲我知道我和大姊從小就有許多不同，個性、性情、興趣……只是還好，老天讓我們出自同一個娘胎，讓她當我的姊姊，我唯一的姊姊。

從小大姊就愛看書，能抓到的書她都愛看。那時候家裡開個小鋪子，出租小人書，還賣些零嘴、糖果，連抽獎性質的檔牌也有。生意好的時候，父親在晚上十點上了門板，還騎著他那輛管哪都響、只有鈴不響的破腳踏車，趕到後火車站鄭州路去補貨。夜裡我們跟在父親的身邊，看著他從燈泡的反照下找出十號大獎的牌子，這招可是送貨的人告訴父親的經驗之談，如果不先把大獎抽掉，萬一一開始大獎被抽走了，那檔可就要賠本兒了。

大姊只愛在那堆小人書中，找她的《四郎與眞平》、《阿三哥與大嬸婆》。她愛看書的程度足可媲美古代鑿壁取光的匡衡。我們睡的小閣樓上，唯一的光源是一扇木條釘成的小拉窗，光線從木條縫中微微地照入閣樓，大姊會蒙在被裡，掀開一個跟書本一樣大小的縫，就足夠她神遊在漫畫天地之間了！讀小學六年級的時候，大姊不捨得花補習費，還被老師修理了一番。可最後她小姐可考上了市立女中，那種光榮，對我來說一生也無緣相遇。記得有一回，阿呆在門口喊我上學了！那是一個星期一的早上，我急得四處尋不到我的書包，煩得要命。哈！它竟然躲在父親做衣服的案板下了！捉出它來！才發現功課還……還……還沒寫。沒辦法，從小我便不愛靜態的活動啊！一放學，連家都待不住，搶國寶、殺刀、過五關……，又總在屋外召喚著我。

我和大姊個性有天壤之別，大姊天生的內向又老實。記得有一回，她正挨父親的打，在廚房的大水缸旁。父親吼著說不許哭，結果大姊竟然一動也不動，淚水一滴也不流。父親沒有台階下，想想那孩子不求饒，父親眞的是沒面子停手的。結果，父親是轉著圈打小孩，那小孩只有母親跑來救了她。我可就是個外向又機伶的小孩，只要我一發現情況不對，腳底立刻抹上油，快溜啊！不是說，好漢不吃眼前虧嗎？更何況，民也不與官鬥啊！萬一父親精神好追了來，我連路線都想好，往田埂跑，一來父親跑田埂小路沒我在行，二來田埂穿過去可以跑到市場，可以找到母親，那不就有救了嗎？其實後來我發現，父親也樂意見我跑走，起碼不必演出虎毒食子的戲碼，他也省些力氣。只是到現在，還會聽到他說，當年我跑得比兔子還快，他是故意不追我的……。

我們每個人大多是頭先出娘胎，大姊的出生可是屁股先出來，現在來說就是胎位不正，鐵定是要剖腹生產。母親居然在家裡自然生產，多虧了接生婆，在民國四十二年十月十日，讓母親順利生下了頭一個孩子。接生婆跟母親說，你這女兒坐生，將來是娘娘的命。現在看來一點也沒錯，姊夫眞的一路辛苦地當上公司的總經理，大姊也一直過著咱們七姊妹中最富裕的生活。

說起遺傳，也眞是很妙的事，大姊的兩個孩子都很會念書，這兩年也都陸續出國求學，台灣偌大的房子就剩下業已退休的大姊夫和大姊了。小的時候我和大姊不同，她靜，我動，很少親密的回憶。去年六月，我和她一起陪父母回了一趟江西和山東的老家。那十五天，我和大姊同一個房間，我們可以夜裡不睡聊到三點鐘。第二天她的頭痛、我的頭也痛。但是好開心，好像小時候都不曾如此親近。有一晚正好是十五，月亮好圓好亮，我叫大姊快來賞這故鄉的明月。那一刻，在威海的小陽台上，留下了我們共同的回憶。

在那十五天大陸之行，我特別好好地享受著和世上唯一的大姊相處的時光。她還是和小時候一樣一笑起來就是甜滋滋的；遇到煩心的事，她說話的樣子可ㄋㄞ了，看了都讓人心疼，我就立刻想法子給她出主意。一路上大姊總大方地搶付錢，就像是媽媽帶小孩上街似的。飛機返台，我在入境之前，興奮地把大姊抱進懷裡，她被我突如其來的舉動感動，也抱起我來。我們相互擁抱，這是五十多年來頭一回。當時我們彼此是說：「好高興，終於平安回到台灣了。」其實，我更想說的是：「大姊，我愛妳！」

【輯四】交融疊影

山與海的交會

劉美玲

山與海雖處在不同的位置，但常是相依相伴的。海襯托出山的沉穩高聳，山對應出海的遼闊無際，各有各的姿態與質性，於交會的刹那閃耀出光芒。

無論是在對岸的舟山群島，還是在台灣的基隆，父親是屬於海的子民。他在海島出生，在港邊茁壯，一生有一半的歲月都在大海的陪伴下度過。他有著屬於海的流浪性格，似乎一直在尋找遠方的答案，而答案卻總是還沒出現。

母親則完全不同。她的出生、成長都在新竹山城，足跡遍布在森林、果園和農田裡，堅定而踏實。她的性格就如山城、如土地，總是張開雙臂穩穩地滋育萬物，讓生命有了溫暖的依靠。她不需尋找所謂的答案，因爲答案總在每個當下，她沒有想過遠方的流浪，只安於眼前的歸屬。

她有著山的安固性格，他卻有海的漂泊思緒；當山與海交會的刹那，所激發出的燦爛水花，所滴越的奇嶙石岩，豐富了生命，也挑戰了生命，各種風景於是呈現。

這場跨族群的結合在民國六十年代是一項莫大的挑戰，挑戰所謂族群界線與意識形態。父

父母於民國五十年代的結婚照。

母是經過相親結合，母親的娘家是客家人，多半對所謂的外省族群具有成見，因此有一些親戚並不喜歡父親，甚至是莫名的排斥，加上語言隔閡，使得父親和母親娘家一直維持著某種陌生的距離。然而，母親的父親，也就是我的外公卻不這麼想。外公會說一些國語，印象中，他對我們這一家人是親切而照顧的。小時候，回外婆家時，外公看到我和弟弟總是開心地問東問西，然後偷偷拿糖果、水果給我們吃，還問我們：「父親怎麼沒來？他好不好啊？」還記得我三歲時，父母親在台北眷舍買了一間房子，因爲存款不夠，母親向外公借錢，外公不畏親戚眾人的壓力借給我們，讓我們一家四口順利在台北有一個溫暖的窩。這些點點滴滴都在我小小的心靈裡留下了深刻的印象，我深深感覺到外公對我們一家人的愛，那是跨越族群藩籬無私的愛，那是回到人性本質的愛。

母親的個性和外公相似，隨和、柔順，因此在和父親結婚後的日子裡，她始終都能夠讓自己隨順方圓，融入外省的生活圈。那不是一種勉強的改變，或是不得已的遷就，而是一種自然而然的接納和順應。也許在母親的認知裡，沒有所謂牢不可破的城牆，只有兼容並蓄的柔軟，就像那大山和土地一樣。有時候我在想，母親究竟如何做到融合兩種族群的角色？由於父親除了外省腔的國語外，不懂其他語言，所以在家裡我們彼此溝通的語言就是國語，母親只有和親戚溝通才說客家話；飲食方面，父親喜歡吃饅頭、麵條之類的食物，久而久之，即使父親不在了，這些也已成為母親習慣的食物。最明顯的就是，如果父親談及受到其他族群欺負時，母親常常也跟著氣結，儼然成了外省族群的「同胞」。因此，除了知道母親是客家人的身分外，所謂客家人或者外省人，在我們家不但沒有界線的問題，反而還是不可或缺的兩項至寶，缺了一方，家就不完整。那不完整並不只是因爲少了一個親人，而是還少了一種多樣性的可能，少了那種多采多姿的氛圍。

父親不盡然都能夠接受客家文化，但有許多地方早已受到母親潛移默化的影響，譬如逢年過節的祭祖拜神，除了祖先外，父親幾乎是個無神論者，但也會跟著母親拜土地公；還有母親偶爾會料理一些客家風味餐，父親也是不吭聲的捧場。最有趣的是，一向不會說客家話的父親竟然也會說上幾個名詞，眞是讓人訝異。父親對母親的依賴是有目共睹的，有時母親回去外婆家兩、三天，父親就顯得有些不安，這除了是沒有人幫他洗衣做飯的現實問題外，更重要的可能還是因爲心裡的空虛吧！這在父親生病住院後更加明顯，三年前父親生了重病，在住院期間，儘管有我和弟弟輪流照顧，但最讓他習慣和放心的還是母親。只要輪到母親照顧，父親總是一副有了靠山的模樣，對母親予取予求，一旦母親要離開，立刻就擔心起來。這是一種情感的累積，早已凌越族群的議題之上。

正因爲成長在這樣的家庭環境中，我從來不明白族群爲何會是一種分界？分界的原因究竟是什麼？對我來說，不同族群的接觸反而帶來了新的學習與可能，充滿了挑戰與樂趣，就像旅行一樣，最大的意義不就是在那不同的風景？這樣無界線的理解，竟然也拉近了我和夫家的距離。

先生是台北在地的閩南人，他的阿嬤常常耳提面命，絕對不要娶外省家的女孩，偏偏我就是所謂的外省第二代，當時先生一直不敢對阿嬤說出眞相，連我也不知道有這樣的事。記得第一次去看阿嬤時，我就當成是去看自己的外婆一樣，我和外婆也是語言不通，所以我有很多和語言不通的老人家互動的經驗，因此和阿嬤的相處我一點兒也不擔心。倒是先生在事後告訴我，他可緊張得要命，因爲他擔心阿嬤不喜歡我。結果出乎意料，阿嬤對我的印象很好，先生這才婉轉地告訴阿嬤我是外省人，結果阿嬤的反應是：外省人有什麼關係？人好就好。之後，據說阿嬤和我最有話聊了，先生及婆婆都很懷

（上圖）在基隆的合照，中間的是才三歲的我。
（下圖）十幾年後的全家合照，左後方是弟弟。

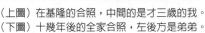

疑，我到底是怎麼和阿嬤溝通的？

也許溝通最重要的不是語言，而是一份心，或者是一種愛。沒有心，就算是語言相同也無法溝通；有了愛，儘管語言南轅北轍，卻也能夠通達彼此的內心深處。就像山與海的交會，可以是波瀾壯闊，也可以是呢喃低語；海因為山才有激昂的波浪，山有了海才能更加洗練潤澤。山與海的交會處，不是界線，而是愛戀。

不同調合唱曲

馬莉

高速公路塞車，回到台北天色已經很晚，在街上尋覓著可以歇腳填飽肚子的地方。孩子眼力好，瞧見前方有個招牌燈亮著，上頭寫：山東手工水餃，下頭寫：滷肉飯、肉羹麵，中間是店名，有點兒奇怪的組合，可是沒什麼選擇之下就這家了。走進擺放五、六張空桌的小店，圓圓臉的老闆娘趨前招呼，咧著塗抹得紅豔豔的嘴唇，操著台灣國語，親切的笑著說：「這麼晚才來吃飯噢！要吃什麼？我們的水餃好吃哦，自己包的！」雖然心中質疑，好吧，就水餃吧。孩子才吃了三粒水餃就放下筷子嚷嚷：「不吃了，山東水餃不好吃！」知道孩子是吵睏，孩子爹擔心地問：「吃飽了？眞的吃飽了嗎？」看著那盤不太想吃的水餃，關心的話語加上疲累使我恍惚起來，腦海裡響起爸爸用另一種腔調說著同樣的那句話：「眞的吃飽了嗎？」

爸爸說話帶著濃重山東口音，從沒聽他說過閩南語，可是他有許多本省籍的朋友，由於在地方上小有名氣，家裡常有識與不識的人前來走動。那天來了一位瘦瘦的、頭髮有些灰白、比爸爸高出一個頭的中年男子，爸爸要我稱呼「林伯伯」，正待張口，對方就發了話：「啥米是你杯杯？叫阿伯啦！」抬頭看爸爸，他只管笑沒有回應。對爸爸來說，「伯伯」這個稱謂已經是對在台灣南腔北調的一種遷就、隨俗。在家鄉，男人稱「爺們」、女人稱「娘們」，長者就稱大爺、大娘。我生了孩子引見外公、外婆時，爸爸沒說什麼，直到孩子學說話時他才鄭重其事地說：「別叫什麼公啊婆的不好聽，要稱老爺、老娘。」這個稱呼讓孩子費了許多唇舌，在學校裡若是忘了把老爺替換成外公或外祖父，馬上引來一連串疑問：老爺是誰啊？老爺是老闆嗎？老爺是主人嗎？老爺是做什麼用？……就連老師都問過：「老爺是你什麼人哪？爲什麼這樣叫呢？」一再解釋令孩子覺得委屈，爲什麼他跟別人不一樣。我就不爲這些事困擾，對伯伯兩字的發音沒什麼堅持，只看進到誰家門裡，依樣畫葫蘆跟著「杯杯」、「北北」、「跛跛」叫，總能落得一個「乖」字；碰到沒得依循的，就按照課本上教的，字正腔圓地稱呼一聲「伯伯好！」第二個伯字兒還唸輕聲，這時候就會得到兩個乖字再帶一句：「這孩子好有禮貌。」我再看一眼爸爸，見他下巴微微揚了揚，這才小聲小氣地喊了聲：「阿伯，你好！」

林阿伯正在稱讚我乖、聰明的時候媽媽買菜回來了，一見到客人馬上：「林桑！……逗走逗走！」林阿伯也用同樣語言回應了幾句。媽媽那劈哩啪拉一大串話是用日語說的，我和爸爸當然聽不懂，媽媽解釋她是在歡迎林阿伯，不外乎就是好久不見、精神好不好哇、請坐……之類。媽媽留阿伯吃飯要我到廚房幫忙，媽媽說：「我們中午包餃子，林桑是台灣人大概不吃牛肉，那就豬肉韭菜餡兒，我和麵，你洗韭菜。」韭菜餡通常得摻一點蝦皮提鮮，可是我對蝦子過敏，媽媽就煎了兩個黃澄澄的蛋皮、又泡軟一把綠豆粉絲一塊兒剁碎拌到餡裡，看著那一盆紅、綠、黃、白，色香俱全的餡料，餃子還沒包，口水就流下來了。

媽媽炒了兩個菜讓他們酒先喝著，要我幫忙包餃子，又嫌我包得不好看會露餡兒，就叫我陪爸爸和客人聊天去。我一個十歲大的小孩兒能和大人聊什麼天？還不是就坐在一邊閒聽著。爸爸照舊用他的山東國語和林阿伯交談，林阿伯則說著台灣國語有時夾雜一些台語對應，他們聊的是地方上的事情。我抓一把下酒的花生米慢慢嚼，偶爾用標準國語或從同學那兒學來的少數台語插個嘴或問個問題，媽媽怕怠慢客人，三不五時從廚房冒個頭進來呱喇幾句日語，林阿伯就得趕緊用日語回應，我覺得他好忙、好辛苦，一下子要適應那麼多種腔調語言，不過看他臉紅通通、笑呵呵的好像還滿愉快。

其實媽媽和我都知道爸爸對她說日本話很不以爲然，雖然爸爸不明說，可是因爲日本入侵山東，害得他不得不十三歲就離鄉背井出外討生活，以至於後來參與抗日戰爭打日本鬼子，又身不由己加入國共內戰打共產黨，那種顛沛流離椎心刺骨的創痛。媽媽當然理解，她也是過來人，可是媽媽有她的想法，媽媽說：「我們已經來到這裡，就別再爲難自己，只能讓日子往好處過，我又不會講台語，他們很多人都會一些日語，講講日本話好相處，又不代表我就向著日本人或是想怎麼的。」媽媽除了日語說得流暢如行雲流水，還有一個本事就是：她不管遇到什麼人都能和對方說上話，眞的語言不通時比手畫腳內、內幾聲，也能讓對方點頭對著她笑，那眞是一種叫人無法拒絕的熱情。

媽媽把水餃端上桌，我開心地吃起來，爸爸繼續喝著酒，林阿伯酒喝夠了吃了幾個水餃放下筷子，媽媽請他多吃幾個：「盡量吃啊，不要客氣，不好吃嗎？」林阿伯忙說：「好呷，好呷，哇呷罷啊！」爸爸是只要喝酒就不大吃東西，這時也關心地問：「吃飽了？眞吃飽了麼？不要客氣呀，沒什麼招待。」我吃著餃子嘴還不肯閒：「阿伯，你呷輸哇，你才呷五粒，哇愛呷一大盤。」媽媽剛坐下才端起碗，一聽我這話，五粒？抬起身就往後院跑，後院正對著隔壁周家的廚房窗戶，只聽到媽媽的大嗓門兒：「大妹子！大妹子！嗳，有白飯沒有？家裡來客人吃不慣餃子，不能讓人家餓著，對對，給我盛一碗，還有菜嗎？謝啦！待會兒給你送餃子來。」媽媽捧著一大碗白飯回來，飯上頭布著好幾塊紅燒肉雙手遞上：「逗走，逗走！」也不知是盛情難卻還是眞沒吃飽，反正林阿伯三兩下就把那碗飯吃了個精光。

耳邊孩子爸又問了一聲：「眞的不餓嗎？要不要叫別的？」看看貼在牆面上的菜單，除了山東水餃還有燴飯、魯肉飯、擔仔麵、肉羹……我讓孩子自己點，菜單上的字他都認得。看著孩子大口吃著送上來的肉羹米粉，想到林阿伯對水餃的反應，幾十年下來，在這塊土地上，不單是飲食，一切生活元素、文化、語言、習慣、甚至血源，都在不知不覺中被影響、被接納，這種眞摯的情感是沒有族群區分的，這些改變不就是自然而然的融合嗎？

有人說人生如戲，悲歡離合道不盡人間百態；也有人說人生如歌，百轉千迴唱不完人世曲折。人生就是不能盡如意，近百年來，歷經戰亂、遷徙，落地生根、重建家園，人生已度過好幾個階段，若是一直緊抓過去不放，只會使生活停滯不前，永遠無法重生。生命中的各種因素、不同音調，早已化做一首相同動機的合唱曲，把仇恨的元素抽掉，大聲開心地唱吧！唱出生命的和諧。

破冰

王純眞

她，民國六十五年畢業後，帶著一顆興奮的心完成報到手續，辦公室就在設備組，做了簡單自我介紹，開啓了上班生涯。週一至週六，八堂英文課兼行政工作。

另一夥伴是設備組長，陳老師，坐在她的對面，兩張桌子併在一起，中間隔了一層書架，大略是理化實驗本和幾本參考書。有時不經意瞄一下，只見一個年過三十歲，戴著六十年代厚厚寬邊棕色眼鏡的她，有張少見的正方形的臉，雙唇緊閉著，髮型是江青式直線整齊，一年到頭都穿著黑裙和襯衫，天冷頂多加件夾克。

組長習慣用小紙條交代各種事項，諸如報紙未歸檔、地圖有點凌亂沒有捲好、教具單未整理……等。她每天如履薄冰、戰戰兢兢過日子，中午時分更是沉悶，吃飯時還可以聽到對方咀嚼的聲音。

一天下午，漱口時無意中看到組長惜話如金的祕密：組長的牙齒因爲做矯正戴上套子。心中頓時有份憐憫。慢慢地，組長也告訴她故鄉的一些事情，新竹香山住著的純樸客家人，一個默默耕耘的族群。

組長每週必回家鄉，週一早晨，她的桌上總會出現一些粿製的食品，旁邊夾著紙條──「一起分享」，從中她看見組長親切和善良的原貌，化解了原有的偏見。這是她第一次面對其他族群，日後，她們變成了好友。

果然不久之後，上天又給她一次認識外省族群的機會，恰巧地點也是在設備組，下班時正整理一堆雜誌，另一個同事，周老師悄悄地出現，邀她參加她們的晚餐，地點是忠孝東路五段旁，馬路邊上一棟國泰蓋的四層樓舊公寓，樓梯是水泥製，硬梆梆、窄窄高高的，而她那天卻穿著兩吋的高跟鞋，等到她爬上四層樓已氣喘如牛，滿臉通紅汗水淋漓，像似跑了四百公尺操場兩圈，心中有些抱怨學姊帶她到這鬼地方。

按了門鈴，只見一瘦瘦高高、皮膚黑黑的，面貌像似外勞的男子開門歡迎她們。寒暄一會兒，她就進入廚房幫忙，灰色磁磚鋪的料理台上已擺了好幾袋未洗的水果，打開水龍頭，接頭處像阻塞住，水量時大時小就像門外世界的音響，音量也時高時低，彷彿她的情緒陰晴不定，漫不經心喝著酸梅汁，嘴裡啃著像豬耳朵的餅乾，高跟鞋早已脫下，懶洋洋地坐在一張木製圓板凳上。

正當閉目養神時，低沉聲音傳過來，他請她到客廳跳舞，學姊早已不見人影，三三兩兩的人影配合華爾滋翩翩舞了起來，她也隨著他跳著，印象中差點踩了他一腳，忘了左邊或右邊。之後他自告奮勇要送她回家，騎著一輛野狼一二五半新摩托車載她，沿著兵工廠、北市工農，那時六十年代，十一點即深夜，她有點害怕，緊緊地抓住後面凸起的扶把，他告訴她，He is free。她心中納悶，眞是 a boring man。

幾天後，接到學姊電話，其實那晚是受了他的拜託介紹女友，眷村鄰居，是個好人，給一次機會吧。三十七年次，祖籍廣東省，職業教師。剩餘就留給他告白。放下聽筒，她的直覺是先觀察再說，尤其不能讓父親知道外省仔想認識她。

她很徬徨，從小父親就不准她與芋仔來往，這種偏見起源於她的小姑姑。在日據時代，姑姑經媒妁之言嫁給了外省仔。姑丈是警察，因職務調至南部，有了女人，姑姑受不了竟作踐自己，每天喝米酒頭，酒精中毒生了一個畸形兒，頭大大的，身軀佝僂，不會說話，哭笑無常，一直到第七年病死，而次年姑姑也自殺身亡。這種種不幸，父親歸納爲外省仔起的因，這麼悽慘的結局，一切罪過都是姑丈造成的果，更增加對芋仔的恨。但是讀書、受教和就業，讓她接觸外面寬廣的世界，深深體會每個族群都有好人與壞人。下了決心用事實來說服偏見。

那一年夏季，令她難忘之行是陽明山的擎天崗，藍藍的天，腳下一大片綠色草原，牛群在遠處悠悠地搖著尾巴走過來，滿臉誠懇的他注視著她，並且遞給她一封信。內容居然是用英文書寫的，雖然冠詞 the 、連接詞 and ，和關係代名詞 that 用得張冠李戴，只爲博她一笑，尤其結尾「I will wait you forever」明白他是眞心的。更值得一提，近日他努力學台語、吃台菜，凡此種種都是爲了日後見她的家人。

他們先拜訪她的兄姊，再由大姊傳遞信息，告知遠在南投的雙親。那眞是一枚炸彈，霹靂一響，父親大怒之下摔壞了一張大理石椅、一支風扇、好幾盆盆栽。鄉里間一傳十、十傳百⋯⋯

不得了。火速趕到台北，經過與兄姊長談，建議先見個面再說，如此一番折騰終於願意面對外省仔。

老人家嘴裡常掛一句話，「女兒生來是寵的，不能受苦，娶我的女兒一定要有個窩。」父親想看他的房子，這下急了，台北雖然有房子，但只是個空屋，而他的父母還住在八坪大的眷村宿舍，因此他標會籌備一切，布置好房子，加上大姊在旁充當翻譯，用先前已學過的台語和父親交談。第一關總算驚險度過。

逢年過節，他向同事借了一輛銀翼小汽車，載著她向雙親問候請安，南北奔跑，過了五年稍有積蓄，父親漸息怒，還請他喝茶。有時農忙時節，他也捲起衣袖，脖子上毛巾一圍，入境隨俗當起莊稼人，幫忙採收時令作物，同時與父母話家常，比手畫腳，雞同鴨講，哈哈大笑，這時父親逐漸了解他的爲人，知道外省仔也有好人，終於答應他們結婚。

婚後一如往常，細水長流，哪怕是塞車，再累，他都要回去看老人家，讓父親知道他是個信守承諾的人，更重要的是他打破了父親對外省仔根深柢固的藩籬。最令她窩心的是，連父親往生還託夢給他，要大哥與他一起勘查墓地。而她的兄弟姊妹更是與他相處融洽，每每家族聚餐，他總是率先張羅一切，誰說芋仔番薯不能在一起？

新年禮物

劉翠僊

她的腹部隆起如丘，呼吸、行動皆受影響，醫護人員三天兩頭爲她把腹水抽除，奈何積水甫退，新液立即遞補而入，致使她鎮日像帶球走路般大腹便便。男人無微不至守護在側，對於面容日趨蠟黃的她依舊愛莫能助。

男人年過半百，稀疏灰白髮絲下的臉龐滿是皺褶，食不知味、睡不安穩的看護工作使他原本削瘦的形體更顯單薄，無須歲月緊追，蒼老已趁機逼入。

將近二十的年齡差距，使他倆經常被誤認爲父女。老夫少妻的伴侶，彼此相依共存，歷經十年磨合，總算營造出水乳交融的家庭和樂。自從妻子發病之後，原本平順的幸福生活樂章被迫改了曲調。集褓姆、看護、大樓管理員角色於一身的他，無法跟上驟變的現實節拍，以致沉寂多年的胃疾又來翻舊帳，即使強下猛藥，依然不見起色。幸而同鄉及時伸出援手，全盤包攬了照顧孩子的責任，他才不致方寸頓失。

年前，醫師宣告她的肝癌治癒無望，囑咐男人要有心理準備。妻子痼疾纏身經年，情況從無樂觀，早晚都將淪爲死神的俘囚，儘管心知肚明，然而一旦現實逼近，束手無策的他便把自己浸泡在淚水中度日。蒙在眞相下的她，一心掛記著要親自爲三個兒女購買新裝過年，每天兀自倒數日子，反覆探詢出院時刻，對於男人強言應付、獨吞心酸的苦楚絲毫沒有察覺。

距離年節只剩一周，她卻不及等候，男人見她睡得幾乎忘了呼吸，情急之下傾力搖晃妻子身軀，旁若無人般哭喊著：「孩子的媽，醒醒吧，醒醒吧！妳不能丟下我們啊！」偶爾，她會猛然睜開眼睛，開口要求返家替孩子們打點新裝，言畢不久，又重回夢境。多半時候她對於男人聲淚俱下的哀求都無動於衷。

男人爲眼前狀況慌了手腳，顚沛流離草草過了半世紀，直到娶妻生子，才嘗到家庭溫暖的甜頭。婚後食指浩繁，嗷嗷待哺的張張小嘴逼得他得四處兼差才能勉強餬口。比起從前一人吃飽全家沒煩惱的光棍生活，肩上的擔子固然沉重，但是他仍樂於扛起這份重責。前途再怎麼曲折難行，好歹也有個終身伴侶能夠互相扶持，何況「夫妻同心，其利斷金」，兩人裡外聯手創造未來的共識與決心，必定可以突破眼前格局。孰料造化不如人願，他自忖過去歲月中不曾傷天害理，不明白上天何以要錯罰無辜？

除夕前三天開始，她在氧氣罩下的呼吸微弱得幾乎停擺，生命徵候每每令群醫皺眉。妻子大限步步逼近，男人卻仍寄望奇蹟出現，惶惶終日，寸步不離。挨到除夕清早，男人決定暫時棄守，他打算接回孩子，爲她完成買新衣讓子女過年的心願。男人走進護理站，臉上掛著兩行熱淚，向醫護人員一一打躬作揖，將病妻託付大家。隨後，他折返病房，彎腰屈膝對著酣睡如昔的妻子喃喃話別，她依舊不理不睬不回應。男人含淚起身離去，跨出三五個步伐便回頭向病房張望一次。

除夕夜，家家戶戶忙著團圓，行動可自如的病患早已離院返家圖個吉利，寂靜冷清的病房中，只留下她和中風的鄰床。鄰床家屬早早備妥了各式年菜，全家人擠在病房中，致力湊合出一個聊勝於無的走樣年味。她依然不爲所動，似乎不願再隨俗應景。

午夜，迎春納福的爆竹聲繼起不斷，引燃了節慶獨有的氛圍。爆竹聲響徹雲霄，終於把她從睡夢中驚醒，她不清楚自己是否已經錯過節慶？胡亂扯下纏繞身上的針管，慌張地起身向隔鄰查證。對方被她突來的舉動驚駭，未做回應就奪門外出報訊。聞風而至的護理人員，對於她前後判若兩人的轉變無法置信，個個睜大眼睛與她面面相覷。醫護團隊暫時按捺下重重疑惑，七手八腳忙著要對病人施以檢查，她卻執意與疾病劃清界線，堅稱自己不過是睡了一場好覺而拒絕任何醫療。

她不斷唸著要見家人而神色焦躁，直到院方表示已經代爲聯繫，才逐漸靜下心來，小口吃著旁人遞來的年柑。食畢，她不耐久坐枯候，逕自取出放在病床下的沐浴用品，進入浴室洗澡，並且換上打從住院就不曾再穿過的深藍色褲裝，又面對著鏡子將頭髮盤於頂上。而後，她像個等候赴宴的女孩，好整以暇地坐定在床沿引頸企盼。

三個身著簇新服裝的孩童一路嘰嘰喳喳與男人結伴出現在病房，孩子們見到久違的母親，爭相搶著投入懷抱。她愛憐地摟著子女，逐個應付他們的問長道短，一面要求男人即刻辦理出院手續，以便能返家團圓。男人眼睛盯著她彷若要臨盆的肚子，不敢貿然採取行動，只能爲難地陪著笑臉，勉力在口頭上拖延時間。

男人先將病房裡的幾張座椅集中，又找來幾張報紙鋪上，臨時拼湊成桌，小心翼翼地從提袋中取出五、六只不鏽鋼製的便當盒，一一攤開放置在克難的桌面上，就忙著為妻小分配猶有餘溫的菜餚。不論置身何處，只要包含吉祥話、壓歲錢、食物香、歡笑聲，年味就自然形成，遲來的天倫夜彌足珍貴。

起伏轉折的情緒傷神，償還積欠兒女對親情渴望的過程，耗盡她的體力，以致全身虛脫癱軟。男人見狀，連忙制止孩子繼續糾纏母親，一面迅速鋪床備枕，攙扶她上床歇息。她斜躺於床，撐起眼皮凝視著病榻前的全家老小，波波倦意伴隨窗外喧囂的鞭炮聲席捲而來，使她忍不住闔閉雙眼，緩緩墜入夢鄉。

大年初一，晨曦迎春，日光披著萬丈金衣與民同慶。暖陽活絡了大地生氣，也扭轉了病房的冰冷與蒼白，然而她竟完全置身事外，依舊使性酣睡，任憑男人與孩子輪番嘶喊，再也不曾轉醒。

挑女婿

何宣莎

民國六十三年我結婚，對象是一個「外省人」。婚前我是媽媽眼裡長得不起眼的小女孩，在媽媽羽翼下長大，父母擔心我嫁出去後，要伺候公婆、叔姑，我長得這麼矮小，手無縛雞之力，生性耿直有話直說，嘴巴不甜不討人喜歡，不是高大型身材不適合幹粗活。媽媽對我的愛，加上擔心我捧不起人家的飯碗，因此物色女婿時，希望對方是上班的，不是做生意的，因為經商失敗就血本無歸，負債累累三餐溫飽都有問題，媽媽不喜歡。

母親娘家曾經是大富人家，日據時代，媽上小學時，家中有司機接送上下學。在那個民風純樸的年代，家裡有大車、小車是相當風光的。外祖父在那個年代已經師範畢業了，是紳士文人，不是做生意的料，但他不願意上班領一點死薪水，要做生意展現才華當老闆，可惜經商失敗，投資泡湯血本無歸，買米還得先賒帳，那種苦日子一朝被蛇咬十年都會怕，所以我媽不稀罕做生意的。

外公生意失敗家道中落，從富爸爸變成窮爸爸，家中沒有米，纏足的外婆只好拋頭露面回娘家拿一點零用錢回來買米。親友救急不救窮，而女性當時沒有社會地位，外婆也不好意思常回去，只好先向米店賒帳。師範畢業的外公靠著文憑，謀得學校教職，靠薪水養家活口。（事實上，我外婆的學問比外公還要好，因爲她在家自修，飽讀詩書，天文地理知道的比先生多，可惜沒有學校文憑就矮人一截，即使有學問，外界也不認同。）

媽娘家住在警察局的後面，從竹籬笆向外望可以看到警察局的後門進出狀況，逢年過節，走後門拍馬屁送禮的通常是台灣警察，平常這些人操著日語欺負台灣民眾狐假虎威。外公說，台灣在日據之前滿清政府統治時代，治安不好，出門做生意要帶家丁，路上有時會遇到攔路搶劫的土匪；日本統治後，台灣治安良好；戰爭時，聽到警報響，在外面上課或在外玩的民眾就得趕緊到附近的防空洞躲藏。媽小時候上學時常要躲警報，課業常中斷。小時我家住在台電宿舍，住家附近有防空洞，外觀粗糙石塊參差，外頭有幾束草迎風搖曳，兩側有幾個小洞通風，避免人躲在裡面悶死。

一九四七年二二八事件爆發，當時在學校任職的外公好幾個月領不到薪水，民眾後來到長官家裡發現一袋袋的鈔票，原來，中央發的糧餉被長官私吞，「攔路搶劫」，沒有給學校的教職員。外婆的大哥在農會當理事，朝會時上台講話，講現在外面局勢很亂，大家要團結，結果被當局當作有意叛亂，是匪諜同路人、叛亂分子，遭追緝逃亡很久，躲到山裡，親友暗中接濟，警察三不五時到家中瞧瞧。家人抱怨又沒怎樣只講幾句話就有罪？警察後來告訴家人現在應該沒關係了。沒想到一回到家中就被捕，原來是警察用釣魚的方式誘捕。家人花很多錢給司法黃牛打通關節，最後才擺平官司。

因爲這樣的緣故，外公選女婿時，聽媒人說有位年輕人在台電上班，便問年輕人二二八事變台電發薪水正常嗎？有按時領薪水嗎？年輕人說都有按時領到薪水，外公覺得在台電上班比在學校上班還要好，就同意把在農會上班的女兒、他的第三千金嫁給他。爸媽婚前沒有什麼交往，媽說僅看過一次面而已，見面第二次就訂婚；而第一次見面那天，不巧，眼睛痛、發炎，一直流目油，只看了對方一下，根本看不清楚，也不便多看或多說些什麼，婚後才知道是台電的臨時工，想離婚時已經懷有我了！

媽懷孕時，還和爸以及他的妹妹和妹婿一起去台電打臨時工，爬電線杆洗杆頂的白色陶瓷。媽媽眞是女中豪傑，一界女流文武雙才，溫文儒雅又認命，克服環境的困苦，懷孕還照樣爬上電線杆。堅強的生命力和工作韌性，別說在民國三十八年，就算現在有些男人的工作能力還不見得比得上她。

因著這層緣故，我媽幫兒女們物色對象時，便特意挑公家機關的。母親有位互助會的朋友就住在附近，有個女兒嫁到台北，生活過得不錯，女婿有個同事是外省人，未婚，隻身在台灣。我媽媽對這個「外省人」的外在條件：年齡、身高、體重、學歷、工作收入覺得不錯，尤其這個「外省人」長得英挺壯碩，在安全局上班，未婚，家世很清白，適合我這個小不點嫁給他。

有緣千里一線牽！這個「外省人」當時在安全局上班，是少校，想穩定下來尋覓對象，相親了N次，最後看中我這個身高不滿一百五十公分、體重不到四十公斤，長得甜美、有靈性的妞。我不用減肥就有纖細的身材，身體質量指數（BMI）體重與身高比例的換算在加減百分之十的標準範圍內。老一輩的奶奶說：「日據時代的男人長得不高，喜歡像我這樣嬌小玲瓏的，叫『小母雞』，雞身較小，母的肉質纖細幼嫩，較大隻公的肉質較粗。」

媽慧眼識英雄，幫我挑選的外省夫婿，會燒飯菜、洗碗筷、做家事，是職業婦女們心中的「好好先生」。一般職業婦女忙於事業、家庭，就像蠟燭兩頭燒，而朋友無不羨慕我嫁給會分攤家事的好男人。先生曾經陪我到社大「家庭暴力防治社」聽課，上課時彼此分享，同學說他是好好先生、好男人。對友人的羨慕讚美，他感覺獲得肯定，回家很高興說：「妳嫁給我這個人，不錯吧？」

還記得我結婚宴客當晚，洞房花燭夜就住在浪漫的「愛河步道」旁的旅社。我的「外省先生」隻身隨國軍來台，住在台北，沒有父母兄弟親人在身邊，迎親當天他獨自南下，在高雄請客，對象都是女方的親友，由台籍丈母娘籌備宴客的大小事。丈母娘看女婿是越看越得意，媽媽喜歡他，眞心當他是半子，認爲他在台灣沒有親人，給他母愛，就像他的親人，相信他會對自己的女兒好，將來也會對台籍的岳父、岳母孝順，而他也將兩老當成是他台灣的父母一般。媽媽是刻苦自己、不會要求別人付出的人，沒有要求女婿給她多少聘金。在高雄宴客女方的親友，回台北時再宴請男方的親友同事。當天洞房花燭夜還在愛河旁邊一家旅社過夜。隔日早上用餐，吃愛河邊早餐店的三明治，是用土司沾上整顆蛋去煎的，加上肉鬆和沙拉，感覺很好吃，這是我第一次吃到這樣的三明治，留下深刻的印象，直到現在想起來還是回味無窮。

相見歡

孔依慧

那天窗外也是下著滂沱大雨，吹起一陣陣的狂風，撥開窗簾偷看外面灰暗的天空不時挾著閃電，雷聲轟隆。我和弟弟躲在床邊捂著耳朵一臉驚恐。收音機正播報著強烈颱風來襲十五級正往十七級加速中，眷村裡的爸爸們大都不在家，家裡剩下老的老、小的小，年輕的媽媽們正努力地將流進來的雨水一盆盆地往外倒！

「媽！門關不起來！」弟弟不知何時跑到廚房門邊，用背使勁地頂住門一面大叫。

「請各位住戶注意，現在風大雨大，請大家待在家裡不要外出以免發生危險，辦公室已通知部隊，讓各位長官盡速返家協助處理善後。」

天漸漸黑了下來，外面的電線桿已經吹倒停電了，媽媽找出幾個汽水瓶分別點上蠟燭，一房一廳、一間廁所加廚房，隨著光影開始搖晃起來，竹編加泥巴糊的外牆混著雨水，又開始偷偷地漫進來……。

我們住的這個眷村在新竹東大路空軍子弟小學附近，連棟的竹編房子大概有百來戶，都是一些士官階級的空軍眷屬，這裡的男主人清一色都是外省人，有年輕一點的，也有一些老士官長，一口鄉音各說各的調。有趣的是這些媽媽們也不遑多讓來自各地，從屏東到基隆，從台灣人到客家人到阿美族，還有大陸各省的老媽媽們！每家三四個孩子，一到黃昏放學回來村子裡就鬧哄哄一片，小強他媽媽是客家人，每次叫他回家吃飯：「ㄙㄟ槍！侅ㄙ飯ㄋㄟ！」陸路的媽媽是台灣人喊得更好玩：「阿路ㄟ，呷崩阿啦！」輪到對面台英她媽：「ㄚ頭！還不回家吃飯？死到哪去啦？」呵！其樂融融！不一會兒小桌小板凳在巷口擺開——陸媽媽的蚵仔煎，小強媽媽的客家小炒、菜脯蛋，台英媽媽的四川泡菜、蔥油餅，還有我們家美援物資的玉米牛油餅，南北口味應有盡有，吃得好不快活！

颱風這晚，忽聽得好大一聲：「轟！」竹子扭曲倒地的聲音，外面有人在急促拍門；「盧先生！不好了！快開門哪！」村口辦公室的張伯伯一臉氣急敗壞地說，「趕快收拾東西，準備到學校躲一躲，村子裡房子已經倒了一大半，趕快走！我還要通知其他人！」門外狂風驟雨，房子本來就不夠堅固，經張伯伯一說，彷彿我們家也立刻就要吹散了。爸爸立刻指揮我們每個人準備一些急難物品和換洗衣服。

水勢越來越高，已不容許我們再猶豫。爸爸要大家穿上雨衣，頂著十五級的強風，冒雨衝到空軍小學。

睡了兩天的學校課桌椅，小小年紀的我們不知大人的苦處，興奮得東張西望，看看隔著一排桌椅睡在我隔壁的小強他們一家，忽然覺得大家認識那麼久卻從來沒有這麼親近過。

颱風過後滿目瘡痍，回去我那竹籬笆的家，早已竹去屋空剩下一堆爛泥。大人們在廢墟中翻找堪用的物資，誰家有缺就給誰。

「要搬家了！」小鬼們鬧哄哄，大人神情嚴肅。「搬到醬油工廠？怎麼住？這麼多家人？」

一個廢棄的醬油工廠，黝黑又空蕩蕩，空氣中瀰漫著一股陳年豆香。大人陸續從學校、外面撿回一些桌椅木板拼湊起來。每家的房間終於隔好了，幾片木板圈起一家六口的吃住，只要有一點聲音，所有的鄰居都可分享，所以那時我們最常聽到的一句話就是；「小聲一點！」

工廠門口有一口矮井，小孩子的我趴在井口就可以看到自己的鬼臉，隔壁有一家小雜貨店，裡面有我許多的渴望。當然最重要的是，那個胖胖的老娘有一個大果園，一個結滿了柚子的大果園。

五十五年前的我和爸媽。當時我才三歲，爸爸是從對岸逃離烽火的外省仔，媽媽是來自東港的漁家女，雖非異國聯姻，卻也是雞同鴨講！但他們的結合見證了族群融合的美好！

「喂！這邊！這邊啦！再過來一點！唉！真是笨！」在我家窗口就可以看到結實纍纍的柚子，幾個小鬼早就在商議看用什麼方法把那些柚子弄下來（因爲我們都知道那胖老太婆一定不會讓我們去採），於是小強他哥哥人高力壯想了個好點子，用一根長竹竿綁上螺絲起子，靠近我家窗口伸出去，看準目標用力叉下去，再不停地轉動，讓柚子和樹枝脫離就大功告成啦！

由於柚子減少的速度太快，老太婆開始每天巡邏，也懷疑我家的窗口有問題，沒事就往這裡望，常常一群小鬼與她四目交接，卻轉身就跑。

就在這裡我們住了將近兩年，等待牛埔的眷村興建。我那台灣媳婦的媽媽學會了做四川泡菜、蔥油餅、包子饅頭、客家粿仔，也會醃臘肉、灌香腸，現在回想起來，一家烤肉萬家香的記憶大概就從這裡開始吧！

眷村裡還有一個重要文化，就是那要命的國粹——麻將，阿英、春嬌、喜妹、力娟嘿！簡直是五湖四海，吃碰胡，一點都不含糊！好像沒聽說哪種人不能打麻將？只要不是要命的三缺一就行啦！

搬離了醬油工廠，由於階級不同，分配的眷舍也不同，大家見面的時候少了，卻仍然擁有長遠的情誼。哪家娶媳婦、嫁女兒、過大壽、生孫子，都是大家見面的歡樂時刻，一直都有彼此關心的話題，甚至有人先走一步，老鄰居在告別式上相擁落淚，眞情依依。

相識、相聚不就是緣分？分什麼你我？分什麼芋仔、番薯？

照片中的爸媽，在大約三十年前的日月潭。他們難得一起出遊！

像我這樣一個女子

翟永麗

我生在嘉義、長在嘉義，前半輩子都住在眷村宿舍裡。媽媽懷我時，水腫得很厲害，臨盆前幾乎寸步難行。偏偏我選在禮拜天日頭正炎時出世。據媽媽說，也即將臨盆的小李媽媽、裹小腳的趙媽媽、操台語的姚媽媽、半瞎的老李媽媽，七手八腳把媽媽推進嘉義醫院，而正午時分，醫生護士不見半個人影，趙媽媽說：「不要用力啊，醫生還沒來！」果決的小李媽媽說：「生！爲什麼不生，生孩子不能憋啊！」於是，我就這麼在眾家媽媽的合作下出生了。眞的，若非小李媽媽的堅持，我或許成了智障兒呢！

小學讀的是市立小學，不是軍人子弟小學，聽台語是最大的考驗，常爲了說台語和同學生氣，因爲發音不準常被恥笑，所以乾脆不說，我的台語是結婚後向老公學習的。所幸運氣一直都很好，遇到的都是好老師。三年級到六年級的導師都是受日本教育的男老師，但奇怪的是，這三位男老師對班上的軍人子弟都特別疼愛，像三、四年級的董山松老師用日本軍閥式的軍人教育來教導我們，念課文時，全班專心一致、抬頭挺胸，老師用教鞭敲課桌的邊緣，我們則配合著他的節奏，一字一句地把課文念出來背下來。

我每天中午放學回家，吃過午飯，便和住在山子頂篤行八村的王囡囡同學一起步行到學校，幫老師改作業和考卷，老師會幫我們倒兩杯水，偶爾會給兩顆糖果，在同學眼裡，那眞是極大的恩寵。學期結束，老師會送我們筆記簿和兩支鉛筆，這對經濟極其拮据的我們而言，眞有莫大的幫助。

那時候進初中也是聯招，考國語、數學兩科，上嘉女要一百八十分以上，所以補習風氣很盛。爲了升學成績，老師要求凡是要升學的同學都要參加補習。軍人子弟哪交得起補習費，所以我們班的軍人子弟是不用交補習費的，五年級的黃登林老師如此，六年級的陳澄燦老師亦是，班上七、八位軍人子女就這樣免費地讓老師白教了二年，我現在想起來仍覺泫然欲泣，若非擁有教育大愛的無私情操，他們何能如此犧牲享受並享受犧牲呢？

在高雄讀師範學院（高師大前身）時，來自四面八方的同學拓展了我的生活領域，也開闊了我的生活視野，同學中有遠自澎湖、宜蘭、花蓮來的，亦有高雄、台南、屏東的，我開始知道吃拜拜是怎麼一回事。有位女同學家裡開米廠，我們到她家裡去，她父親拿生魚片宴請我們，我當時覺得，怎麼有人拿如此駭人又難吃的東西請人呢？殊不知在六十年代，那眞是奢侈的大菜啊！

住在屏東枋寮的梅貞請同寢室的我們去她阿媽家吃拜拜，四個女孩興奮得不得了，期待了好久，終於到了枋寮，豈料下車要打電話時才發現四個人都忘了帶聯絡電話和地址，聰明的我們想：枋寮這個以客家人爲主的小地方一定很容易問出來吧！於是到警察局去詢問，看當地哪裡在拜拜?熱心的警察先生一聽頓時傻眼了,但眞的很熱心地發揮人民褓姆的精神,打電話向各村村長詢問,又張羅便當給四個忘了帶大腦出門的女大學生吃。皇天不負苦心人,一個半小時後,梅貞和她六十多歲的阿公騎著鐵馬來把我們領去,我終於吃到我這輩子第一次的拜拜!也才知道客家人的習俗、文化和生活方式,其實和閩南人也大不相同呢!

我常覺得,像我這樣的一個女孩子何其幸運,無論求學或就業都一路順遂,從大學畢業時分發到國中,之後兼任行政工作,考國中主任、校長。直到現在我還常想:如果沒有考試制度,像我這樣家無恆產、又沒有背景的女孩子,如何與人一爭高下呢?我在被派任爲國中校長時,市長特別告訴我:「你是外省人,又是眷村第二代,但我仍盡速任用你,因爲我看到的是你的能力,而非你的省籍。」因此,我沒有花一毛錢就順利地在這個所謂民主聖地的嘉義,成爲第一位國中女性校長。我永遠記得在我就任的那一天,哥哥流著眼淚說:「爸爸期待的就是這一天,但是他已經看不到了。」是的,當初師大畢業,父親費了九牛二虎之力,輾轉託了好多人事關係才讓我能一畢業就分發到市區,父親遂認爲校長的權力眞是太大了,因之對我抱著如此高的期望,但讓我終於明白他心願的人卻是我大哥。

我和老公都是正統芋仔,但老公因爲並未長在眷村,所以台語十分流利,又因爲工作性質的關係,他的朋友泰半是本省人。有一位鄭大哥有恩於我家,我想買一塊土地,錢不夠,他二話不說無息借給我們五百萬;十餘年後,眷村拆除,我想在土地上蓋房子,他毫不猶豫再拿二百萬,不要借據,只對我先生說一句話:「因爲你是我兄弟。」因之我告誡孩子們要知恩圖報，要心存感激，唯有如此，在台灣這塊土地上，才能生活得快樂，生存得有價值。

像我這樣的一個女子，何其有幸，生於斯長於斯，周遭有許多值得信賴的好朋友，有無數樂天勤奮的好鄰居，雖然政治紛紛擾擾，雖然立場各有不同，但是，朋友間相處依舊融洽，仁民愛物的政治人物亦所在多有，所以，我相信：這塊土地依舊有愛，依舊值得我付出——從以前到現在，乃至未來！

大鵬灣與吳大哥

蔡怡

官方網站說，東港大鵬灣在日據時代是日本水上飛機場，是日本的一個海軍基地。我不認識那個時代的大鵬灣。

網站又說，東港大鵬灣是千禧年代最hot最in的海上樂園。風浪板、水上摩托車……應有盡有。我也不認識這摩登的大鵬灣。

我記憶中的大鵬灣是五十年前中華民國的空軍基地。那兒有民國三十七年十一月由南京撤退來的空軍參謀大學，有三十八年由四川重慶遷來的空軍預備學校，有個水田圍繞的大鵬眷村……。

兒時的大鵬灣幾乎是個爲人遺忘的地方，但對年幼無知的小孩子來說，它可是個世外桃源呢！春天我們在草地上追逐蜻蜓蝴蝶做標本，夏天我們在沼澤邊看人划著小木船採菱角，秋天我們在收割的稻田中捉迷藏，冬天我們在防空洞附近玩官兵抓強盜。這個安靜而充滿鄉野情趣的眷村，提供了我們最豐富也最快樂的童年。

那時我們最常看到的風景是阿兵哥，他們個個頭戴插滿了樹葉的鋼盔，坐在軍車上，在村前那唯一的土路上奔馳，來到我們村後，他們很快地就分散在甘蔗田裡匍匐前進。這情景對當時才五六歲的我們來說眞是既新鮮又有趣，於是大家七嘴八舌地問東問西，吵到這些阿兵哥噓我們：「不要吵！我們正在軍事演習，你們這些小鬼頭會害我們暴露身分，被共匪那邊逮到，回學校要被罰青蛙跳。」我們聽不懂什麼是軍事演習，只好奇地摸著他們的鋼盔及步槍，覺得他們好偉大啊！當時有一位阿兵哥，似乎特別喜歡哥哥，他指著胸前的名牌告訴我和哥哥，他叫ㄨˊ ㄉㄚˋ ㄍㄜ。可惜那時我們都是尙未念小學的文盲，不識字，只好含糊地叫一聲吳大哥。接著他問我們家地址，這個我們倒是背得滾瓜爛熟：大鵬村下浦路一七六號。演習完畢，軍車載著這批阿兵哥飛馳而去，只在那泥土路上揚起了陣陣塵土，村落又恢復了它原有的寧靜，而我們也就將此事淡忘下來。

兩個禮拜後的一個星期天下午，我和哥哥在家門前大榕樹上捉金龜，突然聽到媽媽喊我們，我們從樹上往下看，家門口站著一個軍服筆挺的阿兵哥。他不就是吳大哥嘛，他居然眞的來找我們了。我們一溜煙從樹幹上滑下來，受寵若驚地趕緊迎上前去，興奮得差點摔個大跟頭。

原來吳大哥是預備學校的學生，上次在演習中看到我們，讓他想念起家鄉的弟妹，今天趁著放假就走到眷村來看我們。當時我們年紀小，不懂得吳大哥那種思鄉思親的心態，只是很驕傲能交上這麼一位大朋友，何況這位大朋友還很大方，第一次來就帶我們去村頭那唯一一間小雜貨鋪裡，買糖果及芋仔冰給我們吃。在那物資極為缺乏的年代，這一點點額外的甜食，眞是生活中的奢侈品啊！以後每逢星期天，我們和一些蘿蔔頭灌蛐蛐兒、打尪仔標時，總是心不在焉，悄悄地期待吳大哥的來臨。

所幸這位大朋友並未讓我們失望，他常來，帶我們去預校那超鹹的海水游泳池游泳，去大操場看人打籃球，去碼頭走石頭船，或直接去「海邊」，也就是大鵬灣邊。

那時候我們都不知道大鵬灣只是個瀉湖，我們都直呼其爲「海邊」。吳大哥帶我們在「海邊」小木筏上，學本地漁婦在泥沙裡撈夾雜著海草、黑不拉幾的蛤仔。吳大哥用我們聽不懂的話跟漁婦聊天，然後告訴我們：「ㄟ！這東西居然可以吃耶！」我們弄了兩大袋回去煮。至今我仍清楚地記得母親當時緊張的表情，她對著那煮過後泛著嫣紅、散出陣陣香味的陌生食物，看了又看、聞了又聞，不知如何是好。最後因不忍心看我和哥哥那垂涎三尺的嘴巴和祈求的眼光，才眼一閉心一橫地下達命令：「吃吧！」於是我們跟著吳大哥閉著眼睛、狼吞虎嚥吃起來。多少年後我們才知道這就是大鵬灣裡的特產，叫赤嘴蛤仔。

後來哥哥念東港空小的時候，總是早出晚歸，我一人在家覺得非常寂寞。就在這樣一個日影西斜的寂寞黃昏，吳大哥突然光臨我家。好高興能在平常的日子裡單獨見到吳大哥的我，很熱絡地爬到椅子上，在藤製的碗櫃邊，幫媽媽倒白開水給他。

沒想到吳大哥是來辭行的，他已從預校畢業，要去空軍官校念書，而空官離我們家很遠很遠，以後不能見到面了，所以他專程來和我們道別。媽媽在家門口就和吳大哥話別了，而我卻一直跟著吳大哥到小村外，眼看著他的身影逐漸消失在泥土路的盡頭，我才揮手又揮手之後，悵然若失地獨自走回家，心中好像空了一大塊。

民國五十五年的春天，我念高一了。一個濕冷的下午，我坐在沙發上百無聊賴地翻閱著報紙，突然看到報紙內頁一則大標題寫著：「空軍英雄吳載熙爲國捐軀」。我眨了眨眼睛，清醒過來，按住自己狂跳的心臟，對著房間裡的媽媽大喊：「媽，吳載熙……會不會就是…我們的…吳大哥？」

不幸，眞的是他！原來吳大哥在空官及飛校畢業之後，成了駕駛U2偵察機的英雄，進行鐵幕高空偵察、攝影等危險任務，最後不幸以三十二歲的英年以身殉國了。當時國防部長蔣經國帶著撫恤金去新竹縣新埔鎮慰問吳老伯，我這才知道待我親如手足的吳大哥是台灣客家人。我這才回想起十一年前在東港大鵬村口的相送，難不成已預知將成永別，所以我才牽著他的手那麼地不捨？

吳載熙大哥血灑長空四十多年之後，我第一次由電視節目《台灣天空的祕密》中，得悉吳大哥原來參加了當年爲確保台灣安全，由政府和美國中情局合作，衣復恩將軍主導的、最神勇的空軍黑貓中隊，去大陸做高空偵察工作。我也才第一次知道他去世後，國家將新竹空小改名爲載熙國小，永遠紀念這位爲國捐軀的台灣人。

似水流年，不捨晝夜。從我第一次與吳大哥見面到今天，五十個年頭已在彈指間消逝了。消逝的歲月和變化無窮的政治滔盡了多少青春夢與英雄淚，也讓多少不分省籍、不分地域，默默爲台灣這塊土地犧牲奉獻的人都灰飛煙滅了。若我再回到大鵬灣，回到如今已是風浪板、水上摩托車來回奔馳的大鵬灣，要跟誰去說這些眞人眞事啊！恐怕只有那照古又照今的明月才知道，我心中忘不了的是那個安靜樸素的大鵬灣，那漠漠水田、那彎彎土路、那和諧的族群、那安定的社會，那是我生長的地方，也是我與吳大哥相遇的地方。它是一個將被我放在心靈殿堂中，永遠朝拜的地方。

南國小院

畢珍麗

民國七十年元旦，兒子尚不滿周歲。我帶著他和簡單的衣物南下與外子團聚，開始眞正的婚姻生活，也因此走入南台灣的眷村歲月。感受那種單純又輕鬆、熱情又自在的人情味。這是一個住著本省人、外省人、客家人都有的眷村。我住的房子門前有一個小院，小院又成爲通往右邊孫大哥、童伯伯家，左邊郝媽媽家的必經之路。小院的右前方住著徐媽媽，左前方住著佟媽媽。他們兩家之間有一條兩尺寬的小徑，連接著小院和村子的馬路。毛爺爺、孫媽媽、曹媽媽、阿秀……，他們都會穿過那條小徑走到這個小院來。

上午十點買好了菜、下午三點午覺睡醒了，小院開始有人拿著自家釘的板凳聚在一塊兒，天南地北地聊著。對一個離娘家三、四百公里遠的我來說，這個熱鬧的小院讓我的鄉愁如同清晨的露珠，太陽一升起便靜靜地消散了。

在我們這個小院裡，時常可以聞到四鄰廚房飄出的煎魚味、燒肉味兒，用「一家爆辣椒，三家打噴嚏」來形容絕不誇張。更妙的是，還常可以吃到郝媽媽端來的餃子；孫媽媽、曹媽媽拿來的包子。尤其郝媽媽用新鮮海鰻包的魚餃子，一口咬下鮮美的湯汁，立刻竄流唇齒之間，

（上圖）婆婆從台北來看我們，在門前不起眼的小院留下這張祖孫合影，然而小院的故事至今仍溫暖著我的生命。
（下圖）小院通往村子馬路的小徑上，有我們孩提時成長的足跡。

恨不得把舌頭都給吃了，簡直就是人間的美味，天下極品！那包子有用南瓜包的，有用香椿包的，新奇的經驗眞是妙極了！

在當年我們的經濟可是困頓得很啊！這些媽媽們每每從小徑走來，手中捧的盤子上放著白白胖胖的大包子，還冒著香呼呼的熱氣，這種情境何止是享受美食，簡直就是天降甘霖一般。

孫大哥的岳母是本省老太太，與他們同住。下午四點多，老太太就會煮一把麵線，拌上苦茶油、醬油，裝在兩個小碗裡，略顯蹣跚一步步地走到小院來。一碗自己慢慢地吃，一碗就叫我餵給兒子吃，說是「顧胃腸」的。不知道是不是因此兒子的腸胃特別的好，從小到大都是大塊頭，上學的時候座位永遠在最後一排。

這碗阿婆的麵線，兒子吃了好多年，偶爾我會偷吃兩三根。我這個外省人從來不知道有苦茶油這玩意兒，麵線吃起來還眞是有滋味，完全與「苦」無關。這美好的記憶深深刻印在我的腦海中，到現在兒子已經廿七歲了，我的櫥櫃裡永遠都能找到一包細麵線。偶爾嘴饞我也煮一把放在小碗中，拌入一點醬油和苦茶油，尋找我記憶中小院裡的時光。

在那裡的第一個臘月天，村子裡已經有人開始醃肉做臘肉了，香腸也掛上了竹竿。我好奇，說好跟郝媽媽學醃肉。第二天，我門前的小院因爲日照足，那場面眞是我這台北長大的孩子前所未見的。四、五家人的臘肉香腸占滿了小院子，我心裡盤算著，等年下回台北時送禮用這些可炫耀了！曬到下午，五花肉做的臘肉，被太陽曬得都出油了。一看，天啊！肥肉的部分都可以透光了，那油油亮亮的琥珀色，簡直是生的都想嘗上一口。香腸被曬得紅紅胖胖，一節一節的；豬腸衣上冒出了點點晶瑩的油珠子，這會兒自己調配的肉肥瘦合宜，又沒有放不該放的東西，今年香腸可是能大快朵頤了。

在那十來天裡，我嘗到了曹媽媽做的湖南臘肉，孫嫂嫂做的辣味香腸，還有佟媽媽做的風雞腿、風鰻魚……。每一家有新的成品做好，必定興高采烈地拿給四鄰分享。那種自然的親密、天成的熱情，絕不是我這台北人領受過的。

小院的生活因爲外子的工作北調而結束，返回台北的第一個冬天，因爲氣候又濕又冷，讓我難過了許久都無法適應，總會不自覺地告訴台北的家人，南部的太陽多溫暖多舒服，南部的人多可愛多熱情。

東西連理

崔翔雲

讓人錯愕的消息打亂了全家作息，紛擾爭辯中沒有結果地結束了家庭會議。但婚宴是必然要籌備的，硬著頭皮四處打聽細節及接洽飯店安排喜宴，對沒有籌備婚事經驗的我而言，此刻的心情好似嫁女兒般，忙碌中也夾雜著無比的壓力。

就因爲大鼻子爲妳的老闆打贏了纏訟多年的官司，老闆爲感恩而當起紅娘力促你們的交往。大鼻子是不婚主義者，卻樂於有位美麗的女友爲伴，我勸妳不要理會不談未來的老外。妳說，大鼻子是有情有義的人。這兩年，你們吃遍台北的餐廳，妳看盡東方女子與西方人交往的不順遂，但妳依舊執著初衷。第三年，妳開始懷疑這樣下去是否青春就此耗逝，於是妳答應了國外的工作應聘，騷動中，大鼻子擔心從此失去妳，妳前腳踏出國門，他後腳就飛去求婚。國際電話中囑託我們在三十天後將返台宴請親友，你們的戀愛就這樣進入了婚姻的世界。

當面對一位語言不通的家中新成員時，除了妳的翻譯外，我們也只有比手劃腳了，大鼻子知道我們爲他取的綽號，因此，每次見面他都要用大鼻頭磨蹭我們每個人的鼻子。大鼻子常往母親懷裡蹭，他的撒嬌勝於妳，讓母親樂得直嚷多了一位兒子。也因爲多樣的肢體接觸，拉近了彼此的熟悉度。

大鼻子吃不慣中餐，從他動筷子的次數就可看出能令他心動的佳餚不多，他的雙眼如鷹般巡視每樣菜的出處，去除內臟、爪，能讓他安心的菜不多了。妳一再提醒大家不得為大鼻子挾菜，他會當場翻臉甚或掀桌子的，這樣的警告滿受用，大家也就動動口勸食一下了。餐後，妳一定陪著大鼻子四處找漢堡店，雖然他在亞洲待了十多年，但飲食習慣一點也未融入東方味蕾。

在機場送你們時，妳快樂地告訴我，陳納德將軍與陳香梅女士共築一千個春天，今後妳將努力拓展西方社會領域，建立一個讓人羨慕的異國婚姻。原以為妳的能言善道又好打抱不平或許將來會是位出色的議員，如今芳華二四就全然走入婚姻，執手於陌生的柴米油鹽裡。結婚一週年，妳婆婆寄來賀卡，信中除了祝福的話外，感謝妳嫁給她兒子，更感激妳貼心照顧不在身邊的兒子，讓她無後顧之憂。

在市區深巷裡的一棟別墅，園裡花木扶疏，家中整潔清靜，我帶著放大鏡檢視妳理家的能力。冷凍庫排列的食物如檔案管理般井然有序，冰箱門上貼著記事資料，註寫冰箱內所有食物、數量及購買日期，用完必做上記號。如祕書般將一週的家事安排好及所有行程活動，妳用制度化方式管理家庭，這是我最感興趣的發現。用餐時，一如置身餐廳裡，大鼻子用西餐，妳吃中菜，傭人一道道上菜及添加水杯的礦泉水。飲食上你們仍忠於自己的胃，各自盤據中西一方，就如餐桌的男女主人位置不曾對換過。

大鼻子愛閱讀，妳活潑外向，旅行途中，不乏找妳搭訕的男子，大鼻子總在一旁觀望一會兒後主動介紹自己是妳的老公。大鼻子說，就因爲老婆美麗動人才如此吸引人，這是令他得意的事。也不時有人向大鼻子要求簽名或合影，因爲他太像伍迪・艾倫了，妳高興老公有張電影明星的臉，更自豪他有個聰明的腦袋及領袖能力，妳溫柔體貼的關懷及照顧生活起居，他像個孩子般依賴著妳。在家，妳是母親，他是孩子；在外，他是男人，妳是情人，多樣角色的轉換，可羨煞了周遭的人。

一次瑣事摩擦，大鼻子憤怒嚷著要離家出走，妳生氣地坐在電視前不予理會，於是他在妳眼前來回晃了三回，吵著要出走。繼而用力踏步上樓，不一會拎了行李箱下來，在妳面前又晃了兩回後自言自語地說：「我很生氣，不要攔我，今晚就此出走。」在沒回應下，只好踏出家門上了車，駛離家。半個鐘頭後，大鼻子返回，「今天是什麼日子嘛！飯店全客滿了。」拎著行李沒好氣地自言自語走回臥房倒頭就睡。次日，太陽昇起，心頭怒火已是昨日塵煙。

妳擁有傳統節儉美德，即使掉落地上的一枚螺絲釘也拾起收妥，當發現是那脫落的物品後再用起子拴上，保持了物品的使用壽命。大鼻子的金錢、價值觀與妳不一，因此時有摩擦。妳規畫著人生，默默地存錢。那晚，妳與大鼻子看電影回家，巷口煙霧瀰漫、火舌亂竄，路上聚滿了人，妳打趣地說，我們看熱鬧去吧！人群中鑽出狼狽慌亂的傭人，對妳直嚷著：「Madame，Madame！家裡失火了！」那場火燒毀家中所有，二週後妳將家重新裝潢好，也更換更好的家具，大鼻子始知這些全是平時點點滴滴積蓄出來的，他開始認同妳的一切。每當調薪，他調大薪，也不忘給理家的妳調小薪，妳說，這樣大家都開心。

大鼻子的弟弟離婚了。每次探親，小叔總不忘請妳幫他介紹台灣女子，條件外型如妳般，妳笑著說：「每個人都是獨一無二的，怎有如我般的另一人？」小叔認眞地說：「台灣女人不是都如妳般賢慧可人嗎？」妳聽了大笑後，小聲地說：「沒想到成功的嫂嫂也成了台灣女性代表。」

那次，大鼻子的同學會裡，特別介紹了他的初戀情人與妳認識，妳們相談甚歡。在人生的歲月裡，妳陪伴著大鼻子度過無數個春天，即使他最初的春天亦全然接納。結婚週年的宴會裡，妳與大鼻子當眾許願，來生仍要共結連理。

相逢何必曾相識

張美芳

民國七十年代，我們曾在北倫敦愛傑威爾（Edgware）區購置一棟三〇年代建造的傳統英國二層式房子，隔壁剛好住一對八十多歲的英國老夫婦。第一天搬進去時，他們送來一張賀卡，讓我們甚感訝異與驚喜！記得房屋仲介曾說：「此區屬於英國人區，沒有印度或其他移民，所以比較單純，相對地，居民可能比較有優越感，但房價比較穩定。」一聽就決定買了，其他種族隔閡問題等碰到再說吧！沒想到第一天即收到鄰居賀卡，又說：「有任何需要，皆歡迎告知，將盡力協助。」眞讓我受寵若驚。兩個月後，接近聖誕節，對方又來邀請卡，請我夫婦一起過節，更令我不安。第一，我從未參加過英國人的聖誕節，不知有關禮節，包含禮物、穿著等瑣事；第二，先入為主的觀念，聽說英國人冷漠又高傲，讓我因此失眠一夜，隔天只好硬著頭皮打電話請教已入籍英國的新加坡友人。

幾天後，我夫妻倆如期於晚上六點半準時赴約，此時老夫婦也盛裝打扮在門口迎接，再加上聖誕節的裝飾環繞著客、餐廳及落地窗，彷彿進入童話故事中夢幻般的情境。從雞尾酒開始，直至八點半才正式吃聖誕節大餐，這其間大家先客客氣氣聊天，從中得知此對夫婦無子嗣，且從第一次世界大戰時即住在此區，也歷經第二次世界大戰，砲彈剛好落在我家後院，幸虧當時無人傷亡，否則恐會住得不安心。飯後，老先生竟開口問：「請問你們的父母是一九四九年跟隨蔣介石到台灣的嗎？」讓我一愣，也驚訝他對史地的博學多識，因爲自從到倫敦後，常被老外問：「台灣在哪裡？」尤其一九八四年四月一日從東柏林回西德漢堡的火車上，被土耳其裔的德國移民局官員誤判爲無國籍入侵者，他一直跟我們強辯世界上已無R.O.C.這個國家，還誣賴我們短付車資，害我夫妻倆差點被監禁在德國。當時也許年輕，氣憤之下，直接拍桌要求與德國移民局主管見面說明緣由，竟然得到允許，最後終於還我們清白，並當面道歉此烏龍事件，但此劫記憶猶新，也感無奈！

老實講，此次聖誕餐會終於有股被認同的喜悅感覺，再者，此老也甚知兩岸三地的關係，讓我們彼此更能暢然而談，也首次在英國度過一個快樂的聖誕節。相對地，農曆過年我們也邀請鄰居老夫婦一起吃年夜飯，並解釋每道菜的含意，尤其火鍋代表團圓，更加深他們對中國文化的興趣與探索欲，還拍照留念做筆記註解，漸漸地，兩家的互動又添增了歡愉氣氛。

一九八五年，我進入企管研究所後，因課業繁重，且英文又非我母語，許多管理課程需團隊組合實習。幸運地，英國同學皆無私地協助，假日還邀我至他們家喝下午茶或烤肉，甚感溫馨，也一掃先前以爲英國人冷酷的印象。記得隔年提出申請入籍英國時，其中一項乃是鄰居及朋友的評分，沒想到大家皆給予最高等級的肯定，連最古板的教授也不例外，讓我夫妻倆很順利通過入籍歸化程序，並獲得英國護照，對我們時常需出國辦事的人來說，眞的助益良多。

人與人的相逢似乎是一種緣分，也許無血緣關係，但因緣際會的相遇，再加上彼此坦誠相待，又多一點尊重，相信所得到的將更多。陶淵明在〈雜詩〉中也曾提示「人生無根蒂，飄如陌上塵，分散逐風轉，此已非常身，落地為兄弟，何必骨肉親？」四海之內皆兄弟，何須自我滅滅身邊的助力，進而阻斷拓展視野與格局的機會？

阿溜與大聲公

鄒元芳

談到大聲公，可別以為我在敘述一隻「大公雞」。他——何先生，平日講話太大聲，講話像吵架，沒心機的他因此被人戲稱為大聲公，他的老家在嘉義。

她——許小姐，熱心助人，與人相處和睦，人人都稱她「阿溜」，老家在台南。她是大聲公的另一半。夫妻二人由南部到台北念書、工作、定居、結婚生子，現住在台北市大安區羅斯福路三段溫州街。

在不同族群間因為被政客挑動而內心多少有點芥蒂的情況下，阿溜及大聲公對我卻有如兄姊般的照顧。我於一九九〇年認識了他們夫妻，見識到他們對待每一個人的熱忱，眞是令人深感「溫暖」。例如每當他們開著九人座車回南部，沿途總會買些產地的水果，大約總有個五、六箱，回台北後，「大聲公」看到左鄰右舍、經過家門口的過往路人，總會主動招呼而後奉上幾個水果，所以他家每天都有人前去坐坐，他們也因此結識了許多朋友。

他們從不去談人家的八卦，每當有人主動談起他人的是非，阿溜則不置可否。許多阿溜明明已知道的八卦，問到她時，希望得到她的附和，阿溜總以「我不知道，沒聽說」來回答。這一點和我的個性極爲相似，我們常覺得，一個人最大的長處就是不要閒來沒事喜歡講人家的是非，可惜許多人都做不到。而一個喜歡講人家八卦的人，他的朋友往往也和他們有著同樣的習慣，這是物以類聚。

阿溜台大外文系畢業以後，在美國拿到了人力資源的碩士，有一點洋人的浪漫，又一直保有淡淡南台灣的鄉土之氣。相識這些年，我們常常相約出遊或到她家自己拿東西吃，喜歡什麼就自己帶回家。

一般人常有個壞習慣，凡事喜歡以負面的眼光去面對，而阿溜的個性則相反，任何人家中有好的事情與她分享，她總以一種非常喜悅及溫暖的口吻來恭賀對方。朋友有了困難找她，她也會全力以赴予以協助，世故而不滑頭，這一點眞不容易，怕人家內心有壓力，她往往還會加一句：「妳有事來找我，是把我們當好朋友看。」這眞是好溫馨的一句話！

雖然我是外省第二代，但所謂的族群問題，在我們之間完全感受不到。回想起以往，族群與族群之間的問題似乎並不嚴重，我們樂意與任一個族群生活在一起，外省人在一起的時候也常常會問：「你是哪裡人啊？」「我是湖南，你是江西，他是浙江……」五湖四海相處融洽是常有的事。「江西老表」、「溫州佬」、「天上九頭鳥，地上湖北佬」這些諺語都是形容外省人的特質，也是在藉以了解每個族群的文化、尊重每個族群的民俗及成長背景，完全沒有惡意。本省同胞也分北、中、南三個地區，各有各的生活方式，雖然彼此有差異，但相互間充滿溫情。因爲長年生長在台北，我最喜歡的蚵仔麵線、甜不辣、炒米粉和貢丸湯，這些台灣小吃對我而言簡直是人間美味，也是我的最愛，這不就是族群融合的成效嗎？

「大聲公」夫妻是道地的本省族群，儘管我們彼此的省籍背景不同，但他們是我願意共同走過酸、甜、苦、辣，一輩子的最佳益友！

桂林來的阿姨

潘梅芳

我對她並不很了解，但她給我的感覺是樸實而善良，體貼並善解人意，處世低調不搶功，所以與人相處很得人緣，同事之間的情誼很深厚，人也很自在。她，來自大陸桂林，今年才四十六歲，和我同年，她讓我學到很多。她，是我的第二任繼母，我叫她阿姨。

爸爸因爲兩個女兒都嫁了，祖母年事也高，所以在五十八歲的年紀才再娶。那是民國七十六年的時候，當時他一直往大陸尋找對象，一邊藉機旅行，一邊印證及加深他從小自學所讀的大陸地理和歷史知識，很隨意瀟灑。上天對爸爸很厚愛，很快地讓他找到對象，可惜因爲當時社會風氣對大陸女子嫁來台灣的評價，有很多負面的報導與猜疑，影響了婆媳的關係，第一位繼母得不到祖母的歡心，黯然離去。爸爸不死心，再接再厲，民國九十年，娶了第三任妻子進門，從此我家的氛圍開始不一樣。

曾跌倒過的祖母行動不便不能到戶外行走，只能在樓上家裡走來走去，銳氣已減了很多。而阿姨進門後，伺候她吃喝，煮好的東西熱騰騰的一定都先添給祖母吃，而且不會講台語的她，比手劃腳的，逗得祖母常常哈哈大笑。煮菜方面她也肯向祖母學，態度謙虛認眞，祖母就越喜歡也就卸下心防，最後終於放手女人的權力中心，讓她掌管廚房，這時祖母九十歲高齡，終於願意當婆婆被伺候。

一陣子家裡沒什麼事，她就說服爸爸幫她找工作，原因是她有個兒子需要她寄錢回去資助讀書，她不希望把爸爸單薄的退休金用完，希望自己還有能力賺錢貼補。爸爸就幫她找了個包裝的工作，從此當起職業婦女。早上起來煮飯給全家吃後才去上班，下班回來前爸爸會煮好晚餐，她吃飽後就會收拾家裡，並協助爸爸梳洗祖母的身體，夫妻倆同心協力過日子，家裡平安喜樂，日復一日，直到祖母過世。祖母因爲早年喪偶，一向獨立自主，處事作風明快，造就她不願太相信別人，只相信自己的特質。她享受了五年阿姨的照顧，這五年應該是她一生少有的受人疼、受人愛的日子。

祖母過世後，阿姨與老爸就變成了現代的小家庭，只有夫妻兩個。以前我以爲祖母過世後，我回娘家可能就不會太有感覺了，但相反。過去由於祖母的帶動，只要我們全家要回去，祖母一定準備得很豐盛給我們全家吃，祖母過世後，阿姨也依然這樣辦，對我全家招呼得很熱切，也總是介紹我是小女兒長、小女兒短的給親朋好友，讓我回娘家一點都不覺得陌生。

我看到阿姨一路對祖母的照顧，尤其祖母臥病就醫期間，那種無微不至每每令我感動不已，我是祖母一手帶大的小孩，都沒有這麼細緻與自然地照顧過她，而她竟可以。人都會互相學習，因此，我婆婆直腸開刀住院期間，我才知道要如何照顧她老人家，我如果沒有看到阿姨怎麼照顧祖母，我可能會不知道如何高品質地照顧我婆婆。

爸爸過去賺的是礦場的錢，因此身體被塵肺這種職業病困擾著，只要天氣一變或稍不小心就很容易氣喘，有一天突然發作，短短二十分鐘讓他有鬼門關走一圈的驚嚇，還好很快就被送到醫院急救。醒來後，他不斷催促阿姨打電話給我，要我來幫他處理後事。我到達後，因爲不知道他的狀況，眞的以爲如他所說，塵肺已到末期，即將告別人世，尤其他又拒絕進食，人越來越沒體力，而且痰越積越多，呼吸就越困難，讓我們很難過，以爲要面對永別。阿姨不斷地勸他要吃東西，不斷鼓勵他要爲她活下去，要爸爸履行照顧她一輩子的承諾，不能拋下她不管，甚且不斷地要來探視的親朋好友勸說爸爸，他會有救，更感人的是，因爲她相信神靈，所以打電話給遠在桂林的她爸爸，請他幫忙去廟裡求神問卜，終於得到問回來的訊息，說爸爸只要過了這關，可以很長壽。此外，連醫院的佛堂，她也去求保佑。爸爸因爲固執地認爲他就要死了，所以要我幫他把關，不做任何急救及插管，而且因爲罩著氧氣罩不能講話，遺囑就在病床上用寫的，要我幫他去執行，而且特別交代，阿姨嫁他以後，在媳婦及妻子角色上非常盡心盡力，要我在處理他的遺產時一定要照遺產法，同時強調阿姨嫁他的這幾年是他一輩子最幸福的時光。

民國七十六年，祖母過世後阿姨與爸爸一起敬拜祖先，由此可見阿姨融入家庭的文化當中。

在阿姨鍥而不捨的努力下，爸爸終於解開心結，原來他是感冒，並不是塵肺出問題，醫生護士的一席話讓爸爸開始願意進食，體力慢慢恢復，又願意被插管吸痰，病情就更穩定，最後順利出院。現在阿姨辭掉工作，一心一意照顧爸爸，買最好的營養品給他吃，也煮最新鮮的食物，讓他體重增加。看到他們倆感情這麼好，眞覺得爸爸好幸福，苦了一輩子呵，爸今年是七十七歲。

爸爸住院期間，阿姨的許多朋友都來探望，常聽她的朋友讚美她的爲人，說她隨和不與人計較，公司的主管也會打電話來詢問，工時如何計算，阿姨都細心告知，很盡責。他們這群夥伴，爸爸也都認識，阿姨常會把朋友帶回家給爸爸認識，或者帶著爸爸出席她的朋友聯誼活動，爸的生活就能與現代接軌。這些如果不是阿姨的帶動，爸大概不可能有所接觸，而爸爸又是愛說話、愛聊天的人，這些場合剛好可以滿足他。雖然我和她的成長背景截然不同，但我欣賞阿姨的特質，很女性，又很有智慧。

【附錄】拼貼時空・記憶歷史

鄭美里／彙編整理

新校服

民國廿五年，我入小學一年級，第一天領到了書本外還領到了校服。

回家後試穿，我就很氣，嫌上衣和裙子都太大太長了，外婆說，大點沒關係，小孩長得快，沒幾天，就合適了。二姨稱讚我，不長，你低頭看，顯著長，我帶你去照張相你自己看了就知道。臨出門時，二姨讓小桃抱著小妹一齊去，她則牽著我和二妹，一齊坐上人力車，小桃坐後面那輛。到了照相館，我獨照了一張，我也和兩個妹妹合照了這一張，照時，二姨一直逗著我笑，我一直笑不出來，大概心中還在嫌這校服不合身吧！兩個妹妹也是木訥的表情，她倆可能是對陌生地方感到驚奇吧！

台灣歷年大事簡表

外台會提供／黃洛斐修訂整理

開放探親後，民國七十六年十一月回青島時，妹妹秀琴拿出些照片給我看，她把這張照片送給我，讓我好好保管，我也一直很珍愛它。

（許靜璇）

昭和町往事

一九四五年，歷經八年的對日抗戰終於勝利結束，台灣也因此回歸中華民國。我們決定到台灣，這個被我們聯想成傳說中的蓬萊仙島，是我們急欲探望與瞭解的、離散了五十年的小兄弟。

不幸的是，我們來台後的第二年，就發生了二二八事件，社會秩序立刻大亂，外省人就成了洩憤的對象，不分青紅皂白地見到就打，那時我家住較偏遠的昭和町（即現在的青田街），同事們不放心，就由一位本省人護送我回家，路上遇見幾個大學生，在街頭巷尾暗中指引外省人到安全的路段。

接下來幾天，謠言滿天飛，我們只好閉門不出，可是吃飯問題要怎麼解決呢？正在著急，住在對門、平常只有點頭之交的洪先生，悄悄地來敲門，問我們需要些什麼幫助？他及時地提

一九四五年

日本投降，台灣結束殖民統治。十月八日，第一批國軍從淡水登陸台灣，之後陸續有憲兵、警察、警備司令部、行政官員抵台。

一九四七年

「二二八事件」爆發。

爲了安置隨同部隊來到台灣的眷屬，因此有了眷村的出現。

一九四八年

國共內戰戰況越來越激烈，撤退來台的軍隊及眷屬也增多了，因此在各地的眷村逐漸增加。

供了一些吃的東西，搖頭嘆息地說：「市面上已買不到什麼東西了，流氓橫行很恐佈！不好意思只能幫這點忙。」

事件平息之後，為了答謝洪家，母親備了禮物，鄭重地登門致意，想不到第二天他們卻來回禮，還說他們只做了該做的事，此後見面依舊只是點頭微笑。母親說洪先生知書達理，與我們之間正是古人說的君子之交。

如今事隔六十年，這件溫馨的往事仍縈腦際，每當經過青田街，總會對昔日昭和町的門巷回望，彷彿仍有洪先生一家微笑的身影。

（余少菁）

那一年

對，就是那一年，民國三十八年，當我們還住在四川重慶的時候，有天，爸下班回家時，突然對我們宣佈：「下個月，我們要搬到台灣，因為共產黨就要來了。」懵懂的我在想，「台灣」在哪裡？要坐飛機去，必定是個很遙遠的地方，「共產黨」長得什麼樣？「不准問」是大人對我們的吩咐。不過大人們會談論：「聽說台灣的豬肉和雞蛋不能吃，怎麼辦？」

一九四九年

國共內戰，國民黨失敗，國民政府帶領六十萬的部隊撤退到台灣，絕大多數的眷屬只能暫時借住在學校、戲院、寺廟、倉庫或是防空洞內，也有部份是自行找建材搭蓋臨時性的房舍棲身。爲安定軍心，成立了我到了小學一年級的教室，又聽同學在交頭接耳、議論紛紛：「我爸說教我們音樂的老師是共產黨耶。」說完還吐一下舌頭、扮個鬼臉。唉！怎麼又是共產黨！

「什麼是共產黨？」

「我也不曉得，反正大人說不准問。」

可是，我左看、右看、前看、後看，那位女老師跟我們都長得一樣，又沒多一個耳朵、多一隻眼睛，最後我給自己下的結論是：那清秀的女老師一定是妖魔的化身，而共產黨一定是比洪水猛獸還要恐怖的東西，現在想起這些事情，也會莞爾一笑。

（曾璉珠）

抱養

一九六二年，我出生在一個問題重重的家庭，所謂「問題重重」是說，爸爸的事業從輝煌的大老闆到變成破產的狀態。我出生，祖母說家裡女孩太多了，這個給人家。

消息一傳出，我的養父風聞有個清白家庭的孩子要給人，急忙托人領回。生母在世時，曾告訴我，當時她心裡不捨，但

軍眷管理處來處理眷屬安置的問題。

一九五〇年

中華民國政府頒布《懲治叛亂條例》，嚴格限制台灣民眾與大陸人民的交往聯繫。

韓戰爆發。

眷村的數量快速增加，各部隊忙著找地並出人力協助，以最克難的方式蓋房子，用竹子、泥巴、稻穀殼做爲材料，每戶小則五、六坪，大的也不過八、十坪，裡面往往住了六、七人以上，戶與戶之間緊臨而居，完全沒有間隔，排與排之間的房子也只是由狹小巷弄隔開而已。有些眷村四周用竹籬笆圍起來，因此「竹籬笆」成爲眷村的代名詞。

一九五一年

訂定戡亂時期軍人婚姻條例。

一九五二年

婆命難違，所以特別做了米香及其他禮物給養父母，證明他們是愛我的，希望養父母也能疼惜這個小孩。

從此我的生命換了軌道。

（梅芳）

日曆紙的電視機

小時候家裡一直都沒有電視機，我們得要到小店鋪或是有錢人家，站在紗窗門外看。小店鋪有時也不開電視機，如果老闆當天心情不好，或是小朋友都不買東西，他會嫌一大群孩子吵。《七海遊俠》是當時最紅的，就是現在「007」電視版。每到週末晚上，我們都早早去占較前的好位子，個子矮站後面會被檔住，而且蚊子好多，但我們不在意。

有一天，二姐拿了一大張「哥倫比亞」的電視機日曆回家。她說，跟真實的電視機一樣大！我們興高采烈地將它剪下，找好位子，一個人拿著，另一個人到外面大門口當行人，想讓別人以為我們家有電視機，這是多光彩的事呀！

因是一片紙，最後決定還是正面放置，用漿糊黏在牆上，比較看不出它不立體，是假的。誰知媽一回家後就將它撕下丟

浙江大陳島駐軍及居民撤退來台。

一九五四年

中美訂定共同防禦條約。

一九五五年

屏東兵變事件（孫立人事件）

一九五六年

「軍眷住宅籌建運動」。蔣宋美齡向工商業界、華僑募款來興建軍眷住宅，陸續完成多批眷舍。根據本年度的戶口普查資料，外省籍人口高達一百二十一萬人，其中二十歲到四十歲的青壯年人口將近一半。

一九五九年

「戡亂時期軍人婚姻條例」放寬。

一九五八年

八二三砲戰。人民解放軍福建前線部隊對金門等島嶼的國軍實行炮擊，發射了四十八萬發砲彈。

棄，讓我們惋惜不已。

單純天真的孩子從未想過，原來這會讓母親難過自己家的貧窮。

（劉瑞芳）

退出聯合國

那一年我讀小四，讀的是全澎湖縣最大的小學。因為是最大的小學，所以每次縣裡面有活動，我們學校一定會派學生參加，但都是高年級的事，我們還太小吧！中年級很少會被派去參加活動的。

那一天很奇怪，早上升旗典禮結束後，校長宣布今天學校不用上課，因為國家發生了大事，我們被迫退出聯合國，我們要去遊行以示抗議，而且三年級以上的全部參加。雖然我不懂退出聯合國是甚麼意思，但這是我第一次參加學校以外的活動，所以很興奮。

接著大家手上都分到一面國旗，然後按照年級班次從學校陸續出發，延著馬路開始遊行，老師帶頭高舉國旗並高喊著：「中華民國萬歲！萬萬歲！」同學們也跟著喊，一路就這樣走

一九六四年

總政戰部第五處成立，接辦軍眷業務，負責眷舍的興建、修繕、分配、醫療等業務。

一九六六年

大陸文化大革命運動開始。

一九七○年

台灣獨立運動人士彭明敏前往美國避難。國防部成立了軍眷業務管理處，處理眷村重建、遷移、眷舍管理以及軍眷服務等工作。

一九七一年

聯合國大會通過二七五八號決議。中華民國退出聯合國，中華人民共和國成爲中國席次代表。

一九七二年

尼克森訪問北京。中華人民共和國與美利堅合眾國發表《上海公報》。中國與日本建交。

下去。我們的目的地是縣立體育場，到達後大家整隊並排排站好。台上縣長、鎮長、校長及一些不知名的人士便開始慷慨激昂地訓話，然後又是高舉國旗，揮舞著國旗並高喊：「中華民國萬歲！萬萬歲！」並一直重複著這些動作……

民國五十九年，我十歲，就這樣我參與了我人生的第一次抗議遊行。

（任菲菲）

錐心的感動

一九七五年，民國六十四年，我任教國中的第二年。四月五日，蔣公崩逝。我們從收音機中得此惡耗，無人相信，咸以為匪諜在造謠生事。

事實不容懷疑，全民掀起瞻仰遺容、追思豐業的行動，學校同仁組了二支隊伍，坐了六個小時的遊覽車，在國父紀念館外漏夜排隊，內心悲戚、言行肅然。

一對同仁夫妻排在我前，先生洪老師為本省雲林縣人，妻子范老師是新竹客家人，他們兩人在學校以熱心誠懇處世待人，頗受同仁推崇。當時洪老師已在師大國文研究所進修碩士，他殷殷指導我再考研究所的方法，並分析讀完學位後的出路，這趟到台北謁靈的行程奠定我日後再攻讀學位的念頭，也為我日後步上行政之途奠基。

排了近十個小時，終於輪到我們入館瞻仰蔣公遺容，我們只能遠遠地在上排座位間移動，並不能近距離憑弔，大家依指示在定點行鞠躬禮。這時，洪老師、范老師夫妻二人忽然同時跪地匍匐行大禮，洪老師並痛哭失聲，在旁眾多同仁亦淚流滿面，沉思不語。我們扶起他夫妻二人，默默走出紀念館。洪老師說：「自古強人多是非，功過曲直在人心……莫怪我激動，須知：沒有三七五減租，我們農家子弟何能讀大學？沒有聯考制度，窮人子弟如何取得平等競爭出頭天？」又說：「台語云：『吃果子，拜樹頭。』和『飲水思源』、『追本溯源』意思相同，所以，今天我們能安穩度日，實應懷恩、感恩、報恩啊！」

忽忽三十年如影流轉，當年在國父紀念館內的情景仍歷歷在目。時空遞嬗，物異人非，當年的錐心感動仍是我心中永遠的悸動。歷史不能重寫，卻可以自由詮釋，而是非曲直是否還存有公理與真理的精義呢？

一九七五年

蔣介石逝世。嚴家淦繼任。

——在台灣這片土地上。

（翟永麗）

壓力鍋

爸爸是最喜歡使用新器物的人了。從前有一個年輕的推銷員來到家徒四壁的小屋內推銷壓力鍋。當時家裡生活仍屬貧困，此鍋價昂，要七百元，算是奢侈品。我極力阻擋父親別因推銷員舌粲蓮花就心動，結果父親還是買了下來。

壓力鍋較省電，食物也較易爛熟，父親用此鍋烹煮了一道一道食物餵養我們。有一回，父親用壓力鍋燉煮了一鍋牛肉，有事外出而千叮萬囑要我在蒸氣上升後不久即須關火，我一口答應，但當我想起來要關火時，那一鍋父親精心熬煮的牛肉已焦黑成炭，鍋子也烏黑一片。極度懊惱之餘，心想父親一定會震怒於我的粗心大意，心中忐忑不安。但當父親返家後，居然什麼也沒說，他的寬宏使我放下心中一塊大石。

父親極寶愛他的壓力鍋，也以擁有此鍋自豪。隨著歲月流逝，這個壓力鍋不復存在，家中陸續出現了不同的鍋具，然而我對於壓力鍋印象深刻，婚後自己也購置了一個，只是鍋身早已改變，不同於當年的樣式。有一次到鍋具公司參觀，赫然見一婦人拿了當年父親購置的同款壓力鍋前來修理，睹物思親，與父親相守的童稚時光，是點滴在心頭的甘美，回味無窮盡。

（麗麗）

接生

退休後這些年常常一早到大安森林公園慢跑，會碰到同樣早起的人。有一次迎面過來一個人，打個照面還對我望一眼，第二圈又遇上了，擦身而過之後還回頭問了一聲：「請問你是不是謝太太？」我驚奇地停步回答：「是啊！請問你？」「我姓周，周××，你也許不記得了，你以前住在大坪林，我家就在你前面。」

當年大坪林住家前面姓周的是緊鄰，那是一家河洛先生和客家太太及媳婦同住，當然還記得的。但眼前這個中年人怎麼一點印象都沒有？他見我仍不明白，又說：「你還替我太太接過生，那時我在金門當兵，現在這孩子都做爸爸了。」我這才想起是有那麼回事。

周家的媳婦即將臨盆，助產士又遲遲未到。沒經驗的婆婆急得大喊來求援，情況十分緊急，我只好壯起膽子權充助產士，順利接下了一名小壯丁。這事已有卅多年了，而今我已是紋滿面、髮如霜的老人，在這晨光曦微裡，他居然還認得出來，不由得一陣欣喜。再一聽到當年經我雙手捧起、呱呱墜地的初生嬰兒，如今也做爸爸了，那感覺真是奇妙！

可惜當時沒有紙筆，他告訴我的地址電話，一轉身就記不清了，而我又出國探親滯留了兩年，我們就沒有再聯絡過。有點遺憾，但也無妨，世事原本滄桑，儘管它歲月遷遞，三十年浪淘不盡，這個溫馨的往事，就讓它停留在心裡，化作真摯的祝福吧！

（余少蓉）

寒流

一九七六，民國六十五年。

這個連續劇到底播了多久，我已經完全不記得了，只記得每晚一到八點，三家電視台開始聯播，我和姊姊們便守著電視機看《寒流》。

會是冬天嗎?還是因為劇名叫「寒流」,而裡頭描述大陸人民生活在鐵幕的境遇太過可怕,剝樹皮、啃樹根、火燒炕、坐冰床……這齣連續劇到底有什麼角色、劇情,我已全無記憶,只有這些虐待人的酷刑想來依然讓人冷颼颼。

而那年,十歲的我既恐懼,又忍不住一集接一集地陷溺其中……。(美里)

反共義士范園焱駕機來台

民國六十六年,當時我尚在台南空軍基地某單位服務,擔任文職人員,那年在七七抗日紀念日前夕,應該是七月六日下午二時許,辦公室的弟兄、同仁們均前往中正紀念堂參加紀念會,派我留守辦公室,過不多久,我接獲上級電話:「現在各單位請注意,有狀況發生了……。」我放下電話,內心七上八下,狀況?到底是什麼狀況?我猜想有三種狀況:一,敵機來襲;二,反共大陸;三,地震。

一九七六年

四人幫被逮捕,文化大革命結束。

一九七八年

蔣經國當選中華民國第六任總統。

頒布「國軍老舊眷村重建試辦期間作業要點」,開始試辦眷村改建。

《南海血書》於十二月十九日在《中央日報》副刊登出,以越南難民的絕筆強烈暗示越戰命運可能會降臨台灣,其中「今日不爲自由鬥士,明天將爲海上難民」被傳誦一時,二可是三種情況，前兩種不太可能，而地震更不可能有預報的，當時我正胡思亂想，察看哪張辦公桌比較牢固，欲往下躲時，弟兄、同仁們已提早解散，紛紛返回辦公室。

正在此時，上級傳來消息：一架疑似共軍飛機，在機場上空盤旋、搖擺機翼，表示要投誠，而本基地飛行軍官已飛至上空接引其降落至跑道。

聽到這令人振奮的好消息，我一顆忐忑不安的心才平息下來，旋即跟著大夥兒急切地奔往貴賓室看個究竟。

細細端詳，他是個中年男士，皮膚黝黑，穿著陳舊的共軍制服，操著一口濃重的四川口音，似乎很健談。

第二天，三大電視台、各大報，日以繼夜的播報，已經到了沸沸揚揚的地步。

後來才知道，他的大名叫范園焱，一夕爆紅，而我們那時的基地指揮官也因這天上掉下來的禮物，一夜之間跟著水漲船高、聲名大躁，屢獲得上級嘉獎，聽說後來官運也頗為亨通！

（曾璉珠）

〇〇三年證實這份文件是虛構人物、虛構情節。

眷村後院

我國中三年級時，約莫民國六十六、七年吧，彩色照片正值流行，有一天表哥帶來他的新相機，大家爭先恐後地入鏡，背景就是澎湖老家眷村後院的景色。自我有記憶以來，我就住在眷村了，當時前後院的大門都是紅色白條做成的木門，家家戶戶都是這樣。

我家的後院比前院大了許多，因為澎湖的冬天季風特強，前院在冬天是不開放的。所以後院的功能就多多了。它是爸爸搭棚子種花、種菜的地方，是媽媽養雞、放雞任牠們吃菜吃蟲的地方，是我家寶貝狗狗活動的空間，也是我們小孩嬉戲、追逐的地方。過年過節，這裡更是曬香腸曬臘肉的最佳場所。到了夏天，為了節省燃料的費用，媽媽會在中午用大鐵盆裝滿水在太陽下晒，到了黃昏水曬熱了，就可以直接當熱水用，此時這裡就成了我們的浴室。另外因為在房子裡吃飯太熱，這裡又成了我們家吃晚餐的餐廳。晚上大夥搬張藤椅在院子乘涼，觀看清晰可見的北極星與北斗七星，真是一大享受。中秋節時，

這裡又成了賞月的好景點。

今年初，我們的眷村改建完成，國防部要求點收房子，我回了澎湖一趟，辦斷水、斷電的手續。回到即將被收回的老家，站在後院裡，看著因多年沒人住而殘破不堪、年久失修的房子，以及雜草叢生的院子，不禁熱淚盈眶。

（任菲菲）

一九七八，當我們小六時

「五股國小六年仁班」幾個小字，在報紙上長長一列捐款名單裡一點兒也不起眼，卻引起我們一陣興奮的騷動，「登出來了！有我們班的名字耶！」

一九七八年，「中」美斷交時，全國上下同聲譴責美國的背叛和不義，電視新聞播出的畫面裡，好多人難過、激動地哭了，隨後各界紛紛發起愛國捐款。我們班住眷村、平日很熱心的同學張家瑋也在班上發起了募捐，並且由他負責將募來的錢（是五百多或一千多塊錢呢？）寄出去。

這整件事在當時該算是一個自發性的「草根運動」吧，沒人

一九七九年

中華人民共和國與美利堅合眾國正式發布《中美建交公報》。美國《台灣關係法》通過。

一九八〇年

蔣經國提出「三民主義統一中國」。

想到應該跟導師報告。當老師看到報導後追問，全班啞口無言。我們班導師徐國鎮可是出了名的嚴師，我們以為他生氣了，都怕得不得了，卻又不懂愛國捐款哪裡錯了？經過老師解釋，才知道原來他介意的是，應該由學校統一發起，而不是以我們班自己的名義去捐款。他肯定我們的愛國情操，沒有真正責怪，讓我們大大鬆了一口氣！

說起來，那個年紀、住在山村三合院裡的我哪懂得什麼國家或政治呢，卻在一次次作文裡以「讓青天白日滿地紅的國旗……」作結尾；在全校運動會跳大會舞時，趴在操場上蠕動身軀向前爬，做出水深火熱、要逃出鐵幕的大陸同胞的模樣；也還記得，同一年，越南難民船在海上漂流的可憐畫面，而《南海血書》裡「今日不為自由鬥士，明天將為海上難民」的名言，必定曾經為我的作文比賽加過分吧！

最記得，在禮堂的愛國歌曲比賽，當我們班的代表楊中人引吭高歌，唱到高音／高潮卻名符其實變成「臉紅脖子粗」時，很「愛國」的我們忍不住全都撲叱地笑了出來……。

（美里）

卡特卑鄙無恥／我們強烈抗議／
中華民國不容被出賣
炎黃子孫齊聲發怒吼
美方代表昨晚來華・萬千群衆憤慨示威
家家戶戶掛國旗
上上下下一條心
怒潮澎湃悲憤填膺
愛國呼聲響徹寒夜
保持冷靜
信任政府

何日君再來

「好花不常開，好景不常在；愁堆解笑眉，淚灑相思帶……」

從小就喜歡鄧麗君的歌，尤其這首〈何日君再來〉，古典詩詞一般特具美感，我常常在不經意間哼哼唱唱。雖然彼時的我並不真正明瞭歌詞的涵意，但歌中描摹勸酒之際那帶一點兒滄桑、一點兒了悟的感覺，讓「為賦新詞強說愁」的我對人生似乎也有了一絲曚曨的體會。

那是我國中時的事情了，民國七十年六月，當時已經紅遍香港、日本、東南亞，甚至在對岸讓大江南北人民為其歌聲傾倒的鄧麗君，在台視播出長達一百二十分鐘分鐘的《君在前哨》特別節目。記得那晚我和姊姊守在電視前，專心一致地盯著電視從頭看到尾，捨不得錯過一分鐘或任何一首歌，也還記得畫面上鄧麗君勞軍前線的景象。如果當時就有「粉絲」（fans）一說，那麼我一定就算是鄧麗君的粉絲，否則怎能不顧學期末的課業壓力，比上課還專心地守著電視機呢！

不過，我不記得那晚的節目裡到底唱了沒唱「何日君再來」這首歌？當時的我更不知道這首歌是一九三〇年代就流行上海

一九八一年

以「中華．台北」名義重返奧運會。

的老歌，甚至只因為「君」「軍」同音而曾經在不同時空中被穿鑿附會成盼望「日軍」的漢奸歌曲、盼望「國軍」的愛國歌曲，乃至盼望「共軍」的叛亂歌曲，屢屢成為禁歌呢！但我確信，在電視只有三台的那個時代、在仲夏六月的那個晚上，一定有很多人跟我一樣，隨著鄧麗君甜美又哀婉的歌聲起伏跌宕，寄託著自己的青春心事吧！

（美里）

李師科案

一九八二年五月的一天，我在永和國中美術班的教室裏，正和孩子們討論著審美的觀點，忽聽得校門外，鞭炮聲此起彼落，漸漸由遠至近，到後來，竟像浪潮一般，歡呼聲從前排教室大樓排山倒海而來！孩子們也不得不抬起頭來，向窗外望去。

「……甚麼事啊?!」

「李師科被抓到了！……」

「……抓到啦!?……」

一九八二年

台灣治安史上第一宗銀行搶劫案——李師科搶案發生，一片撻伐聲中也有人（如李敖）提出老兵處境的課題。

一九八三年

寫作〈龍的傳人〉的知名民歌創作者侯德健無視國民黨政府禁令隻身前往大陸尋找音樂源泉。

教室中，譁然的情緒，一下子，像引爆的炸藥，全校陷入喧天的歡呼中……。

那年的四月十四日，李師科犯下台灣治安史上首件持槍搶劫銀行案；三天後，計程車司機王迎先被檢舉，並遭到調查小組刑求，被迫承認犯案，五月七日投河身亡；而李師科不久後被捕遭判處死刑，很快就執行槍決。

多年過去了，回想起來，當白曉燕案的主犯陳進與在台北街頭的困獸之鬥，已經演化成現場轉播的警匪大戰，而老兵的故事——李師科、王迎先……，這些人類的悲劇，仍在世間，以不同的劇本繼續上演。

（鄭凱麗）

吃客飯

大學同學聚餐時，忽然有人提出：「記得自己的學號是幾號？」天哪！有人會記得嗎？我真的懷疑？沒想到她卻很驕傲地說：我是「6906036！」69是民國六十九年，06是科系代號，36則是她的座號。很慚愧，我卻完全想不起來。

大夥聊到學生時代印象深刻的事，我想到了——吃客飯。

我們班上有許多同學都是從中南部來的，大部份都住學校宿舍，因此都會在學校餐廳用餐，因為便宜嘛！那個年代誰不是省吃儉用的，那時候我吃一餐只花十二塊錢吧！

學校在景美，沒課時，我們很喜歡逛公館、逛台大，台大校園大又美，同學也時常在這裡取景留念。逛校園不花錢，逛街只看不買，但飯總要吃吧！通常我們都是選擇吃客飯。

賣客飯的餐廳通常都沒什麼裝璜，桌椅也很簡單。但它有幾十種菜色任你挑選，大部份是川菜，又鹹又辣很下飯，最吸引人的是白飯讓你吃到飽。一道菜有四十元、五十元、六十元、七十元、八十元任君挑選。對我們這些窮學生而言，消費也不算便宜，但想到常常都是拿個鐵盤子吃配菜，或在宿舍吃泡麵，就想偶而奢侈一下又何妨。

每當熱騰騰的菜上桌時，大家卯起來拼命吃，尤其是男生，機會難得絕不放過，白飯拼命添，菜沒了剩下的湯汁也不放過，繼續拌飯吃，吃到盤盤見底，免費送的湯也是一滴不剩才滿意。

（任菲菲）

一九八四年

三月，蔣經國連任總統。

中英聯合聲明簽定，確認香港回歸中華人民共和國。

公公「復活」

民國七十六年兩岸開放，鄉親帶來了一個驚天動地的消息，我公公吳鎮榆還活著！要知道我婆婆已經替他燒紙燒了三十二年！

原來我公公在民國卅八年由大陳島回大陸工作，不久因案被捕，嚴刑拷打，當然是免不了，不過打死不承認工作「化名」就是他，所以未被槍斃。九死一生，腳鍊手銬下放青海，勞改十一年。

民國七十七年，從香港會合，展開「接人回台」計畫。直到那暑假，歷經一波三折，終算把公公接回台灣。（盧遠珍）

陪爸爸返鄉

一九八八年開放探親。媽媽和大連的舅舅早已由美國友人的聯繫，而開始通信。所以我們第一班車，就送媽媽回大陸。那種盛況，在當年多少家庭都上演過。之後，媽媽又去，我們也紛紛到大陸旅遊。

一九八七年

中華民國解除戒嚴令。之後黨禁、報禁也相繼解除。

行政院通過「赴大陸探親辦法」，因內戰而分隔了近四十年的家人親友，終於得以重逢相聚。

一九八八年

蔣經國逝世。李登輝繼任。

一九八九年

中國大陸學潮「六四事件」。

可是老爸已經八十幾歲了，大家嘴上不說，心裡也明白。我們山東的回照老家哪裡還有親人呢？回去上哪？看誰呢？而且也在這幾年，同事、朋友聊起很多老人回老家，一去就不回了，我們誰敢擔這個險，陪老爸回老家看看呢？

一九九二年，我覺得，再不陪他回去，越來越老的老爸，是否就要遺憾終生呢？我主動提議「我陪您回去看看吧？」就這樣全家人，上上下下都恨不得給我磕頭，只有我有這條件，沒有公婆限制、工作壓力、家庭負擔……我陪他回家，去探望離開了五十五年的老家！

（鄭凱麗）

厚仔伯返鄉之旅

一九八八年八月父親終究抵不過病魔，彌留時依習俗即快速自台北榮總移回鹿港老宅院。剛抵家門時，發現厚仔伯已在大廳泣下沾襟，悲傷至極。看見異於平時鐵漢形象的他，讓我們甚感驚訝。辦完喪事後，才從長輩口中得知一九四〇年代祖父回祖籍與建祠堂時，順便從唐山帶厚仔伯來台習商。原本預定

一九九〇年

台灣三月學運，李登輝當選中華民國第八任總統。

一段時間後，就返回福建，孰料時局巨變，已無返唐山的船隻，只好無奈留在台灣娶妻生子。而兩岸音訊全斷，也無從得知福建石獅市雪上村寡母近況，只能將這份掛念深藏於心。

記得小時候，祖父也曾多次耳提面命有關福建祠堂及厚仔伯事宜，當時感覺好虛幻，根本無法體會祖父內心的懸念。厚仔伯雖只是同宗的族親，並非親伯父，但祖父仍視如已出，有如家人一般。直到兩岸開放觀光，父親深知厚仔伯的心事，答應等身體可負荷出國旅行時，將陪他返鄉順便祭祖。可惜天不假年，父親也無法履約，而厚仔伯見希望破滅，身體也日漸委靡不振。為人晚輩者，實在不忍心見到此景，只好提議代父償願，隨即安排出國手續。

一九八八年十一月十日一大早，經香港轉機至廈門，再搭車至石獅的雪上村，終於趕在太陽下山前抵達龍嶼張氏祠堂——泉源堂。結果發現宅院已變成當地幼稚園，且被告知所有祖先牌位於文革時期皆已被毀滅，而厚仔伯的寡母當時日夜盼子歸來，卻又了無音訊下，天天以淚洗臉，終至眼瞎身虛，沒多久也孤獨地離開人世，聞之令人鼻酸。厚仔伯親眼目睹家鄉已境遷人非，也催促我提前返台。

從此，他老人家未再提起福建家鄉的事，日日心滿意足守著台灣的家，還交代身後骨灰欲安葬於台灣的張家靈園。有次家族聚會，他語重心長地說：「台灣真好，大家要惜福；紛亂只會消耗社會成本而已。」

（張美芳）

漂泊的心

一九九三年我和外子才從南部搬回台北兩年，對大環境的政治生態感到驚恐，常常會擔心萬一有什麼狀況，房價大跌、台幣在一夕之間化為烏有……。我的父母也有某種程度的憂心，可是父親說他們老了，重要的是孩子。

我們興起了移民加拿大的念頭，打聽必要的條件，用技術移民算算房子賣了，我們是走得了的。可是當我想起才結束十一年半的外地生活又要離開，去的又是更遠的國外，內心的糾結、煩惱非筆墨能形容，但是想到父親說：「重要的是孩子」，我能怎麼辦呢？切割自己親情的牽掛，我願意嗎？最後我選擇以孩子為重。我們已開始進行移民的作業，一切都以孩子做為考量。

一九九三年
辜汪會談，是海峽兩岸自一九四九年國民政府遷台以來，首度進行的正式官方級會晤。

一九九五年
李登輝伉儷訪問美國。

有一天下午我突然想到移民既是為孩子，那孩子了解嗎？願意嗎？我先問了早一步放學回家的女兒，以一個小四生來說，這問題很好回答。她只問我：「那可不可以養狗？」我說：「可以啊！」女兒說：「那好！我要搬家！」晚一步到家的兒子，比女兒大兩歲，他的顧慮就多了。他想了一會兒，很苦惱地問我：「媽媽，那我的同學、我的朋友呢？」我一時之間答不上來。我很想跟他說，到國外也可以有同學，也能交到新朋友啊！我沒有開口。

晚上我和外子再一次商議，「走還是不走？」想想一個十二歲的孩子都不捨割斷友情，這骨肉至親的親情，我們又如何教孩子割捨呢？

那一年，我的心有一半在漂泊。

（畢珍麗）

導彈與我的生活

一九九六年中共在沿海試射飛彈，民間的氣氛很緊張，紛紛有囤積食品的聲浪隱約耳際。那時是我與先生合作事業的第二年，也是我人生中重大的換跑道時期。原先剛換時，做事的範

一九九六年

李登輝當選中華民國第九任總統。

圍還不太離開本行，第二年就完全進入紡織專業操作。對於已經三十幾歲，身負教養、家務、公務的我，工作感覺有如肩上馱著重擔在走，壓力很大。

當時公司的一個重要客户，也是先生的同學，打電話跟先生講，要把大部分的錢換成美金轉到國外，一副兩岸隨時都會打起來的感覺。我聽了，也感染到緊張，心想是不是要去買些米及罐頭儲存起來，至少發生事情時，我和家人還得吃才活得下去啊！

但是因為太忙，即使緊張與擔心，日常繁複的工作仍然不斷湧進，我沒去執行任何囤積食物的事，社會上的聲浪也漸漸平息，老百姓依然過著螞蟻般的生活。後來聽說那同學因為匯差有些小損失，但他也沒往國外跑。

（潘梅芳）

九二一

九二一地震時，我人在法國。好不容易聯絡上家人，原以為自己的親人全都安然無恙，沒想到隔天又獲知叔叔一家四口只

中國在台灣周邊海域試射導彈。

「眷村改建條例」制訂三讀通過。

一九九七年

鄧小平逝世。

香港主權移交中華人民共和國。

一九九九年

李登輝提出「兩國論」。

逃出了一個，其他三人皆還埋在鋼筋水泥之中。我天天打電話回台灣問消息，心裡希望有奇蹟出現，卻又不免朝壞處想。

三天後，弟弟告訴我說挖出來了，三具屍體，疼愛老婆的叔叔用身體護住嬸嬸，嬸嬸又用手臂將小兒子環在懷裡。弟弟說叔叔的頭骨斷了，他曾試著將叔叔的頭放正，可是每每又垂了下來，最後只能放棄。

媽媽說：「還好妳不在這兒！」我卻恨不得自己可以飛到他們身邊。好一陣子，我老是在睡夢中被地震撼醒，迷迷糊糊地不曉得身在何地，總要幾分鐘過後才意識到自己是在沒有地震的法國。

（符雯珊）

兩顆子彈

二〇〇四年三月十九日，下午剛上班沒多久，桌上的電話響了，我抓起電話，原來是妹妹打來告訴我，陳水扁總統被槍打到了。我驚訝地問：「真的假的？」她回說是同事家人打電話告知的。我半信半疑想打電話回家問看看是否有新聞報導，一

二〇〇〇年

陳水扁勝選，成為中華民國第十任總統，政黨輪替。

二〇〇一年

小三通。

中華民國以「台澎金馬個別關稅領域」為名加入世界貿易組織。

二〇〇三年

兩岸爆發嚴重 SARS 疫情。

二〇〇四年

發生「三一九槍擊事件」，陳水扁連任中華民國第十一任總統。

邊又順口轉述給其他八位同部門的同事聽。三秒鐘內，連我個人在內立刻色彩分明。偏綠的同事有的說：「怎麼這麼可憐啊！」「那ㄟ安ㄋㄟ卑鄙！」更有說：「手段太可惡了！」偏藍的同事立刻發現被莫名地定罪，於是回說：「誰知道到底是真還是假？」、「一定是造謠的！」我的直覺是「完蛋了！」

之後每個電視觀眾都在找碴，說：「你看他走進奇美醫院的架勢哪像中彈！一副視察的樣子！」「你看他的表情，中彈還笑得出來啊？」同事早上趕時間搭計程車上班，在車上和司機講起槍擊事件，與同機見解相左，司機一火之下，把她丟在百齡橋上揚長而去。同學特別從美國回來，天天跑去凱道聲援。

同事因為氣他公公是深藍，每天下班故意晚回家，讓老人家自己煮飯。大姊辦公室裡全部是綠色，只有兩個藍色，那兩個人在洗手間相遇相擁而泣，因為她兩人從早到晚被綠色的同事挖苦、奚落，最後都提早退休。只因為兩顆小小的子彈，它打掉的何止是連宋總統夢，更是這個小島族群的融合，每天看到的都是撕裂、被政客操弄徹底的撕裂。

外子是一個非常內向寡言的人，他居然以蓄長髮做無言的抗議，親友都對外子這舉動感到不可思議。看來那兩顆子彈也傷

二〇〇五年

一月十七日「外省台灣人協會」正式成立；二月舉辦「從理解到和解——二二八事件族群對話系列座談；三月舉辦「不分族群護自由・跨越藍綠要和平」記者會；八月舉辦第一期外省女性寫作班成果發表會；九月、十月舉行「族群與未來——來自民間的對話」紀錄片座談活動；舉辦「榮民與外省族群家書徵文」。

了我的枕邊人。

（畢珍麗）

倒扁記

從小我的父母便告訴我們別惹是生非，安份地過生活。因此，那些街頭上的遊行示威，根本不可能有我們七姊妹的身影。

孩子從小就被我灌輸，示威抗議之地是非多，暴動是不長眼睛的。隨時都有可能為自己帶來麻煩，甚至惹禍上身造成冤獄……。因此我們這一家人不論老小都是「良民」喔！

民國九十五年九月九日我和三個妹妹終於不想安分守己。那個反貪倒扁的風潮，把我們沉默了幾十年的心吹動了。本來我們是瞞著年邁的雙親在五妹家集合，結果風聲走漏讓他們跟了來。

當天下午連老天都為廣場上的老百姓，落下悲憤的眼淚。父親和母親在雨裡發出他們這一生中，最猛烈的怒吼。我深怕七十六高齡的雙親因此引發心臟病，便小心翼翼地請他們別激動。凱道上數不盡竄動的人頭、老老小小，為的只是這貪腐的

二〇〇六年

反貪腐倒扁風潮起。

一月外台會與《印刻》文學生活誌共同企畫「流離記憶——外省族群家書作品展」專題；九月外台會主辦的第二期「外省女性生活史」寫作班開課。

二〇〇七年

外台會進行眷村保存計劃。第三期蒲公英寫作班在新竹開課，以客家媽媽為主；也在台南、高雄開課。

二〇〇八年

馬英九當選中華民國第十二任總統。

四川汶川大地震，台灣各界積極參與賑災。

政客。

晚上回到家，自己像做了一件天大的善事卻不好意思張揚一樣。直到兒子告訴我：「媽，今天下午我做了一件你不允許的事……」我說：「天啊！你也去倒扁啊！你在哪裡？你跟誰去？你怎麼沒跟我說？你……」一連串的問號、兒子打斷我的話：「好啊，老媽你也去了嗎？」

後來才知道，大姊他們在景福門，兒子和女友在中正紀念堂前，我們帶老爸、老媽在凱道上，咱們祖孫三代不約而同都在反貪腐倒扁的狂潮裡。

（畢珍麗）

兩岸協商復談；七月四日起開放兩岸包機直航，陸客到台灣觀光。

參考資料：

《寄情眷村時》（台北市文化局出版）

【編後記】

成就織錦的手

鄭美里

「遇合」這兩個字浮現在我腦海時，是在我接下外台會委託主編「蒲公英寫作班」這本書的企劃階段，當時我想的是「時代的際遇、族群的融合」，前者是因爲在寫作班的課堂上，我們以國府遷台的歷史時空爲基本的理解框架，針對不同的議題（從故鄉、遷移、童玩與童謠、食物、跨族群經驗、難忘的物件、照片與生命階段……）訴說、分享時，身爲帶領者的我往往被姊妹們的故事吸引、撼動，沉醉在一種獨特的時代感裡，爲生命處在戰亂過程中的際遇、巧合，心情起伏跌宕；另一方面，這個書名當然也是爲了回應族群議題被政治操作造成的裂痕、傷口，取其諧音「癒合」，希望透過女性書寫族群經驗，以小搏大，顛覆壓迫性的主流政治敘事，讓屬於庶民的生命故事爲台灣的歷史提供另一種不同的觀點，並進而透過書寫和閱讀，癒合個人和族群的創傷。

但是後來，「遇合」又演繹了更多的可能，包括：誰跟誰遇？如何相遇？誰跟誰合？如何能合？首先這本書成書的過程，就是一個堪稱美麗的多方聚合，一開始是外台會策畫、在全國五個社區大學（中正、文山、永和、新興、台南社大）舉辦六個寫作班，以書寫記錄外省女性經驗爲主的「蒲公英寫作班」，而社區大學的在地性也使得此一寫作計劃成爲具有草根精神的文化運動，而本書便是以參與這次寫作班將近一百位學員爲徵稿對象，經過企畫、徵稿、選稿，並編輯完成的。細心的讀者會發現本書的副標題——「外省／女性書寫誌」，在「外省」和「女性」之間加上了一道斜線，這是因爲參與蒲公英寫作班的成員雖然都是（生理和社會性別上的）女性，但在族群屬性上倒不一定是外省，也有因爲婚配成爲外省媳婦、或認同廣義的移民（清代漢人移民）、或關心族群議題的外省之友，這也使得本書呈現了很大的差異性，不只年齡（由三四十歲到七八十歲）有差異、地域和流離遷徙的過程有差異、階級有差異、族群屬性乃至文化認同、身分認同也有差異，更不用說，正文包括三十五位作者（加上附錄還會更多），每一個個體獨特的生命感受……這些差異讓這本書變成一塊色彩繁多的織錦，彼此交織、對話，甚至也偶有齟齬，而這種自我訴說與相互對話，有如寫作班情境的輾轉重現，它既豐富了、也複雜化了我們對台灣／群族／女性的認識，也邀請著讀者加入，去說出、寫出自己的故事；至於選集的共同性，便是我們所立足、生活著的這個時空，我們曾經並且正在經歷的歷史，使我們就算在吵嚷不休、灰心憤怒之際，仍不會忘記彼此相屬的一種生命共同感吧！

本書在編輯上分爲四大單元，輯一「章回人生」書寫離亂時代裡有如章回小說般的悲歡離合人生；輯二「微物記憶」以物寓情，召喚家族記憶；輯三「時空迴紋」穿越、迴繞時空，是聚焦特定空間或對某個生命階段的憶寫；輯四「交融疊影」跨越族群／國族／種族疆界，演示邊界激盪的精彩火花。此外，附錄「拼貼時空·記憶歷史」是由外台會執行長黃洛斐提供了有關族群、兩岸的重要事件的公史版本，再邀請蒲公英姊妹們書寫親身經歷的私史，每則設定三百字左右，希望以短小精悍的篇幅，拼貼時空，喚起時代記憶，共同構築出多種版本的歷史書寫，可惜公史部份仍較偏重政治事件，社會、經濟、文化層面仍遠遠不足，感謝王興中（他也是蒲公英寫作計劃的創始功臣之一）的寶貴指教，雖然遠非完整，我仍保留此一單元，但願這一構想的初步實作能起到拋磚引玉的作用。

在寫作班結束一年半之後，我跟姊妹們又相聚在一起，在永和，少芬的家，這天中午她煮了家鄉菜、天津名菜「貼餑餑熬小魚」邀請這班姊妹，於是她們繼續維持著每星期一固定的寫

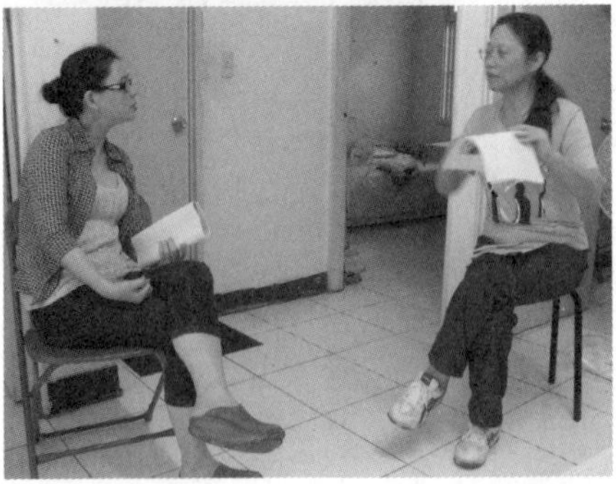

作聚會這次便移到她家。我帶著正在校對的書稿，趁便讓這些作者自己再看一遍，原本南腔北調、七嘴八舌熱烈分享著的姊妹，看起稿子來完全變了樣，聚精會神，美極了，我忍不住拍了一些照片，當天也留下「七美圖」的合照。二〇〇六年秋天帶領永和社大（初階班）的這十二個星期四下午，我和這一班的姊妹們有了美麗的遇合；而透過文字我也和其他班的姊妹有了心靈的交會，感謝她們寫下精采的生命故事，甚至勇敢面對生命的創傷，才能編織出這一豐富的織錦。

除了提供稿件的作者們，這本書的出版首要歸功「始作俑者」——外省台灣人協會，第二期計劃主持人范雲辛苦籌畫、寫企劃案申請經費補助才使蒲公英寫作班得以順利起飛，而執行長黃洛斐張羅大小事務，她的活力、理想和熱情讓我佩服；進入編輯階段的專案助理陳一如細心負責，匯整稿件並多次往返與作者連繫，多虧了她，我才能專心進行文字後製；印刻出版的責任主編丁名慶溫文有禮，我們透過 e-mail 交換對書籍的定位和看法，是很愉快的合作經驗，而印刻的主編江一鯉對本書的企劃方向予以肯定，也讓我衷心感謝，美術編輯陳文德是很有創意的人才，《遇合》的姊妹作《人生，從那岸到這岸》也是出自其手，他的 sense 讓我很安心。《人生，從那岸到這岸》是由第一期蒲公英姊妹完成的作品，也是印刻出版，主編廖雲章是第一期寫作班的老師，我們曾有過一些對話和交流，至今想來仍覺溫暖。

還要感謝的是這次爲本書寫推薦序的劉紀雯老師和成令方老師，劉老師是研究後現代、後殖民和女性主義非常優秀的學者，讀她的序可以看見她的嚴謹和功力；而令方是我在一九九〇年便認識、最沒有架子的學者和姊姊，她關注婦運、反戰等社會運動，她待人的熱情和演講的魅力，是我二十幾歲時的偶像，在外台會的合作過程中又與她相遇，對我來講，眞是姊妹情緣完不了。她們兩位都是非常優秀、用功的女性主義學者，劉老師專長文學，令方研究歷史，而文學和歷史正是這本書的兩個面向。

蒲公英寫作班第二期得到文建會的補助，而編輯階段又傳來得到國家文藝基金會的出版補助，這些物質的挹注讓這個美好的工作得以實現，在精神上給了參與者很大的鼓勵，眞的萬分感謝！

對我個人來說，編輯工作後期正是我因論文壓力幾近息交絕遊之際，繼續爲《遇合》伏案勞作，除了認同蒲公英寫作班的理念和對蒲公英姊妹們的感情，還有一個私人的理由——在我童少和青春時的生命中，我的恩師（徐國鎮、張大同、傅韻蓉、聶懋戡）、好同學（祝江敏、張家瑋、黃孫權、楊承億、賈鴻霽、何維民），她／他們帶領我認識了外省族群的文化，讓我這個三合院長大的山村小孩有了不同的體驗和視野，對她／他們的記憶和感情是我在編輯這本書時，內心湧動不休的，但願她／他們也有機會看到這本書！編輯過程中，我的自傳衝動似乎也被撩起，回憶常襲心頭，或許「遇合」也可以不那麼關乎政治，而是個人生命和情感上的緣會與離合吧。

【跋】

尋找家國歷史夾縫中失落的女性聲音

范雲

女性主義作家維吉尼亞．吳爾芙（Virginia Woolf）曾說：「作爲一個女人，我沒有祖國；作爲一個女人，我不需要祖國；作爲一個女人，我的祖國是全世界。」——這些豪氣干雲的字句，曾經震撼了全世界許多渴望被解放的女性。然而，對於在家國歷史夾縫中掙扎的第三世界女性而言，許多人經歷唇亡齒寒的國仇家恨猶然仍在身體的集體記憶中，吳爾芙「不要祖國」的言論，似乎是一種近乎奢侈的基進主義。

不要祖國，也許基進，但它也提醒了我們，所有關於國家的歷史，似乎都是非常男性的。戰爭打造了國家意識，塑造了神聖的「大」歷史，在戰爭的威脅摧毀中，沒有國，哪有家。也因此，歷史往往只記錄了被徵召的男性，卻忽略或邊緣化默默維持家庭，跟隨著顛沛流離、或苦守家園等不到團圓的女性。

活在帝國夾縫中的台灣女性，似乎沒有權利高喊「不要國家」。只是面對外部戰爭的威脅，面對內部的族群與政治對立，台灣女性是否有任何重構與反思的空間？也許女性主義對於國族動員的反省，提供了我們一個可能的鑰匙——我們有無可能從女人的立場出發，重新爬梳國與家的歷史？如果我們能尋回大歷史中失落的女性聲音，也許我們得以看穿國與家的關係是如何性別化地刻劃著我們個人的生命經驗，也許我們得以重新找回定義國家的權力。

外省台灣人協會是一群台灣外省青年組成的團體，希望藉由發掘或還原外省族群的集體記憶與文化意義，以促進族群之間的相互理解。我們以爲，外省族群遷徙與生根的過程，不僅是台灣當代史的重要一頁，也是世界史上一個獨特的現象。唯有不同的族群互相理解、同情與欣賞，才能超越當前政治對立的狹隘視野。

還原外省族群的文化面貌，就必須還原外省人的多樣性。我們選擇以長期被忽略的外省家庭女性生命經驗出發，重構這一段民族國家遷移的大歷史。因爲我們相信，女人貼近家庭的悲苦喜樂，或許能夠提供解構與重構大歷史的力量。我們以「蒲公英」這種植物作爲外省家庭女性寫作班的名稱，是因爲這些被覆著白色茸毛漫天飛舞的種子，似乎象徵了這個族群集體飄洋過海遠離故鄉的命運。然而，蒲公英落地生根的特質，也提醒了我們生命力的強韌。

如同我們第一期計畫主持人王興中所言，『「蒲公英」這種小花本來就因體內的白色乳汁而常被聯想於母親的意象」。我們希望藉由這個寫作班讓更多的外省女性培養創作的能力，加入共同探索、記錄和創造這個交錯著國、家、族群與性別認同的集體生命傳記。

蒲公英寫作坊的確是一個大膽的嘗試。我們非常感謝行政院文化建設委員會繼第一期「實驗班」展現成果的繼續支持，使這個「非常外省」的計畫得以「跨越濁水溪」。感謝社區大學的協助，外台會第二期寫作班共開出了六班（初階五班、進階一班），其中最令人興奮的是台南與高雄社大的開班。這六班十餘週的課程總共有學員人數九十多人幾乎全程參與，其中更有超過十位爲七十歲以上的長者。

最後，我要感謝所有的投入帶領教學的老師、助教與班代們：李雅卿、陳家帶、李慧宜、姜富琴、張輝誠、鄭美里、趙慶華、王秀雲、焦婷婷、曾本瑜、孔依慧、洪秀薇、溫惠玉、楊貞庭、曾本瑜、劉翠僊與鄒元芳。感謝外台會理事長張茂桂、執行長黃洛斐，以及這個計畫副主持人陳明秀、周聖心、老師趙慶華、總策劃王佩芬、專案執行周志豪的全力支持。當然，最要感謝的還是所有熱心投入的學員們——謝謝您們願意和這個社會分享一則又一則深邃而精彩的生命故事。這本書是蒲公英寫作坊的初步成果，我們很確定會和所有願意寫下去的學員們繼續向前。當我們一起爲蒲公英的種籽插上翅膀後，她們就會迎風招展，從新店溪畔翩翩起舞，穿越濁水溪，迎向更爲開闊的天空！

（本文作者爲台灣大學社會學系助理教授、蒲公英寫作班第二期計畫主持人）

作者簡介

輯一　章回人生

〈逃難的新娘〉

許靜璇

民國十九年，我出生於風景優美的避暑勝地青島市、市南區的稻香村中（目前火車站旁的稻香村已變成了聯華百貨公司）。因爲逃難，青島市女中還差六天就畢業典禮，沒能畢業很可惜。十九歲來台，擔任小學代課教員二十年。

我育有兩男三女，在我眼中，都是社會上優秀的棟樑之材，只是我對不起他們，沒有好的物質環境，使他們的成長過程太艱難了。感謝子女們放縱我，支持我去美國、加拿大隨心所欲地住一年、半年……等。開放後回大陸探親旅遊也去了七、八次，我活得心滿意足了。

〈上學與小腳之間〉

陳嘉德

我是民國十三年出生於河南省汝南鎮，成長於四川省，抗戰勝利後的四年大學教育則在上海。民國三十八年在台灣結婚成家，居於台灣省台中，育五女皆大學畢業均已成家，後於民國八十五年遷居台北市，算來我在台灣已六十個年頭，台灣就好比我的第二個家鄉。參加蒲公英寫作班啓發了暮年的我，用自己曲折人生中的經歷，寫出我追逐夢想的快樂以及對人生的感悟。

〈緣起烽火蔓延時〉

盧遠珍

一九五一年生，安徽省懷遠縣人，公務員退休。

老公說我：有夠笨，笨到人家賣掉你，還幫人家數鈔票！

老友說我：熱情而不矯情，友善而又淡然。
志工夥伴說：急公好義，但是翻臉跟翻書一樣！
女兒說：老媽你少當正義之聲，黃牛你也敢管？

〈我的人生〉

王少芬

一九四三年我出生在河北省天津市老城內的一個小院裡。一九五一到六二年完成十二年學業，高中畢業後直接分配到天津市工商局接市場管理。一九七一年十月轉調天津鋼廠運輸科當會計，退休後隨先生來台灣。

記憶中老師給我的評語總少不了「天眞幼稚」這四個字。但實際生活中的我經歷了太多的磨難，太多的不如意，太多的無奈。

當我拿起筆穿梭在時光隧道裡，有苦也有甜。人生眞的很奇妙，經過了才知道活著眞好。

〈非關探親〉

郭小南

一九五〇年生於台南。在空軍眷村「水交社」長大，唸空軍子弟小學。北上讀大學之前，較少接觸眷村以外的文化。輔仁大學翻譯研究所碩士，現任中央通訊社英文編輯。

〈烽火中的跨國之愛〉

劉瑞芳

一九五九年生，祖籍四川省潼南縣，現住台北市。

「寫作」，只爲向我愛的人訴說，我來不及在他們有生之年說的話……祈求他們原諒，同時也寬恕自己。

〈杯中淚〉

張慧民

一九四八年生於上海惠民路，因出生時逢戰亂，家人離散，母親爲紀念乃以此名之。然在抵台入境登記戶口時，戶籍員將惠改爲慧，就一直沿用至今，未曾更改。歷經歲月複雜的流變，融合了現實，再回首一群失去「原鄉」的人在尋求生命圖騰中掙扎的過程，戲劇性的轉折、生命被扭曲的無奈，赤裸裸盡收眼底。這書寫的過程，事實未及一萬。

走過一甲子，不能言和，不能報仇，時間是良藥，那份痛楚早已乾涸，「千古悠悠，有多少冤？空悵望，人寰無限。」

〈愛比受更快樂〉

胡傳京

余江西鄱陽縣人，民國二十五年生於南京，隨即舉家遷往甘肅天水，當時家父獻身軍旅，擔任騎兵學校校長。余在家排行第四，有三兄及一弟，最小的是妹妹。幼年生活在西北，擁有幸福美滿的童年，小學畢業後返回南京，進入中華女中就讀。三十七年中共渡江，與家人返回故鄉鄱陽避難，三十九年春隨同母親歷盡艱險逃出大陸，到台灣與家父團聚，可惜兩位兄長爲了學業未能伴隨母親來台，就此留在大陸。

奉父命嫁給當時大我十六歲的丈夫，那時先夫的家境並不寬裕，我又陸續生了四男一女，生活非常艱苦，必須出外工作以助家計。在我嚴格的管教下，兒女都很孝順，也都各有成就，讓我的辛苦沒有白費。

余現已七十一歲，但我的個性如同一隻不斷奔馳的馬，想在有生之年儘量學習知識，給自己更多的空間。非常幸運能在社區大學選到自己有興趣的課程，補足我未讀大學的遺憾。

輯二　微物記憶

〈父親的通訊錄〉

陳德華

一九五六年出生，從小在屏東長大，一直以爲屏東就是我的故鄉。

求學過程平順，年滿五十即從教職退休。正是有點閒又還不算太老的年齡，因緣巧合地到中正社大蒲公英寫作班上課，幫我回顧了半百生命中過去的點點滴滴，學會了如何認真快樂地去過未來的分分秒秒。

〈三代情〉

郭碧桐

民國廿三年出生於廣東省大埔縣，卅六年與父母親先後來台，父親服務於台糖公司，生活安定。於民國四十一年完成高中學業後服務於教育界。平日喜好音樂、繪畫、文學及旅行。兒女們成家立業後，於民國八十九年進入永和社區大學進修，經歷五年終於完成一百廿八個學分，並在九十五年出版國畫集一冊，畫作於各縣市文藝中心及醫院、學校展出長達一年。在永和社大期間，曾選修新聞社團，成爲參加本會（外台會）寫作班的因緣。回想過去點點滴滴，寫出眞實故事，是生活中一大樂事，也藉此勉勵自己。

〈一束花白的頭髮〉

畢珍麗

畢珍麗這名字應該是獨一無二的吧！

民國四十五年大年初五的晚上，我的母親得到了第二個女兒，就是我。從小讀書對我來說就是件苦差事，因此十七歲就開始自食其力。可想而知那是辛苦的歲月。如果人生還能重來，讀好書會成爲我的首要目標。

這次寫作的經驗，像是讓自己回到小時候，回到自己的記憶中，我看到快樂的往事，奶奶在我的回憶中出現，更發現和大姊的愛是那麼清晰。

在台灣我是外省人第二代，但在我心中，台灣這美麗的寶島，是我生命永遠的家園。

〈指環裡的祖孫情〉

陳明月

我出生在日據時代的臺灣，先祖由福建泉州帶著家眷從淡水上岸後，即定居於台北市郊的北投，我在那裡出生、成長。從小祖父就常對我說我們祖先是從唐山來的中國人，台灣光復後，我進小學逐漸從書本中認識了中國悠久的歷史、文化，在校時特別喜愛文史相關課程，總夢想著將來能有機會遊歷中國探訪名勝古蹟。在基督教宣教士馬階博士創辦的淡水純德女中就讀期間，又引發我對西方文明與文化的興趣，並期盼有機會能到歐、美旅遊，瞭解世界各地風土人情。

中學畢業後，認識了一位駐防於住家附近的河南籍憲兵軍官並結為夫婦，我們於台北的眷村裡生活了二十二年，並育有二女二男。在眷村生活時期深切感受到鄰居之間親密互動的特色，有別於一般百姓間鄰里關係，我也由外子身上以及一些鄰居的交往過程中，瞭解更多中國大陸不同省份的傳統風俗，後因眷村改建，我們全家才搬離，並定居於台北縣新店市迄今。

閒暇時我喜愛閱讀文史和藝術方面的書籍，兒女長大後，並得空參加更多社團活動，也在國立空中大學修讀人文學系課程，修滿學分後並獲得人文學士學位。

我一直熱愛旅遊，因為兩個女兒分別在歐、美就業定居，加以幼子是國際旅遊路線的專業領隊，得以有機緣經常到歐美各地與中國大陸旅歷，充實人生經驗，也拓寬自己的視野。此外還希望繼續培養寫作能力，為過往的人生留下記錄，也期盼以小見大，能為外省台灣婦女這幾十年的生涯變遷，留下雪泥鴻爪。

〈寶瓶與洋火〉

王少芬

〈參見輯一〈我的人生〉作者簡介〉

〈大拉翅〉

黃玉琴

父籍浙江省建德縣，母台灣省苗栗縣人，台灣製造，台北交貨。

〈親愛的〉

隴西堂、江夏堂、潁川堂只是早已癒合的烙印

長安路、南京路、洛陽街在新的土地找到了落腳點
達達的馬蹄也許美麗
　但　掩飾不了她的悲哀

偶然憶起繼光餅的平淡
那是祖先的滋味
轉身啜一口星巴克
把心寄往愛琴海

路上奔馳揚起的不是滾滾紅塵
而是令人窒息的競賽
在陣陣煙幕中
只能　移動左腳
　　　移動右腳
在水泥叢中
　遷徙
　　遷徙
　　　遷徙

那一夜　我悄悄滑行過你的天空
很快就找到躺在你懷裡的一百個理由

在煙幕中
再次　移動右腳
　　　移動左腳

親愛的
　我倆的腳步是不是還是同一個方向？

〈童洋裝〉

華子

一九四九年出生，台南市人，牡羊座，O型。
性格剖析：
A.不是賢淑型的家庭主婦，不勤快做家事，也不熟家務。

B.退休閑居中。育有二子（科技新貴，旅居大陸未婚）。

C.個性外柔內剛，擇善固執，樂善好施。

D.在社會打滾了二十三年，在軍中服役了十二年。

E.專長：行銷企劃，有六張專業金融證照。護理工作十二年。醫務常識尚可勝任。

F.有終身學習的 power，廣結善緣，共生吉祥。

G.興趣：旅遊、美食、寫作、繪畫、逛街、廣告行銷。

H.先生爲公務員，任職於成功大學主計室。

〈銅盆〉

翟永麗

一九五二年出生，籍貫河北省，現居嘉義市。

一如其他眷村第二代，沒有背景沒有田產，只有努力，才能自立。但從父母身上承襲了簡約與刻苦，所以能在職場與人一較高下，跌跌撞撞披荊斬棘，於是我曾經是——國中校長、私立高中校長、大學兼任講師。現已從學校退休，仍然擔任《嘉義青年》雜誌社主編。

稿件能被選上，當然值得高興，更欣慰的是：有那麼一個組織或單位重視我們這種身分的人的感情與感覺，讓我們得以把那樣不堪不忍回首的貧瘠生活，再度從記憶中喚醒，並用樸實的文字把生命的歷程解剖開來，並由此激發出書寫的熱情，更賦予自己一個責任，書寫那樣時空下喜怒哀樂的責任。

〈袁大頭及五仟元〉

周蘭新

小名：小姑娘，小蘭。民國四十年出生於台灣省宜蘭縣，籍貫湖北省京山縣。從小生長在鄉下，生活清苦，但父母不向環境低頭的勇氣，讓我學習到只要努力就能有收獲。曾在私立高職教書，於九十四年八月提前退休，目前當社區義工．寫自己的故事，除了可以回憶往事，讓小孩知道我的故事，更讓自己對目前的生活充滿了感恩。

輯三　時空迴紋

〈我的故鄉〉

曾璉珠

畢業於省立台南女中高中部及台南家專會統科，曾在公家機關擔任文職工作，現已屆退休。

此次作品被甄選上，內心感到很高興，使我在寫作路上得到鼓舞。我認爲作爲一個婦女，無論年齡大小，除了專用的廚房四寶—鍋、碗、瓢、盆，外加煎、炒、炸、煮的本事以外，閒來無事，亦能以筆和紙，將周遭的事物和感受宣洩出來，有如鳥兒般，海闊天空任憑遨遊，誠人生一樂事也。

〈踢毽子〉

許靜璇

〈參見輯一〈逃難的新娘〉作者簡介〉

〈石鼓〉

吳蘊陽

祖籍江蘇，出生於五〇年代的台北，成長於公務員家庭，是家中的獨生女，從小與外婆爲伴，因此，聽到許多關於故鄉的外婆床邊故事。

久居台北，不曾遷離，是個標準的台北「鄉巴佬」，生活與個性也似鄉巴佬般樸拙，數十年如一日。求學過程平順，進入社會曾任貿易公司與出版雜誌編輯。

除了外婆外，最感謝的是母親，以及一些知名或不知名良善熱心的人們。希望能像他們一樣，成爲別人的亮光。

〈酢漿草〉

張慧民

〈參見輯一〈杯中淚〉作者簡介〉

〈劃過台北夜空的彗星〉

余少蓴

一九二八年生，浙江平陽人，一九四六年來台，曾任公職，一九九四年屆齡退休後，於旅美期間以筆名「孟納」在《世界日報》發表小品文，返台後即停筆並以書畫自娛，二〇〇五年參加蒲公英寫作坊，始覺身爲日漸凋零的外省第一代，還得搜索枯腸重運禿筆作此記錄。

〈大門口和煤球廠〉

麥莉

國小老師，是四個孩子的媽，也希望是個業餘作家。畢業於國立政治大學、東師兒童文學研究所。曾獲得《國語日報》童話牧笛獎佳作，《民生報》二〇〇〇年童詩、兒歌兩項佳作，二〇〇三年文建會兒歌一〇〇國語類佳作，二〇〇四年文建會文學獎童話類首獎，兩屆「師說」徵文佳作。經常在《國語日報》、《聯合報》、《小作家》、《聯合報》海外版等刊物發表童話、童詩、兒歌等，並於大紀元時報及大紀元網站設立「麥立文集」刊登詩作及各種作品。目前在台北縣永和國小資源班任教，曾做過教學組長，教育特殊兒童還是我的最愛。

〈阿婆仔ㄟ柑仔店〉

小方

本名方淑貞。出生於民國五十一年，一個「腳打車」也要掛牌、繳稅金的年代，生長於人稱文化古都的台南市區小巷中。

曾任職於廣告行銷雜誌、廣告攝影公司美工；現在則是——喜歡到各團體與孩子說故事，喜歡學習、喜歡玩繪本創作，更喜歡當個隨性生活的懶人。

透過生命故事的書寫過程，讓自己重新拾回許多，曾以爲不重要而早被健忘呑蝕的兒時記憶，也讓自己重新體認到，個人生命歷程中曾發生的一切，是不輕易被遺忘的；過去生活中，不管曾經歷的是好或壞、善或惡，唯有坦然面對與接受，一切才得以眞正放下。

〈跳舞時光〉

周坤炎

湖南衡山人，民國卅八年隨父母來台，那時我十歲，定居在屏東勝利路空軍眷村，就讀空軍子弟學校。廿四歲結婚，有二子一女，如今子女都已成長，皆各立業成家，爲社會貢獻所學，我頗以他們爲榮。

參加寫作班，更爲我打開心靈另一扇寬闊的窗口，將塵封已久的記憶，重新叫出來，甜美的事一樁樁一件件浮現，常常跟我先生分享我的歡喜，夫妻相處的品質也大爲提升了。

〈水交社的麵〉

郭小南

（參見輯一〈非關探親〉作者簡介）

〈驚恐的一夜〉

任菲菲

民國五十年出生於離島的澎湖，自小在眷村長大。爸爸是職業軍人，民國卅七年隨著部隊撤退到台灣，而後落腳於澎湖。眼見回大陸遙遙無期，便經人介紹，娶了個澎湖姑娘，從此就在澎湖落地生根。爸爸比媽媽大上十四歲，因此把媽媽當女兒般地疼，媽媽婚後是單純的家庭主婦，而且一連生了四個女兒，在那個重男輕女的年代，反而在我們家不構成問題。爸爸好像住在女生宿舍般，卻甘之如飴。物質的匱乏、土地的貧瘠、特殊的地理環境造成澎湖的窮困與不便，但爸媽給我們無限的愛已彌補了這些。

十八歲高中畢業，因當時澎湖最高學府只到高中，所以到台北繼續升學，能到台北，其實心裡是很興奮的，也很虛榮。當你告訴別人你是在台北讀書或工作，大家都會投以羨慕的眼光看著你呢！就這樣，從此在台北讀書、工作，很少回澎湖。再回澎湖，已經開始羨慕起澎湖人了，美麗的天空、新鮮的空氣、乾淨的環境以及沒有壓力的生活，又讓我興起了住澎湖的念頭。

人至中年，常被工作、生活纏身，忽略了許多事情，因緣際會參加了寫作班，在課堂上我們回味了塵封已久的兒時趣事、小時候的眷村童年……，看似平淡無奇的生活，此刻都回到了我的記憶，原來卻是我們下筆寫作最棒的題材，我想我是該慶幸的！

〈一張家庭照〉

洪秀薇

在我的生命拼圖裡，童年的版圖上佔據了大片的藍。藍藍的天、來藍的海。

出生在離島的澎湖，浪濤聲是我兒時最深的記憶。在一個簡樸的漁村長大，十六歲那一年因生活困頓失學，我第一次離鄉到高雄，看見了書本裡面眞正會行走的火車。在高雄工業區我做過電子加工廠，後又在中壢紡織廠做過女工，長年在外直到婚後定居台北。

因爲一個夢想，且在先生支持下，二〇〇〇年我又重拾書本，在永和社大修滿一百二十八個學分，也同時在社大接觸到「蒲公英寫作坊」，進而接觸寫作。

〈我的純眞年代〉

劉美玲

一九六九年在基隆山海交會處誕生。父浙江省定海縣人，母竹北新埔客家人。一九七一年遷居台北。

輔仁大學中文系、佛光大學生命學研究所碩士。曾參加台北市立動物園解說義工、慈濟環保志工、荒野保護協會解說義工、安寧志工培訓、導盲犬寄宿家庭。曾任大地地理出版社企劃編輯、康軒文教文編副組長、《經典雜誌》特約編輯、心靈工坊出版社特約編輯等。

〈大姊與我〉

畢珍麗

（參見輯二〈一束花白的頭髮〉作者簡介）

輯四　交融疊影

〈山與海的交會〉

劉美玲

（參見輯三〈我的純眞年代〉作者簡介）

〈不同調合唱曲〉

馬莉

生在台灣、長在台灣的我，是從未去過中國大陸的山東人，也是出到國外常被認作日本人的台灣人。

曾有人問過：「你們是在什麼時候了解社會上有不同的族群？」我可是從小就知道的。在眷村長大，左鄰右舍來自大江南北說著不同鄉音，村口的雜貨店老闆是正港台灣人，路頭上的旅館老闆娘是日本人，王叔叔娶的是阿美族姑娘，許阿姨嫁的是客家阿哥……不管根源自何處，不論說什麼口音，大家都在這塊土地上相遇、不知不覺中共生，這是多麼美好的遇合啊！

〈破冰〉

王純眞

人如其名，純眞。善良是她的本性，小時候父親告訴她，長幼有序，對上要尊敬，對下要愛護。兄姊差遣，不敢拒絕；弟妹要求，照單全收，也因此練就了吃苦耐勞的好功夫。

十七歲負笈北上，不負眾望完成高中與大學的課程，參加教師甄試，先後任教於林口、光榮國中與永和市永平中學。教學生涯中輔導了許許多多的學生，看著學生的向善，就好像完成一項任務，也是她最快樂的事。

她的另一半也是教師，熱愛大自然，石頭、河川、昆蟲、和植物都是假日考察、走訪的目標，無論是國內或國外，只要時間、經濟許可，她和他都會去雲游一番，踏實地過每一天。

〈新年禮物〉

劉翠僊

等待的過程，可以任由時間虛度，也可以把握機緣，慢慢轉換空間而跨出設限。成年初期，一連串的等待在眼前對我迫切召喚：等待孩子長大，等待另一半事業穩定，等待母親病癒……親情的束縛，牽絆著我前進的腳步，渴望發展自我的願望卻猶在內心深處盤桓。

在以家庭爲主軸的前提下，我只能量力去擴張現實與夢想的兩端極限，期許自己可以效法蝸牛，朝向目標緩緩爬行。逢有餘裕時，我就抱著「學多少算多少」的心態，盡量把握機會學習成長。

年近半百之際，我開始重新分配自己的生命順位，長期隱藏在我內心深處的熱情終於燃起火苗，儘管昔日猶如雜食性質的吸收元素，無法讓我形成專業，但敏於行動的飽滿能量，卻也塑造出我豐富的生命層次。

回顧過往歲月每個等待階段的印記，都是成就我生命圖像中不可缺少的一塊拼圖。儘管過程迂迴，但終究還是把我模糊的樣貌拼出了輪廓。

〈挑女婿〉

何宣莎

電子科畢、行政管理科畢；電子公司生產線長、廠務助理、助理工程師二十年；在空大、社大終身學習。

我是沒有任何職權的百姓、一介「白衣女子」，很早就發現官僚體系所謂「依法辦事」，是把要達成社會目標所使用的手段，當作目標、目的。執法者，以法爲主，本末倒置，反令善惡混淆、背離正義，以致無法落實法規，乃是習以爲常。

法規欠恕道讓官僚認知狹隘看不到全局，要被管理者有百分百道德，而執法者反而沒有道德、趾高氣揚。「道德」應是無條件的良善意志，不是他律，是自律，應行中道，否則不知有多少人要受害？一念微善，讓我邁向寫作之路，參加徵文表達看法十多年了。

〈相見歡〉

孔依慧

一九五一年出生於屏東縣東港鎮，祖籍浙江省蕭山縣，現居台北市。工作經歷：電話秘書、餐飲業、財務顧問等。

如果說人生不過百來歲，目前的我已經過知天命近耳順之年，回首來時路多少心酸、歡樂仍在記憶深處停留，只是現在的我開朗豁達之餘還心懷感恩！

如果不是年少的困苦與羞辱，不會是今天的樂觀向上、樂於助人的我！凡走過必留下痕跡，只是在走過的路途中，你是不斷修正，還是重蹈覆轍？

所以如果拿十八歲前的我交換現在的我，哈！門兒都沒有！

我喜歡我的人生，因爲我從不讓它留白，不管酸甜苦辣。

〈像我這樣一個女子〉

翟永麗

（參見輯二〈銅盆〉作者簡介）

〈大鵬灣與吳大哥〉

蔡怡

一九五〇年出生於台灣屏東縣東港鎮。祖籍山東。台大中文系學士，台大中文研究所肄業。美國印第安那州 Butler University 教育碩士。密西根州 Wayne State University 教育博士。在美國曾任教多年。很多文章發表於《世界日報》。在台灣曾任階梯出版股份有限公司教務長。從事英語教學教材編寫及英文師資培訓工作十五年。現居台北市，從事寫作。

寫這篇文章，是在懷想我生長的地方，一個空軍的搖籃，東港大鵬灣；也是在懷想一段歲月，一段不同族群的人祥和地生活在一起，共同爲這塊土地耕耘、付出、犧牲與奉獻的歲月。若沒有他們，台灣沒有今天這樣豐富又多元的社會與文化。

〈南國小院〉

畢珍麗

〈參見輯二〈一束花白的頭髮〉作者簡介〉

〈東西連理〉

崔翔雲

白天在醫學中心從事臨床精神醫療工作，職場上是位資深護理師，先後榮獲全國精神護理績優人員及院內多次模範護理人員表揚。下班後脫去白色工作服，提筆將世間的生老病死，以詩、散文等方式行以文字，曾刊登於《中國時報》、《青年日報》、《世界日報》、《幼獅文藝月刊》等，也因此對寫作產生了興趣。人生不是一個夢環扣住另一個夢嗎？

常說，我在經驗人生。在人生這場大戲裏，除了扮演女兒、姐妹、妻子、母親、護理師外，更希望能在寫作上扮演好作者的角色。如斯人生，足矣。

開始寫作後，我的妹妹一直期望我爲其量身寫一篇作爲紀念。沒想到完成了此文的次年，妹夫因糖尿病衍生的急性腎衰竭而過世，妹夫沒來得及看，這篇已然成了絕響。

謹以此文致我最愛的妹妹——靄雲，及妹夫——藍。

〈相逢何必曾相識〉

張美芳

五〇年代生長於鹿港小鎮，閩南語（海口腔）是我的母語，也是唯一能講得標準的語言；直到畢業北上進入職場，才練習以北京話與人溝通；結婚後，外省第二代眷村長大的夫婿又不諳台語，所以日常生活幾乎以所謂的國語交談；旅居倫敦與漢堡期間，所處環境又必須以英語爲主。至今三種語言皆能應用自如，且也深深感覺它們各自擁有的獨特性與優雅性。

希望能將此生所見所爲書寫成冊，作爲個人生命歷程的記錄，並可供修正缺憾及滋潤心靈。

〈阿溜與大聲公〉

鄒元芳

祖籍江蘇省人，出生於台北市。興趣：閱讀、寫作、國畫、棋奕。平日關心時事、政治生態、財經訊息。

二〇〇五年盛夏，參加了蒲公英寫作坊，在這片花園中，我們一起深耕一寸寸乾涸的土地。在每一位朋友胼手胝足共同努力下，我們收成出最璀燦的花朵。使這片花園更形茂盛。

在蒲公英花坊裡，我們受到肯定、認同，更找到自己的興趣。

一起向前吧！

〈桂林來的阿姨〉

潘梅芳

我是一九六二年出生在基隆，媽媽來自廈門，父親去世後，由養父把我扶養長大，養母於我三歲時也過世，養父一直沒再娶，一心一意和養祖母聯手把我和姊帶大。我出嫁後，養父與祖母相依爲命地生活著。不久養父頓悟人生的意義，不再爲下一代煩惱後，就放開心情，開始遊山玩水，遂於旅遊過程中，萌生再婚的打算，阿姨就是養父在人生的思考轉彎處，遇合的伴侶。阿姨與養父的相處，是彼此眞誠與認眞，讓我感動，所以就爲文記錄這段情誼。

文學叢書 202

遇合 外省／女性書寫誌

策劃者 外省台灣人協會
編　者 鄭美里
總編輯 初安民
責任編輯 丁名慶
美術編輯 黃昶憲
校　對 吳美滿 丁名慶 黃洛斐 鄭美里

發行人 張書銘
出　版 INK印刻文學生活雜誌出版有限公司
台北縣中和市中正路800號13樓之3
電話：02-22281626
傳真：02-22281598
e-mail : ink.book@msa.hinet.net
網　址 舒讀網http://www.sudu.cc

法律顧問 漢廷法律事務所
劉大正律師
總代理 展智文化事業股份有限公司
電話：02-22533362・22535856
傳真：02-22518350
郵政劃撥 19000691 成陽出版股份有限公司
印　刷 海王印刷事業股份有限公司

出版日期 2008年8月 初版
ISBN 978-986-6631-04-7

定價 300元

財團法人|國家文化藝術|基金會 贊助出版

國家圖書館出版品預行編目資料

遇合 外省／女性書寫誌／
--初版，--台北縣中和市：INK印刻文學，2008.08
面； 公分. --（文學叢書；202）
ISBN 978-986-6631-04-7 （平裝）
855 97005849

K INK INK INK INK INK INK
INK INK INK INK INK INK IN
K INK INK INK INK INK INK
INK INK INK INK INK INK IN
K INK INK INK INK INK INK
INK INK INK INK INK INK IN
K INK INK INK INK INK INK
INK INK INK INK INK INK IN
K INK INK INK INK INK INK
INK INK INK INK INK INK IN
K INK INK INK INK INK INK
INK INK INK INK INK INK IN
K INK INK INK INK INK INK
INK INK INK INK INK INK IN
K INK INK INK INK INK INK
INK INK INK INK INK INK IN
K INK INK INK INK INK INK
INK INK INK INK INK INK IN
K INK INK INK INK INK INK
INK INK INK INK INK INK IN
K INK INK INK INK INK INK
INK INK INK INK INK INK IN
K INK INK INK INK INK INK
INK INK INK INK INK INK IN